LENOS POCKET 36

Edwar al-Charrat

Safranerde

Roman aus Ägypten

Aus dem Arabischen von
Hartmut Fähndrich

Lenos Verlag

Arabische Literatur im Lenos Verlag
Herausgegeben von Hartmut Fähndrich

Titel der arabischen Originalausgabe:
Turābuhā zaʿfarān
Copyright © 1985 by Edwar al-Charrat

LENOS POCKET 36

Erste Auflage 1996
Copyright © der deutschen Übersetzung
1990 by Lenos Verlag, Basel
Alle Rechte vorbehalten
Satz und Gestaltung: Lenos Verlag, Basel
Umschlag: Anne Hoffmann Graphic Design, Basel
Foto: Herbert Jennerich, Köln
Printed in Germany

ISBN 3 85787 636 0

Inhalt

Vorbemerkung

Keine Autobiografie sind diese Texte, auch nichts der-
gleichen. Phantasieflug und Kunstfertigkeit heben sie
weit darüber hinaus.

Imaginäre Ereignisse finden sich darin, Visionen und
Personen, Wirklichkeitskerne, nichts als Träume, Erin-
nerungswolken, Dinge, die hätten geschehen müssen, die
jedoch nie passiert sind. Eher ist es ein Werden, kein Leben, und ganz sicher nicht mein eigenes.

Nostalgieleidenschaft und Verlustgefühl in dieser
bläulichweissen Marmorstadt, unablässig in einem Herzen neu gewoben, das für immer auf ihrem schaumleuch-
tenden Gesicht treibt.

Alexandria, Alexandria, du bist mehr als nur die fest-
umschalte Lebensperle!

Und doch ist meine Hymne an dich nichts als ein Ge-
stammel, ein Gemurmel.

Ich bin zur Raghib-Pascha-Strasse zurückgekehrt.

Die kleine Brücke war offen, das Wasser des Machmudija-Kanals darunter rot, und ich wusste, dass es wild um die Brückenpfeiler herumwirbelte.

Ich stand, beide Füsse fest im Holz verkrallt, auf dem ersten der langen Fuhrwerke, direkt hinter den beiden kräftigen Pferden mit ihren geschweiften hellen Schwänzen und ihren gewölbten, rötlichen, schweissfeucht schimmernden Kruppen. Zwischen ihnen lag lang die Deichsel. Die beiden Köpfe waren weit weg, nach vorn geneigt. Ich hörte ihr mühsam unterdrücktes widerwilliges Wiehern.

Wer war das neben mir, die Zügel in der Hand? Eine einschüchternde Autoritätsperson. Dennoch nahm ich ihn kaum zur Kenntnis, wusste nur, dass er neben mir sass, im Morgenlicht unter den zarten, reinen Wolken von Alexandria, die am klaren Himmel dahinflogen.

Wir hielten vor der Mühle. Ihre hohe steinerne Wand war mattrot; lange Fenster durchschnitten sie, hinter deren dünnen schwarzen Eisenstäben dunkel das Mühleninnere lag, aus dem der Lärm der Maschinen drang, das dumpf dröhnende, aufdringliche Klopfen zu hören war.

Das war mir klar, dass ich Ghait Enab und die Raghib-Pascha-Strasse längst verlassen hatte, dass ich aber noch immer dort war.

Das Fuhrwerk war beladen mit weissen Säcken, denen ein Geruch von frisch gemahlenem Mehl entströmte. Auf dem Gehweg vor dem Tor — es war ein einziger breiter Eisenflügel, dessen Räder auf einer in die Erde eingelassenen Schiene liefen — stand eine riesige Laufgewichtswaage; ihre bleigraue Metallplatte war leer, ihr langer Arm ausgestreckt und geneigt; am hinteren Ende hing ein beidseits gerundetes Gewicht mit scharf geschnittener Ober- und Unterkante.

Der letzte Träger setzte den letzten Sack auf den letzten Teil des Wagens. Alle Träger waren braungesichtig und kantig, bekleidet mit grobleinenen Säcken, die an den Seiten aufgeschnitten waren; aus den Öffnungen staken ihre mageren, sehnigen Arme hervor, nackt bis zur Schulter.

Das wusste ich, dass das Tor auf einen langen gepflasterten Durchgang führte, auf dessen einer Seite, im Schatten eines geneigten Wellblechdachs, riesige zylinderförmige Siebe standen. Auch dass das Sonnenlicht in Strahlenkegeln herabfiel, die sich, das Dunkel durchschneidend, nach unten zu verbreiterten. In diesen Lichtkegeln schwebten Mehlstäubchen, rastlos herumwirbelnd, unablässig aufsteigend und absinkend. Links sah ich die Maschinen; die grossen runden Zahnräder; die Trichter mit ihren flachen Öffnungen; die breiten Transmissionsriemen, die sich straffgespannt durch den freien Raum zogen, bis hin zu den kreisenden Rädern, die sie an sich nahmen und sich mit ihnen drehten; auch die gewaltigen Rohre, die über den Durchgang liefen — sie verbanden das Hauptgebäude mit den Sieben, die im Dunkel des langen Schuppens vibrierten.

Mutter schickte mich immer zur Mühle, um zwei Kilo Mehl und ein Kilo Kleie zu kaufen. In einem grünen Holzhäuschen hinter dem Tor sass ein alter Oberägypter mit schadhaften Zähnen, der — sommers wie winters — seinen kahlen Kopf mit einem Turban und seinen Hals mit einer Wollkufija bedeckte. Mit einer grossen Metall-schaufel mass er mir aus einer hohen Holzkiste mit schräger Öffnung das Mehl und die Kleie und füllte bei-des in dunkelgelbe Papiertüten, die mir schwer auf den Armen lasteten, wenn ich sie an die Brust drückte; ich schämte mich ein wenig.

Aber die Drehbrücke war gesperrt, und während die Strassenbahn auf dem Schienenring kehrte und zurück-fuhr, musste ich warten, bis Hussain Effendi sie wieder schloss. Dann ging ich hinüber, folgte ein Stück weit der Tram-Strasse und bog dann nach rechts in die Kurum-Strasse ein, die zu unserem Haus führte.

Das hat mich immer fasziniert, wie die unter der Brük-ke ineinandergreifenden eisernen Zahnräder sich dreh-ten; auch wie der langsam herangleitende Brückenboden sich so genau an die Strassenoberfläche anpasste, dass zwischen beiden nur noch ein haardünner Spalt blieb, durch den hindurch ich das Wasser des Machmudija-Ka-nals schimmernd dahinströmen sah.

Immer sassen schwarzgekleidete Frauen hinter der Brücke auf der Erde, die knackige, breitblättrige, blass-köpfige Rettiche, Zitroncn und Limonen, grüne Zwie-beln und wasserbesprengten Lauch verkauften, ausser-dem Molke in kleinen braunen Holzschüsselchen. Ihre Kopftücher waren staubig und endeten in einem vierek-kigen Knoten auf dem Kopf. Sie stillten ihre schlafenden

Kinder, deren Münder an den aus einem Längsschlitz an der Seite ihrer Galabija heraushängenden Brüsten klebten.

Wir wohnten im dritten Stock des Hauses. Vor unserer Wohnung lag eine Dachterrasse, auf der meine Mutter Enten und Hühner hielt und wo sie auch das Festlamm anband. Diese Dachterrasse hatte eine niedrige Mauer, über die ich den Kopf hinausreckte, um auf einen langen, schmalen, dichtbewachsenen Garten – zwischen unserem Haus und der Wand des Nachbarhauses – hinabzuschauen. Dort standen Palmen, deren Fächer bis an die gegenüberliegende hohe Wand reichten und unter denen irgend etwas Undefinierbares wuchs. Ausserdem stand da eine grosse Zahl von Töpfen mit Basilikum und Geranien. Das Gärtchen hatte nur eine Tür, die es mit der Erdgeschosswohnung verband; zur Strasse hinaus gab es kein Tor.

Hussain Effendi wohnte im Stockwerk direkt unter uns. Er hatte immer ein rotes Gesicht, war kurz und stramm und besass einen kleinen Spitzbauch. Sein Tarbusch war sauber gebügelt; er trug ihn sehr korrekt; ausserdem hatte er immer einen Stock aus knotigem glänzendem Walnussholz bei sich. Manchmal traf ich ihn in seiner Wohnung in einer sauberen, weissen Galabija; dann scherzte er mit mir und neckte mich gutmütig mit seiner heiterheiseren Stimme.

Er hatte keine Kinder. Seine Frau, Sitt Wahiba, war eine enge Freundin meiner Mutter. Immer wieder versicherte sie ihr, Muhammad, ihr Prophet, habe uns ihnen ans Herz gelegt, und Jesus, unser Prophet, sei auch ein

Gesandter Gottes, ganz wie Moses und Abraham. Und immer wieder unterstrich Mutter ihre eigenen Aussagen, indem sie bei Christus, dem Sohn des lebendigen Gottes, schwor. Gemeinsam lachten sie über Dinge, die ich nicht verstand und über die sie nur flüsternd sprachen. Sitt Wahibas täglicher Besuch bei uns endete immer damit, dass sie sich küssten, was ich etwas komisch fand. Sie legten nämlich die Wangen aneinander und spitzten die Lippen, ganz wie zum Küssen, aber dann wurde es doch kein richtiger Kuss.

Ich hörte meine Mutter und Sitt Wahiba über die neuen Hausbewohner tuscheln, die gerade im Erdgeschoss in die Wohnung auf der Gartenseite eingezogen waren. Das sei ein Affront, empörte sich Sitt Wahiba, und man müsse etwas dagegen unternehmen. In der Erdgeschosswohnung waren die Fenster immer geschlossen. Als ich einmal von der Schule nach Hause kam, war die Tür nur angelehnt. Dahinter erblickte ich Husnija.

Husnija war schlank, ihr tiefschwarzes Haar mit einer weissen Spange zusammengehalten; sie war klein und wohl nur wenige Jahre älter als ich. Ich spürte, sie hatte etwas an sich, das mich anzog und das ich innig liebte.

Sie sass auf einem Rohrstuhl an einem grossen, runden Marmortisch, auf dem eine bestickte, durchbrochene weisse Tischdecke lag. Bekleidet war sie mit einem zu weiten und so kurzen Nachthemd, dass es ihr nicht einmal bis an die Knie reichte, sass da, erschöpft und schlaff, mit ausgestreckten Beinen, und als sie mich bemerkte, drehte sie mir im grünlichfahlen Licht, das durch die Tür zum Garten hereinfiel, ihr Gesicht zu. Ich stand im kühlen, gefliesten Treppenhaus, hinter der Wohnungstür, vor der ersten breiten Treppenstufe, und sah ihre grossen Augen in ihrem scharfgeschnittenen, kegelförmigen Gesicht; sie standen etwas hervor, aber die über den Augenhöhlen geschwungenen Brauen waren sehr fein.

Ihre schon alte, mächtige, ja sehr dicke Mutter sah ich ab und an nachmittags aus dem Haus gehen. Sie war dann nicht mit einem Umhang bekleidet, sondern immer mit demselben Blumenmusterkleid, und an einem Bein trug sie einen dicken Silberring, der ihr geschwollenes Fussgelenk zusammendrückte, direkt über ihren flachen Schuhen.

Als Husnija mir grüssend zunickte, begann ich, die Treppe hinaufzusteigen, während mir, ich spürte es deutlich, das Blut in den Kopf schoss. Ich weiss nicht, hatte ich den Gruss erwidert oder war ich einfach weggerannt.

Einmal gab sie mir, ganz freundlich, ein Zeichen näherzukommen, worauf ich zögernd ein paar Schritte auf sie zu ging, dann aber doch noch ausserhalb der Wohnungstür stehenblieb. Sie hatte wieder ihr kurzes, weites Hemd aus weissem, weichem, schon etwas abgetragenem Seidenstoff an.

„Komm her, Freund, komm her", sagte sie, mit heiserer, etwas gequälter Stimme, und dann: „Gehst du mir bei Husni, dem Krämer, für zwei Millim Karamelbonbons kaufen?"

Ich nickte, mein Mund war völlig trocken. Die Schulbücher noch in der Hand, rannte ich los und war einen Augenblick später schon zurück. Sie stand auf, kam auf mich zu und schenkte mir einen orangenfarbenen sechseckigen Karamelbonbon, auf dem, in Relief und halb durchsichtig, das Gesicht der Sphinx als Jüngling mit Bart abgebildet war. Plötzlich streckte sie ihren dünnen Arm aus und zog meinen Kopf an sich. Mein Gesicht kam unter ihre weiche, feste kleine Brust − nackt unter dem Hemd, ich spürte es − zu liegen. Sie drückte meinen Kopf gegen ihre harten Rippen hinter dem kuscheligen Stoff.

Ich riss mich los und rannte mit heftig pochendem Herzen die Treppe hinauf.

Was denn los sei, fragte meine Mutter lachend, als sie die Tür aufmachte, ob ich etwa am hellichten Tag einen Geist gesehen hätte. „Komm rein und wasch dir das Gesicht! Komm rein!"

Den Karamelbonbon hob ich auf, wickelte ihn in Silberpapier und legte ihn in die Tabakschachtel, Marke „Gazelle" − das war die Marke, aus der mein Grossvater immer seine Zigaretten drehte −, in der ich meine Kindheitsschätze aufbewahrte: ein weisses Knöchelchen, eine Schneckenmuschel vom Strand, fünf Murmeln, die wie blaugelb gestreifte Edelsteine funkelten, einen glatten aschgrauen Kiesel und einen Filmstreifen, an dem ich sehr hing; er zeigte auf einer Bilderreihe Tom Mix auf seinem Pferd, kaum verändert von Bild zu Bild, obwohl das Pferd lief. Ich hob das Stück Süssigkeit auf, bis Husnija weggegangen, die orange Farbe verblasst und das Bild der Sphinx am Rande abgebröckelt war. Dann ass ich es wütend auf.

Ja, ich habe sie geliebt, mich aber gleichzeitig vor irgendeinem Geheimnis in ihrem zarten, erschöpften, schlaffen Körper gefürchtet.

Ohne mich anzuschauen, hat sie mir einmal erzählt, bei Nacht reise sie sehr weit weg und diese Nachtreisen seien anstrengend und nie scheine dabei die Sonne.

Ich bildete mir ein, das zu verstehen. Vielleicht ging sie ja zum Kairoer Bahnhof, verbrachte die Nacht in irgendeinem Zug und kam vor Tagesanbruch zurück. Das glaubte ich, wusste aber gleichzeitig, dass sie nie das Haus verliess.

„Unser Herr", sagte sie, „erlöse uns von diesen nächtlichen Reisen."

In jenen Tagen las ich in der grossen Heiligen Schrift mit den leicht verblassten bunten Relieffornamenten auf dem schwarzen Einband. Ich las sie durch, beharrlich, von A bis Z, Kapitel für Kapitel. Oft verstand ich die komplizierten Dinge des Alten Testaments und die vielen Namen darin nicht. Aber ich schwelgte im Lied der Lieder und weinte sehr viel, wenn ich von der Kreuzigung Christi las, von seinen Martern und davon, wie er für uns am Kreuze gestorben ist. Das Mysterium Christi nagte an meinem Herzen und bürdete ihm eine Last auf, von der niemand wusste.

Oft ging ich zu Sitt Wahiba hinunter und lieh mir dort Rocambole- und Fantômas-Romane aus; auch solche von Gurgi Saidan und Nikula Riskallah, die Si Husni, Hussain Effendis Bruder, allemal kaufte und sie in einer kleinen Holzkiste neben seinem Bett aufbewahrte. Ich las auch — von ihm geborgt — den Roman *Sappho* in einer grossen Ausgabe mit fahlgrauem Einband; darauf war in hohen, kerzengeraden Thuluth-Lettern* der Name des Autors geprägt. Der Roman entflammte meine Sinne und überflutete meine Phantasie.

Si Husni besass einen Krämerladen an der Ecke der zweiten Strasse, die man von unserem Balkon aus überblickte. Dort sass er den ganzen Tag. Er war gross, sah gut aus und hatte festes Haar. Mit mir sprach er nicht viel. Sitt Wahiba war es, die mir seine Bücher gab. Manchmal liess sie mich auch hereinkommen, damit ich selbst in der Kiste nachschauen und aussuchen konnte, was mir gefiel, während sie in ihrer leichten Nachtgalabija hinter mir stand, ein kräftiger Körper, ganz Weib. Durch eine Öffnung ihrer Galabija sah ich ihre weiche, braune, üppige Brust hoch über mir schwer und beruhigend wogen.

Ihre Wohnung zu betreten, rief in mir immer eine gewisse Scheu hervor, eine erregende Mischung aus Bangigkeit und Glück, das Empfinden der besonderen, geheimnisvollen Atmosphäre in ihren vier Wänden. Sie schliefen, assen, lebten für sich, anonym auf eine mir unbekannte Weise, und es schien ungehörig zu erfahren, was sie in denjenigen Kleidern taten, in denen man sie nie ausserhalb der Wohnung sah. Auch dass sie Muslime waren, gehörte zu diesem Schleier des Geheimnisvollen, dieser Scheu vor dem Besonderen, dieser so erregenden Unergründlichkeit.

*Thuluth: das Arabische kennt mehrere Schriftarten: Thuluth ist sehr hoch und besonders dekorativ, Ruk'a ist die übliche Kursiv-, Nas'chi die normale Schönschrift; Kufi, der älteste Schriftduktus, ist gedrungen und etwas eckig.

Hussain Effendi sah ich am Tag mitunter schlafen, auf dem grossen Bett im anderen Zimmer, direkt unter dem Schlafzimmer meiner Eltern. Er ruhte sich für die Nachtschicht aus, während der er die Brücke auf und zu drehte. Sitt Wahiba machte, wenn ich klopfte, immer erst das kleine Glasfenster in der Tür auf; wenn sie mich dann sah, schloss sie es wieder, um mir die Tür zu öffnen. Dann wusste ich, dass sie jetzt mit etwas hastigem Atem und gerötetem Gesicht herauskommen und dabei ihr festes, widerspenstiges Haar mit ihrem kräftigen Arm zurechtrücken würde. Dann wäre da, wenn ich seitwärts hochsah, neben der Achselhöhle ein kleines geheimes Stück ihrer Brust zu sehen, und Sitt Wahiba würde ausrufen: „Dich reitet wohl ein Teufel, Michael! Willst du schon wieder ein Buch? Kannst du denn nie genug zu lesen kriegen? Also, komm schon rein, Junge!"

Sie verströmte einen kräftigen, fruchtbaren Geruch wie Gärteig. Schnell trat ich ein, befangen und aufgeregt, und fragte mich, wie wohl dieser Teufel aussehe und wo er wohl sei. Doch all das vergass ich, sobald ich in den Büchern stöberte. Bis auf den heutigen Tag ist meine Scheu beim Betreten fremder Wohnungen ausgesprochen stark. Mir ist dann immer, als beträte ich eine andere, eine gefahrenvolle Welt, die mich gleichermassen warnt, anlockt und zurückweist.

Wenn die Treppe gewischt werden musste, füllte Mutter am Badezimmerhahn einen Metalleimer mit Wasser und schleppte ihn zum Treppenabsatz, wo sie ihn ausleerte. Das Wasser lief mit heiterem Geplätscher die Stufen hinab. Dann ging Mutter in die Hocke und wischte mit einem dunklen Lappen Stufe für Stufe, bis zur Tür von Sitt Wahiba, die sie lachend erwartete. „Nun mal nicht so wild, liebe Freundin Umm Michael! Sie sind ja sehr tüchtig, das muss Ihnen der Neid lassen." Darauf bückte sie sich, schob den Saum ihrer Hausgalabija an ihren kräftigen braunen Beinen nach oben — wobei sie mich, was ich sehr seltsam fand, verlegen ansah — und wischte die Treppe bis zum Erdgeschoss. Sitt Umm Husnija dagegen verspätete sich häufig, und das Wasser blieb dann in kleinen trüben Pfützen auf dem Steinboden stehen. Erst nach dem Mittagessen, wenn ich hinunterging, etwas einzukaufen, sah ich den Hauseingang und den Treppenabsatz im Erdgeschoss feucht schimmern.

Danach kam Sitt Wahiba, die ihre nassgewordene Galabija gewechselt und sich das Haar gewaschen hatte, immer zu meiner Mutter. Die beiden sassen dann auf dem Sofa, über dessen baumwollene Sitzkissen ein faltiges weisses Tuch gebreitet war, schwatzten und tranken Kaffee. In der Mitte des Sofas lagen zwei kleine, sehr feste Kissen aufeinander, gegen die sich Sitt Wahiba beim Sprechen lehnte. Ich sass, mit dem Rücken zu ihnen, an meinem weissen, mit Zeitungen bedeckten Marmortisch, lernte und machte meine Englischaufgaben. Dieser Tisch stand an der Wand, und meine Schulbücher und meine Hefte lagen in zwei gleich hohen Stapeln darauf. Dazwischen, sorgfältig versteckt, ein Taschenroman, von dem ich, um mich nicht zu verraten, den farbigen Umschlag entfernt hatte, der das Bild einer sehr schlanken, ranken blauen Frau zeigte, die in ein rückenfreies Kleid mit nur einem Träger gehüllt war; das Kleid reichte, sich anmutig wellend, bis an den Rand des Umschlags hinab. Ich lauschte dem im Flüsterton geführten Gespräch der beiden, während ich englische Verbformen mit einer feinspitzigen Messingfeder niederschrieb, von der plötzlich ein kugeliger Tintentropfen herabfiel und sich auf dem Papier ausbreitete, noch bevor ich ihn mit dem Löschpapier eindämmen konnte. Ich erfuhr, dass die Kutscher vom Stall gegenüber unserem Haus nachts die Erdgeschosswohnung aufsuchen und eine oder mehrere Stunden später einzeln wieder herauskommen und dass es dann im Treppenhaus bis zum Morgen nach Haschisch riecht. Und mit etwas rauher und schwüler Stimme flüsterte Sitt Wahiba: „Übrigens nicht nur die Kutscher, liebe Freundin. Die haben sogar Kunden aus dem Café am Machmudija-Kanal, und das mitten in der Nacht. Ja, es ist schlimmer als in Kom Bakir ... Sie wissen schon ..." Diese rätselhaften Worte berührten mich seltsam. Ich wagte keine Fragen zu stellen, denn ich vermutete natürlich, es sei da von diesen ganz schrecklichen Dingen die Rede, die es zwischen Männern und Frauen gibt.

Im selben Zimmer befand sich auch ein Grammophon, ein viereckiger Kasten, der auf einer zweitürigen, aus dunklem, glänzendem Holz gefertigten und mit floralen Intarsien aus gelbem Holz verzierten Kommode stand. Auf dem Grammophon war der hornförmige Lautsprecher montiert, der als schmales Rohr begann und in einem weiten kreisrunden Trichter endete. Auf den schwarzen Schallplatten gab es einen Hund, der sein Maul an genau einen solchen Lautsprechertrichter hielt. „Die Stimme seines Herrn" stand darunter, und es hat mich immer befremdet, dass er mit der Stimme seines Herrn in den Trichter bellen sollte. Wer war überhaupt sein Herr? Die Platte drehte sich langsam, und da hörte man: „Baidaphon präsentiert Herrn Muhammad Abdalwahhab." Dann erhob sich seine wohltönende Stimme, die knisternd ein Lied vom Nil sang, „dem Kaiser von Ägypten". Wenn das Lied erstarb, drehten wir den Handgriff und zogen das Grammophon wieder auf.

Dieses Zimmer besass eine Tür auf die Veranda hinaus. Dort gab es eine geschlossene und von allen Seiten gedeckte hölzerne Laube mit zwei kleinen Fenstern, durch die man auf den Stall sah, in dem nachts zwei Kutschen und vier Pferde standen. Feuchte, übelriechende Haufen von Klee und abgenommene Räder lagen unter einem schrägen, abgeschnittenen Dach, das auf kurzen Steinsäulen ruhte. Der Stall hatte ein breites, niedriges Holztor; dahinter lag zwischen den Häusern und dem Stall etwas erhöht ein unregelmässiger, weiter Platz. Von dort gelangte man in eine enge Gasse, die erst etwas anstieg, danach zur Strasse am Machmudija-Kanal hin abfiel.

Die breite Uferböschung entlang dem Kanal war mit Brunnenkresse, Lattich und Rettich bewachsen. Ich kaufte all das immer für Mutter bei einem Bauern, der ein ärmelloses, schmutzigblaues, grobes Hemd trug. Er war klein, und auf seinen gewaltigen schwarzen Füssen kam er immer wie ein Gnom zu mir heraus aus einer winzigen Hütte, die er unter der Brücke des Kanals aus Lehm und Stroh gebaut hatte. Seine Hände waren gross und grob, seine Finger kurz und krumm.

Ich schlief in dem grossen Bett mit den schwarzen

Bettpfosten, an deren Enden die „Soldaten" aus Messing baumelten, die ich manchmal losmachte und mit ihnen spielte, sie dann aber schnell wieder anmontierte, bevor es jemand merkte. Meine Schwestern schliefen neben mir zur Wand hin, Aida, die ich sehr gern hatte, und die kleine Hanaa.

Einmal wachte ich plötzlich mitten in der Nacht von hastigem Klopfen an der Wohnungstür auf. Die Kerosinlampe „Nummer fünf" hing an der Wand, der Docht war niedriggedreht, und von ihrem schlanken Glaskörper fiel flackerndes Licht ins ganze Zimmer. Ich hörte, wie im gegenüberliegenden, dem grossen Zimmer Vater aus seinem Bett aufstand, sah ihn auf den Korridor gehen. Während er zur Tür eilte, wickelte er sich seinen oberägyptischen Kaftan um und band die dünne Kordel um seine Hüfte. Mutter folgte ihm in ihrer Nachtgalabija; sie trug die grosse Kerosinlampe „Nummer zehn" und hielt sich, barfuss auf der Steindiele, dicht an ihn.

Jetzt war ich hellwach und zitterte ein wenig voller Erwartung, Furcht und Überraschung. Meine Schwestern neben mir schliefen noch.

Ich hörte Husnija an der Tür, ihre Stimme war gedämpft, gehetzt, flehentlich: „Ich bitte Sie, um Gottes willen, verstecken Sie mich! Und Gott schütze die Ehre Ihrer Frau! Lassen Sie mich rein, mich hier verstecken, ich bitte Sie, ich flehe Sie an! Ich küsse Ihre Füsse."

„Im Namen des Vaters, des Sohnes und des Heiligen Geistes!" hörte ich Vater, etwas schlaftrunken, aber freundlich und sehr liebenswürdig in seinem oberägyptischen Dialekt, den er zeitlebens nicht ablegte, sagen.

„Komm rein, Mädchen, komm rein! Es gibt keine Kraft und keine Macht ausser bei Gott. Was hast du Mädchen? Was ist los?"

„Die Polizei, Onkel Kaldas, sie ist hinter mir her", brachte sie, dem Weinen nahe, inständig hervor. „Ich bin verloren, Onkel, bei Gott. Ich bin unschuldig. Lassen Sie mich rein, mich bei Ihnen verstecken, ich bitte Sie, ich flehe Sie an! Ich küsse Ihre Füsse. Bitte!"

Die Tür ging zu, und unruhige Schritte näherten sich. Mutter kam mit der grossen Lampe herein, und Vater flüsterte Husnija hastig zu: „Geh rein ins Bett neben die Kinder, und deck dich zu!" Dann, wie zu sich selbst oder zu seiner Frau, mit seinem ureigenen Tonfall: „Unser Herr hiess uns die Frauen vor Schande bewahren. Unser Herr schütze die Ehre unserer Frauen!"

Mutter dagegen — ich sah sie im Wechsel von Licht und Schatten — war zornig und angespannt, ihre Augen funkelten. „Der Junge", zischte sie meinem Vater leise zu. Ich schloss die Augen und erstarrte. Als ich sie wieder öffnete, sah ich Husnija in ihrem weiten, mir wohlbekannten Hemd neben mir ins Bett schlüpfen. Ihr Haar war zerzaust, ihre Augen vor Furcht weit aufgerissen. Sie war barfuss. Aida drehte sich ein wenig und seufzte im Schlaf. Husnija drückte mich an sich, ich spürte, wie sie am ganzen Leibe bebte, offenbar nicht mehr in der Lage, sich zu kontrollieren. Ihr Körper war eiskalt.

In der Stille der Nacht vernahm ich plötzlich Pferdegetrappel und Stimmengewirr draussen auf der mit weissen Steinchen gepflasterten und mit Sand bestreuten Strasse. Unten wurde an die Tür der Erdgeschosswohnung geschlagen. Dann schwere, schnelle Schritte, die auf der Treppe nach oben kamen. Sitt Wahibas Wohnungstür wurde geöffnet, schliesslich fordernde Schläge an unserer Tür.

Ich konnte mich nicht mehr beherrschen, deckte Husnija zu und sprang in meiner weissen Seidengalabija aus dem Bett; ich rannte zur Tür.

Als mein Vater die Tür öffnete, drängte ein riesiger Konstabler in die Wohnung. Er trug einen Reitanzug, ein dickes Lederkoppel und enge Hosen. Gewichtig und drohend postierte er sich, den Dienstrevolver in der Hand. Hinter ihm standen zwei Kriminalbeamte mit klobigen Dienststiefeln und europäischem Mantel über der einheimischen Galabija. Sie hielten schwere Walnussstöcke mit gebogenem Handgriff.

Als der Konstabler Vater sah, hager wie eine Gerte, aber mit der Würde des Oberägypters und erhobenen Hauptes, hinter ihm, offensichtlich gerade aus dem Schlaf gerissen, Mutter und mich, da zögerte er einen Augenblick, dann wurde er etwas ratlos und stammelte: „Nichts für ungut, lieber Freund, nichts für ungut, es ist doch nicht etwa gerade jemand bei Ihnen hereingekommen?"

„Wer sollte denn um diese Stunde kommen, mein Sohn?" fragte mein Vater ruhig und gefasst zurück. „Worum geht es eigentlich?"

Meine kleine Schwester Hanaa stiess im Schlaf einen kurzen Schrei aus. Mutter lief zu ihr hin. Sie nahm die Lampe mit und liess uns im ungemütlichen Dunkel mit den Polizisten zurück.

Der Konstabler spürte allmählich, wie töricht und rücksichtslos er war. „Nichts weiter", erwiderte er, „ich habe mir nur Sorgen um euch gemacht, Onkel. Ihr seid ja anständige Leute. Nichts für ungut. Uns ist da nur etwas über die Erdgeschosswohnung zu Ohren gekommen. Ein guter Rat noch, passt auf und lasst niemand rein! Nichts für ungut. Schliesst die Tür gut ab, und gute Nacht!"

Ich hörte sie langsam die Treppe hinuntergehen. Dann die Hufschläge des Dienstpferdes, die sich auf der Strasse entfernten.

„Geh jetzt runter", sagte mein Vater zu Husnija, „es ist alles in Ordnung. Gott führe dich auf den rechten Weg. Geh jetzt runter, und Gott sei mit dir!"

Husnija schluchzte tränenlos, den Kopf gesenkt. Sie ergriff Vaters Hand und bedeckte sie mit Küssen. Doch dieser zog sie rasch zurück, als hätte er sich verbrannt, und wiederholte mehrfach hintereinander mit gedämpfter Stimme: „Herr, vergib mir ... Herr, vergib mir ... Herr, vergib mir!"

Ich schaute ihr nach, wie sie die Treppen hinunterging, und da sah ich Sitt Wahiba hinter ihrer angelehnten Tür hervorschauen, durch die ein zitternder Lichtstreifen auf den Treppenabsatz fiel.

Auf dem Weg zurück ins Bett sah ich Vater im Schlafzimmer stehen. Er schlug das Kreuz und betete.

Am nächsten Morgen fand ich keine Spur mehr von Husnija, auch nicht von ihrer Mutter, von der Sitt Wahiba behauptete, sie sei weder Husnijas Mutter noch habe sie je die Pilgerfahrt gemacht, wie ihre Bezeichnung

Hadscha vermuten liesse. Sie hatten ihre Habseligkeiten auf ein Fuhrwerk gepackt und hatten unsere Strasse verlassen. Ich dachte oft an sie und sehnte mich nach ihr.

Als ich erfuhr, dass die Polizei Sitt Wahiba keine Fragen gestellt und ihre Wohnung ausgelassen hatte, wurde mir klar, worüber sie immer mit meiner Mutter getuschelt hatte. Ich begriff und wollte sie nicht mehr sehen.

Unbemerkt von mir war der Wagen von dieser Erde davongetragen worden, fort, gezogen von zwei stürmischen, unbezähmbaren Pferden voll jugendlicher Wildheit. Doch dann hörte ich das Knirschen der mit einem dünnen Metallstreifen umkleideten Holzräder auf dem schwarzen Basalt. Husnija lag unter den Hufeisen der Pferde, die ihr den Brustkorb zertraten; ihre Augen waren von der Erde her fest auf mich gerichtet, und ihnen entströmte stummes Mitleid, das ich nicht wollte. Die Räder knirschten, und die Hufe klapperten unablässig. Das Fuhrwerk, mit Mehlsäcken beladen, fuhr und fuhr, hinauf und hinab, unaufhaltsam. Nochmals kehrte es zum riesigen Tor der Mühle zurück, drehte vor der offenen Brücke. Ich war zurück auf die Holzbank gefallen und klammerte mich mit beiden Händen an der Wagenwand fest; niemand sass neben mir. Die Unbezähmbarkeit des Wagens lässt nicht nach, gerät aber auch nicht ausser Kontrolle; man hat ihn im Griff.

Damals wie heute sehe ich mich in den tiefsten Sehnsuchtsniederungen. Wilde Träume tragen mich hinweg, Träume mit dem Pferdegesicht der Erinnerung; ihr Lärm zermalmt mich fast. Im Dunkel gegen Ende des Lebens, plötzlich erleuchtet von einer weiten, umfassenden, überschwenglichen Liebe, begriff ich, dass ich auch Sitt Wahiba umarme, den Teig ihrer Weiblichkeit einatme. Es gab da, in ihrem weichen, fruchtbaren Körper, eine süsse, zerstörte Husnija, ihr kurzes, festes Haar lebendig unter meinen Fingern. Ich legte beide Arme um sie, und durch meine Hände waren Nägel getrieben, und von meiner Seite, getroffen von einer Speerspitze, tropfte ein wenig Blut.

Noch immer durchstreife ich die Strassen von Ghait Enab, wie ich sie gekannt habe, als ich in der Nil-Grundschule war, weit, sauber, gerade, gepflastert mit Steinen, an denen trockener Sandstaub haftet. Bäume auf den Gehwegen vor den niedrigen Häusern. Auch der feuchte Salzgeruch liegt noch darüber, der von jenseits der Eisenbahnmauer herüberzieht.

Allein die Tram-Strasse war mit schwarzem, schimmerndem Asphalt belegt, den die glänzenden neuen Strassenbahnschienen durchschnitten.

Mit Mutter ging ich immer am Ful-Restaurant* vorbei, das wir „den Türken" nannten. Es war geräumig und mit schwarzen und weissen Kacheln ausgelegt. Die Tür, eine zweiflügelige, glänzende Glastür, war sehr breit. Direkt dahinter, neben dem langen Marmortresen, stand der riesige kupferne Fultopf. An der Wand hing ein Bild von König Fuad − in Paradeuniform, mit strenger Miene, Schnurrbart und Orden. Daneben das Bild von Königin Nasli, auf ihrem heiligenscheinförmig hochgesteckten Haar ein kleines Diadem.

An der anderen Wand hingen einige Bilder, die hinter gläsernen Rahmen hervorleuchteten − ein Löwe, der ein Schwert hochhält, unser Vater Adam und unsere Mutter

---

*Ful: ein ägyptisches Nationalgericht, ein Mus aus gekochten getrockneten Bohnen mit Öl.

Eva, wie sie, nackt bis auf ein Feigenblatt, aus dem Paradies vertrieben werden, die Schlange, sauber und ordentlich um den Baum gewickelt, Abraham, der Freund Gottes, wie er das Messer hebt, um seinen Sohn Isaak zu schlachten, während das Lamm daneben steht und der Engel vom Himmel herabschwebt. Die Bilder waren grellblau und grellgrün, die Linien dünn und oberflächlich.

Ich ging immer zum Türken, um für zwei Millim Ful zu kaufen. Er schöpfte es mir mit einer langen weissen Kelle vom Grund des Kessels in meine tiefe Porzellanschüssel. Wenn ich ihm dann sagte, er solle nicht knausrig sein, lächelte er mich von oben durch seinen weisslichgelben Schnurrbart hindurch an und fügte noch eine kleine Kelle voll bei. Aus seinem fahlen, grobknochigen Gesicht lächelten mir auch seine tiefliegenden Augen mit dem durchdringenden Blick zu. Über ihm hing das Bild Atatürks mit der dunklen Pelzmütze und dem strengen Blick.

Die Holztische beim Türken waren dunkel und ordentlich im Lokal aufgestellt. Ins Holz eingerieben war eine Schimmerschicht, rissig geworden vom vielen Wischen. Es gab keine Tischtücher.

Ich wusste, dass es der 11. Ba'una* war und dass am Tag darauf das Fest des Erzengels Michael gefeiert würde. Wir, Mutter und ich, gingen Sesamöl kaufen, das sie für das „Engelsgebäck" brauchte. Bis zur Ölpresse war es für mich zu weit; sie lag in einer Nebenstrasse Rich-

---

*Ba'una: der zehnte Monat des koptischen Kalenders (Juni/Juli).

tung Ghirbal. Alleine hätte ich nicht dorthin gehen können.

Mutter ging sonst auch in europäischen Kleidern aus,
aber diesmal, wie üblich bei Besorgungen in Ghait Enab,
trug sie ihren weichen schwarzen Umhang, den sie elegant und gekonnt um sich schlang, und einen durchbro-
chenen schwarzen Gesichtsschleier, darüber, die Nase
entlang, das gebogene goldgelbe Metallstück mit den reliefartigen Querstreifen. Durch den netzartigen, luftigen
Schleier hindurch leuchtete ihr weisses, ebenmässiges
Gesicht. Ich ging neben ihr her, sie hielt mich fest an der
Hand. Sie trug Schuhe mit hohen Absätzen. Ich spürte,
in jenen ruhigen Seitenstrassen mit den schattenspenden-
den Bäumen, dass sie sehr schön war. Ich selbst trug eine
hellblaue Galabija mit dunkelblauen, seidigen Längs-
streifen, neue, solide, schwarze Lederschuhe und kurze
Socken, festgehalten mit einem breiten weissen Gummi,
der stark in meine Beine einschnitt.

Der Morgen war nicht heiss. Die Häuser um uns herum waren ein- oder zweistöckig. Einige hatten Gärten
mit Weinlauben darin. Die noch winzigen, hartgrünen,
spitzen Beeren bildeten kleine, kompakte Trauben. Wir
bogen in eine enge Gasse ein; die Erde vor der Ölpresse
war feucht, voll grosser, nassdunkler Flecken. Wir stiegen zwei Steintreppen hinab, die mit einer schmierigen
Schicht verklebt waren. Mutter hielt mich noch fester,
damit ich nicht ausrutschte.

Vor mir tat sich ein hoher, dunkler Raum auf. Vierek-
kige Säulen aus rauhem, nacktem Stein standen darin. An
den Wänden waren grobleinene Säcke mit Sesam gesta-

pelt; sie hatten weiche Rundungen. Der klebrige und auch ein wenig süssliche, penetrante Geruch des gepressten Öls überwältigte mich. Es gab da ein abgearbeitetes Maultier mit breiter Kruppe, das Scheuklappen trug. Es stand neben dem riesigen schwarzen Holzrad der Presse, das sich im Augenblick nicht bewegte.

Da merkte ich, dass die Stufen unter mir nachgaben, ich rollte allein im Dunkeln, nirgends anstossend, von nichts verletzt; ich fiel und fiel, wie gewichtslos abwärts gleitend. Das Maultier, angebunden am riesigen Mühlstein, drehte sich tief unter mir, weit weg, immer schneller und schneller, als schwebte es geräuschlos im Kreis. Es sauste in wahnsinniger Geschwindigkeit, bis aus der Dunkelheit ein seltsam klares, unirdisches Licht entstand.

Dann war da ein Stapel hoher weisser Blechkanister, die im Dunkeln schimmerten. Die Seitenwände waren so dünn, dass es mir vorkam, als könnte ich das eingefüllte Öl spüren, das hinter dem feinen, reglosen Blech funkelte, welches unter dem Druck der darin enthaltenen Flüssigkeit nur leicht vibrierte. Am Ende dieser finsteren, tiefgelegenen Halle gelangten wir schliesslich zu einem Holztisch mit klobigen Beinen, auf dem enorme Rechnungsbücher mit runden Rücken aus dickem schwarzem Leder lagen; auch ein Stapel mit Rechnungen. Ebenso stand da ein breites Tintenfass aus dickem Rauchglas mit drei runden Öffnungen. Ein Teil war mit blauer Tinte gefüllt und mit einem dünnen Staubschleier bedeckt. Der zweite war, bis auf ein paar Büroklammern und ein paar Schreibfedern, leer. Im dritten hatte sich Bodensatz angesammelt, darüber stand noch etwas flüssige rote Tinte und zwei Federhalter aus schwarzem Holz mit flachen Federn, die in feinen tintenverschmierten Fasern endeten.

Hinter dem Tisch erhob sich ein hochgewachsener Mann mit hagerem Gesicht. Er trug einen oberägyptischen Turban aus dünnem rauchgrauem Stoff; sein Kaftan war am Hals offen, die Ärmel endeten sehr weit an seinen dünnen Handgelenken und seinen langen Fingern. „Willkommen, willkommen, Sitt Saussan", rief er aus, „es ist uns eine Ehre. Sie bringen Licht in unsere Ölpresse. Bitte sehr, nehmen Sie doch Platz! Alles Gute zum Fest!" Dann zog er ein grosses, kariertes Tuch aus der Tasche seines Kaftans und wischte eifrigst den leicht abgewetzten Sitz des einzigen Stuhls, der vor dem Tisch stand. Mutter erwiderte mit zurückhaltender, wenig überzeugender Stimme: „Ebenfalls alles Gute und Erfolg durch Gottes Hilfe, Meister Awad. Wie geht es Ihrem Sohn Iskandar?"

Sie setzte sich vorsichtig auf den Stuhl. Ihr Umhängetuch verschob sich, so dass ihr buttergelbes Kleid sichtbar wurde, das weder sehr eng noch sehr weit war, einfach nicht geizend, weiblich. Ich blieb stehen, meine Augen auf das Tier geheftet, das neben der Presse stand, unbeweglich, erschöpft. Seine Schnauze wühlte unablässig in dem strohgefüllten Futtersack, aus dem trockene Halme fielen, die sich auf der dunklen, ölverschmutzten Erde verteilten.

„Es geht ihm bestens, Sitt Saussan, es geht ihm bestens", sagte Meister Awad. „Gott sei's gedankt. Iskandar, mein Junge, komm her und sag Umm Michael guten Tag!"

Von hinten aus der Ölmühle kam ein Junge, etwa so alt wie ich, mit einem sonnenverbrannten, aber abweisenden Gesicht. Auf seiner Galabija waren ausgebleichte Flecken. Schweigend und mürrisch begrüsste er Mutter. Mich sah er nicht einmal an, dann rannte er weg und verschwand hinter den schweren, viereckigen Säulen.

In den Ecken der Ölmühle lagen schlafend Männer auf leeren Säcken auf der Erde, oder sie sassen mit dem Rükken an die vollen gestapelten Sesamsäcke gelehnt. Leises Schnarchen oder gedämpftes Stöhnen ging von ihnen aus. Erschreckt machte ich mir klar, dass sie sicher die ganze Nacht bis zum Morgengrauen damit verbracht hatten, zu tragen, zu schleppen, zu pressen.

Die Blechdose mit Sesamöl war zwar klein, dennoch recht schwer, und der ovale Ring, an dem ich sie trug, war aus dünnem, rundem Metall, schnitt mir in die Finger und drohte, sie mir herauszureissen. Es brannte ein wenig, und auf dem Rückweg fragte Mutter, ob es mir nicht zu schwer sei. „Überhaupt nicht", erwiderte ich tapfer und ertrug den Schmerz des Einschneidens in meine Finger und die Gefühllosigkeit in meinem Arm. So sehr freute ich mich auf das Fest des Erzengels, dessen Namen ich trug. Ich wusste, er war es, der den riesigen Stein vom Grabe Christi gerollt hatte, als er von den Toten auferstand.

Zuhause goss Mutter das Öl aus der Blechdose in eine kleine weisse Emailschüssel, um die winzigen, trüben Sesamablagerungen herauszuklären, die noch darin herumschwammen. Das Öl war schwer und von wunderbarer klargelber Farbe, durchsichtig, wellig und kompakt.

In der Nacht begann Mutter, auf dem geräumigen, hohen Balkon, der die schlafende Strasse überblickte, das „Engelsgebäck" auszustechen. Auf jedes Stück drückte sie ein rundes, ölbestrichenes Holzmodel, auf dem mit tiefen, groben Linien der Engel mit der Waage in der Hand dargestellt war, umkränzt von Zweigen und einigen koptischen Worten, von denen ich erst später einmal erfuhr, dass sie „Jesus Christus, Gottes Sohn" hiessen. Darüber das koptische Kreuz, das in Blattform auslief. Dann erblickte ich den Mond, rund und vollkommen silbern, als wäre er das Tor zum offenen Herzen im Himmel.

Am Morgen erhielt ich, ich allein, von Vater mein Festgeschenk, eine neue silberne Fünfpiastermünze mit dem Siegel und dem Namen von Sultan Hussain darauf. Dazu küsste er mich auf die Stirn und ging dann zur Arbeit.

Nach unserer Rückkehr aus der Kirche sagte Mutter, wir würden Onkel Hanna besuchen, um ihm und seiner Familie ein schönes Fest zu wünschen und ihnen etwas von dem „Engelsgebäck" zu bringen.

Wir gingen bis zur Tram-Strasse, wo vor dem Polizeiposten drei oder vier Kutschen standen. Mutter feilschte mit dem Kutscher, bis dieser sich mit drei Piastern einverstanden erklärte; er band sich ein farbig gestreiftes Tuch um den Kopf. Sein Gesicht war mager, faltendurchzogen und überheblich. Von Zeit zu Zeit hustete er kräftig. Ich war ein wenig enttäuscht, dass ich diesmal nicht neben dem Kutscher sitzen durfte, oben hinter dem Pferd, weil ich das Gebäck trug. Dieses war in altes Zeitungspapier gewickelt und mit einem weissen Tuch zugedeckt. Ich spürte es, mürbe und zerbrechlich, durch Tuch und Papier hindurch, und ich gab sehr acht, nirgends damit anzustossen.

Der Kutscher fuhr mit der Muharram-Bey-Strassenbahn um die Wette. Dabei knallte er mit der Peitsche über dem Rücken des Pferdes. Dieses war genauso hellbraun wie der Cognac, den Vater immer trank. Die Wagenräder kreischten auf den Strassenbahngeleisen, die in der Sonne blinkten.

Der Wagen bog in die Rassafa-Strasse ein. Die Bäume dort waren jetzt am Morgen schattig, und das Sonnenlicht fiel zitternd durch die Blätter, die sich rasch und raschelnd im kühlen Winde regten. Dann bog der Wagen in eine ungepflasterte, aber breite Seitenstrasse ein. Dort gab es unbebaute, kahle Grundstücke, ummauert mit grossen weissen Steinen, deren Kanten abgeschlagen waren und über die dunkle Zickzacklinien liefen. Häuser wie Paläste gab es in der Strasse, umgeben von Eisenzäunen, über die dicke Äste herabhingen und über die der würzige Duft von Jasmin und feuchter Erde heranwehte.

Vor der Mauer, die das Grundstück umgab, stiegen wir aus. Mutter trug ihr buttergelbes Kleid ohne Umhang. Sie hatte ein hellbeiges Stoffhütchen aufgesetzt, an dem mit einer vergoldeten Nadel sehr gekonnt ein kleines, hübsches Arrangement angebracht war, das aus künstlichen Kirschen und dunkelroten Blumen an sehr dünnen grünen Zweigen bestand.

Das schmiedeeiserne Tor, vor dem wir anhielten, war eng und hoch. Wir stiessen dagegen, ohne anzuklopfen, und es ging langsam auf; dahinter begann ein schmaler Weg, der sich um das ganze Haus zog. Direkt hinter dem Tor stand ein riesiger Wasserhahn mit weiter Öffnung, der an einem kurzen, dünnen Pflock festgemacht war. Aus ihm tropfte ständig weissschaumiges Wasser, das sich in einer kleinen schmutzigen Pfütze auf dem Boden sammelte.

Wir stiegen drei Steinstufen zur geschlossenen Haustür hinauf. Diese bestand aus dickem braunem Holz, besass Quer- und Längsleisten und war mit reliefartigen Zierdreiecken aus dem gleichen Holz versehen. Auch ein Fenster war darin aus undurchsichtigem Sandglas, das sich nach innen öffnen liess. In dem schmalen Gärtchen zwischen der Gartenmauer und der Hauswand standen drei hohe Palmen, die aus einer einzigen Wurzel herangewachsen waren, deren grobgerippte Stämme sich jedoch verzweigt hatten und, auseinanderstrebend, sich in unterschiedliche Richtungen neigten. Ihre Blattkronen bewegten sich hoch oben über dem langen, niedrigen Dach des Hauses im Wind.

Onkel Hannas Tochter Olga öffnete uns. Sie war gross und hellhäutig, hatte hervorstehende Augen und trug eine Bauerngalabija aus gemustertem Stoff. Sie beugte sich zu mir herab und küsste mich mit ihrem breiten Mund mit den hervorstehenden Zähnen. Ich spürte ihre schweren, aber auch festen Brüste vor meinem Gesicht, während sie mir mit ihren dicken Lippen entgegenkam. Ein rätselhafter, scharfer Geruch ging von ihr aus. Ich sog ihn ein, und als wir ins Haus gingen und sie vor uns her schritt, überraschte mich ihr Hinterteil; es war rund und füllig, bestand aber nicht aus zwei getrennten Hälften, sondern aus einem einzigen, runden Stück. Sie war schon alt, und Mutter behauptete, sie sei dreissig Jahre oder noch älter und sei, nein wie schrecklich, inzwischen eine alte Jungfer.

Das Haus war finster; es roch leicht nach Staub und Schimmel, ein Geruch, der von den grossen Teppichen und den schweren Holzmöbeln stammte, die nie Sonne sahen. Zu beiden Seiten des langen Korridors, den wir betraten, waren die verschlossenen Türen einander gegenüberliegender Zimmer; darüber hingen verblichene dunkelrote Samtvorhänge. Jeder von diesen war nach beiden Seiten hin gerafft, angehoben und mit glänzenden Messingringen rechts und links der Tür befestigt. An beiden Seiten gab es dicke Borten aus derselben Farbe wie der Vorhang. An den dunkelgelben, glatten und eingeölten Wänden hingen, in ovalen Rahmen, alte hellsepiafarbene Bilder von Männern mit niedrigem türkischem Tarbusch, steifgestärktem Kragen, fest gezwirbeltem Schnurrbart. Von der Decke hing ein grosser Kronleuchter, der aber nicht angezündet war. Ein seltsamer Geruch lag über allem, der Geruch vergangener, verschlissener Pracht, den wir aus unserem Haus, vor der Mühle in Ghait Enab, nicht kannten, in dieser Wohnung mit ihren verschachtelten Zimmern und den immer offenen Türen, die von der Sonne durchleuchtet wurde und in der wir mit meinen Onkeln von Mutters Seite samt ihren Frauen und mit meinen Grosseltern wohnten — alle zusammen, und uns dennoch nicht zusammengepfercht vorkamen, sondern viel Platz zum Leben zu haben glaubten.

Aus einem der hinteren Zimmer kam Hanna Bey, Mutters Onkel, von dem sie mir erzählt hatte, er sei ein sehr hohes Tier in der Regierung, ausserdem Mitglied des koptischen Gemeinderates. Er war alt, aufrecht und dürr, bewegte sich hölzern und stützte sich dabei auf einen dünnen, kräftigen Ebenholzstock. Er trug einen strahlendweissen Gilbab mit steifem Stehkragen, der um einen dürren, faltigen Truthahnhals lag. Aus seinen schmalen, tiefliegenden Augen schimmerte ein glänzendes Schwarz hervor. Eine mir fremde Art der Wachheit lag darin. Als er mir die Hand hinstreckte, spürte ich seine kalten, trockenen Knochen und seine rauhe, alte Haut. Ohne Umschweife fragte er mich: „Nun, bist du gut in der Schule?" Ich mochte ihn nicht, ja, ich fand ihn widerlich und hatte nicht das Gefühl, dass er mich in irgendeiner Weise etwas anging. Für mich war er tot, und niemand brauchte ihn. Ich wusste, dass er sehr reich war, aber auch sehr geizig; auch dass er in Tarrana, Mutters Heimatdorf, Land besass, von dessen Einnahmen seine beiden uralten Schwestern lebten, die ich erst Jahre später, während des Krieges, kennenlernte.

„Der Schutz des Kreuzes sei mit ihm", antwortete Mutter, „er ist ganz vorne in der Klasse."

Da knurrte Hanna Bey durch seine schmalen, trockenem Laub gleichenden Lippen unter seinem weissen, tabakfleckigen Schnurrbart hervor und schaute Mutter ungläubig an, mit einem Blick, als sei er durchaus nicht einverstanden und hege allerhand Zweifel. Ich war wütend, nicht wegen mir, sondern wegen ihr.

Mit Beginn des Krieges hat Mutter aufgehört, „Engelsgebäck" zu machen ... die Preise, der Mangel an Sesam ... Ich hatte das alles fast vergessen.

Ich begann damals mein Studium an der Faruk I.-Universität, und während einer sehr kalten Dezembernacht starb Vater, weshalb ich das sogenannte „Armuts-" oder „Katastrophenstipendium" erhielt, um meine Ingenieurausbildung fortzusetzen. Noch während meines Studiums arbeitete ich in den britischen Marinedepots in Kafr Aschri.

Auf dem Weg zu den Depots musste ich den griechischen Wachposten bei der riesigen eisernen Schiebetür passieren. Nun besass ich ein schwarzes Metallabzeichen, auf dem auf englisch „Abzug" stand; dieses hatte ich an meiner langen blauen Jacke befestigt, die mir Mutter aus den Gebrauchtkleidern erstanden hatte, die die Amerikaner als Hilfsgüter schickten. Es war die einzige Jacke, die ich besass. Wenn ich sie ausgezogen hatte, hängte ich sie an einen Nagel, und zwar so, dass das Abzeichen sichtbar blieb. Dann zog ich ein weisses Hemd und Matrosenshorts an, die vom Depot gestellt wurden. Ich zeichnete Hammer und Sichel, darüber eine europäische Vier, ausserdem noch den Halbmond und die drei Sterne auf eine dünne Holzwand; sie trennte die Ecke, in der mein Schreibtisch, ein Blechtisch, stand, vom Büro von Mister Lee, dem Depotchef. Dieser Mister Lee stammte aus Südlondon und hatte schon vor dem Krieg in den britischen Marinedepots gearbeitet. Sein Büro war schmuck und besass eine von Meister Mursi, dem bei uns tätigen Schreiner, gefertigte Fensterfront.

Mister Lee, mit seiner dicken, runden Brille, seinem feisten, roten Gesicht, den feinen Äderchen an der Nase und den Marineshorts über dem kleinen Spitzbauch, Mister Lee sagte mir immer: „Zu schade, dass ein intelligenter junger Ägypter, der Ingenieur werden will und sich selbst und seinem Land nützlich sein könnte, seine Zeit mit Politik vergeudet." Wenn ich einmal mein Diplom hätte, sagte er auch, würde ich schon noch vernünftig werden. Ich aber nahm 1946 an den Demonstrationen teil, war beim Sitzstreik der Studenten dabei und auch als die Armee die Universität auf dem Abbassijahügel in Muharram Bey umzingelte; sie war mit kleinen gelben, mit leichten Geschützen bestückten Panzern ausgerüstet. Ich sah sie von oben, sie sahen aus wie Spielzeuge.

Nach Kriegsende wurden die britischen Marinedepots in Kafr Aschri geschlossen. Die Engländer gingen, die einen zurück in ihr Land, die anderen in die Kasernen am Suezkanal. Ich erhielt an der Ingenieurabteilung mein Abschlussdiplom und verbrachte anderthalb Jahre mit Arbeitssuche. Derweil gab ich Sekundarschülern Mathematikunterricht und übersetzte für ein Patentbüro Schriftstücke chemischen und technischen Inhalts. Das Büro gehörte einem alten, stämmigen maltesischen Juden, der mit hoher, hohler, heiserer Stimme ein maltesisch gefärbtes Englisch sprach. So befand ich mich mitten in der revolutionären Bewegung, die damals im Lande gärte.

Iskandar Awad hatte mir versprochen, mich um halb fünf Uhr am Nachmittag in Bab Karasta zu treffen. Ich hatte ihn kennengelernt, als er neben mir herlief und begeistert „Tod den Engländern!" schrie und „Nieder mit dem Imperialismus!". Das war bei der grossen Demonstration auf der Said-Strasse gewesen, auf der ich einen Jungen durch die Kugeln eines Tommy-Gun hatte sterben sehen. Als er schon tot war, trugen ihn die Leute auf den Schultern weg.

Iskandar kam zu mir in das kleine Café, wo ich schwer atmend sass und ein Glas Wasser trank. Er stellte sich selbst vor und sagte, er sei ein Patriot und liebe Patrioten. Mir kam er irgendwie bekannt vor, aber ich konnte mich überhaupt nicht erinnern. Er verfasste in der Sprache des Volkes einfache revolutionäre Gedichte, die eine Mischung von Anklängen an die bekannten Dialektdichter Bairam Tunissi, Hussain Schafik und Abu Buthaina enthielten. Sie handelten vom Leiden und von der Unbesiegbarkeit der Ägypter. Er arbeitete bei einem Armenier, der in Kom Nadura eine kleine Trockenfleischfabrik besass. Wenn ich ihn in der finstern Werkstatt aufsuchte, in der eine Maschine mit einem riesigen, scharfen Rotationsmesser lief, hingen da, auf der kleinen Erhebung hinter der in den Hügel hineingebauten Werkstatt, runde Stücke von frischem Fleisch wie Wäsche an der Leine, um in der Luft und in der Sonne zu trocknen und zu reifen. Auch bunte Flaggen gab es, und eine schwarze Kugel war oben auf dem Berg aufgehängt. Ich diskutierte mit Iskandar immer über die nationale Bewegung und die Rolle der Arbeiterklasse, über Wert und Mehrwert, über die Oktoberrevolution und die ägyptische Revolution von 1919. Auch über das Verhältnis von Literatur und Revolution. Er war etwa so alt wie ich und behauptete, er habe die Nil-Sekundarschule in Ghait Enab nicht abschliessen können, weil sein Vater, der dort eine kleine Fabrik hatte, Bankrott gemacht habe und dann gestorben sei. Dennoch konnte ich mich überhaupt nicht erinnern.

Ich nahm die Wardjan-Strassenbahn. Der Wagen schaukelte ein wenig, als er dahinfuhr. Die Sieben-Nonnen-Strasse war in der Mittagshitze fast leer. Durch das offene Fenster der Strassenbahn wehte kühle Seeluft herein. Zwei Haltestellen nach dem Labban-Polizeiposten stieg ich aus. Die Strasse war mit buckligen schwarzen Basaltsteinen gepflastert. Rechts und links standen hochwändige Holz- und Baumwollspeicher, kleine Werkstätten, Lagerhäuser für Sackleinen und Zwiebeln. Lange Fuhrwerke hielten neben den fensterlosen Wänden aus rohem, massivem Stein. Der trockene Geruch von Kohle und Strandgut trieb, getragen von der feuchten Luft, leicht vom Hafen heran.

In der Kurve einer Seitenstrasse erblickte ich die Bar. Die Holztafel an der Tür war noch immer englisch beschriftet, „Fish 'n' Chips", lesbar, wenn auch verblichen, unter unruhigen schwarzen Farbklecksen, die zweifellos von nationalistischen Studenten herrührten, nachdem nun die Kriegssoldaten abgezogen waren, die dieser Gegend Orgien der Verzweiflung, Niederlagen und Tod beschert hatten.

Ich stiess die niedrige Holztür auf, über deren zwei bewegliche Flügel hinweg man in die nur matt beleuchtete Bar sehen konnte. Die Spiegel an der Wand waren mit Reklame vollgeklebt, beispielsweise mit der Abbildung einer Flasche Otard-Cognac, die in den Spiegel zu gehören schien. Dahinter stand, auf rissigem Schwarz, ein ausgebleichter goldener Schriftzug. Die Spiegel, die einander gegenüber hingen, warfen Bilder von Ouzoflaschen, von Ginaclis-Cognacflaschen und von White-Horse-Whiskyflaschen hin und her. Die schwarzen Platten, mit denen der Boden der Bar ausgelegt war, waren ein wenig verwaschen. Die quadratischen Holztische standen an den Längswänden aufgereiht. Den Tresen, am Ende der Bar neben der kleinen Hintertür, trennte ein herablassbares Eisengitter ab.

Iskandar Awad hatte mir versichert, die Polizei könne wegen einem Treffen in einer kleinen Bar in Bab Karasta sicher nicht argwöhnisch werden. Er hatte mir versprochen, er werde einen Vorarbeiter vom Kohlekai, einen hellen und kultivierten Burschen, mitbringen, denn die Bewegung müsse auch bei den Dockarbeitern Fuss fassen. Und wenn ich etwas mitbringen könnte, Erklärungen beispielsweise oder Zeitschriften oder Bücher, die der neue Kollege lesen und darüber den anderen Hafenarbeitern berichten könnte, wäre das grossartig und würde die Bewegung weiterbringen. Er drängte mich sehr dazu, dennoch war ich auf höchste Vorsicht und auf die Regeln der Sicherheit bedacht. Ich hatte mich mit ihm nur sehr allgemein unterhalten und darauf geachtet, ja nicht einen bestimmten Namen oder bekannten Ort oder irgendeinen Zeitpunkt für eine Aktion zu nennen. Selbst meinen eigenen Namen nannte ich ihm nicht; er kannte mich nur unter meinem Decknamen.

Als ich die Bar betrat, sah ich ihn ganz hinten im Dämmerlicht; er hatte eine Frau bei sich.

Sein langes, hageres Gesicht schien im matten Licht des Nachmittags fast braunglänzend. Die Luft in der leeren Bar war nach dem Sonnenlicht draussen durch die Fliesen und den Schatten angenehm kühl.

Iskandar Awad stand auf und begrüsste mich. „Herr Ingenieur Jussuf", stellte er mich der Frau vor, „von dem ich dir erzählt habe." Er machte mit dem Kopf ein Zeichen und flüsterte mir zu: „Sissi, keine Angst, sie ist im Bilde und steht ganz auf unserer Seite, beim Leben Christi."

Sitzend reichte sie mir, über den Tisch hinweg und zwischen zwei Stella-Bierflaschen und einigen grossen Biergläsern hindurch, auf denen „Zottos" geschrieben stand, die Hand. Ich spürte sie, sie war schlaff und kalt und blutleer, fischgleich, mit langen Fingern, die in tiefrotlackierten Nägeln endeten. Sie trug ein dünnes, ärmelloses Kleid mit einer weiten Öffnung unter dem Arm, die ein Stück Brust offenbarte. Im schwachen Licht sah ich den sehr weichen, feinen blonden Flaum auf ihrem ausgestreckten Arm.

„So, das ist also unser Ingenieur Jussuf", sagte sie unvermittelt, unverblümt angreifend im locker leichten Spiel der Geschlechter. „Nehmen Sie Platz, mein Lieber."

´Ich spürte, wie mir das Blut ins Gesicht schoss und in meinen Ohren brauste. Doch ich beschloss, diese Art der Begrüssung nicht als Beleidigung anzusehen, sondern als Versuch dieser jungen Frau, sich bei mir einzuschmeicheln. Also murmelte ich ein paar vage Worte, worauf sie in heiter harmloses Lachen ausbrach, aus dem auch nicht der leiseste Anklang an ihre Tätigkeit herauszuhören war.

Ein winzigkleines Stückchen ihrer Oberlippe stand vor und warf auf ihre kleinen weissen Zähne einen Schatten. Ihre Unterlippe dagegen war voll und hing etwas herab, was ihrem Gesicht einen deutlich sinnlichen Ausdruck verlieh. Doch wirkten ihre ungeschminkten Lippen natürlich und völlig unschuldig. Ich roch ihr feines, trockenes Parfum, als sie mir die Hand entgegenstreckte. Ihr Gesicht sagte mir, dass sie erst sehr spät aufgestanden war. Ihre Augen waren ein wenig aufgeschwollen, ein schwerer Blick lag darin, Hinweis auf eine ausgeprägte Weiblichkeit und eine intensive Zärtlichkeit.

„Was trinkst du, Jussuf?" fragte Iskandar Awad.

Er klatschte in die Hände, und aus dem Dämmer des hinteren Teils der Bar tauchte ein alter griechischer Kellner auf, der sich elegant und leicht bewegte. Er hatte ein weisses Tuch über der Schulter seiner schwarzen Smokingjacke liegen. Seine Hose war lang, eng und gestreift, sein Gesicht von klaren Falten durchzogen, seine Augen lagen tief.

Zu jener Zeit war ich sehr puritanisch. Ich rauchte nicht, ich trank nur sehr selten, ich hatte keine Frauenbekanntschaften. Dennoch bestellte ich, sozusagen zum Trotz, einen Cognac, und in Sekundenschnelle stellte der griechische Kellner ein dickes Ballonglas vor mich hin, in dessen unterem Drittel die teure rotgoldene Flüssigkeit schimmerte.

Was passiert sei, fragte ich Iskandar. Warum sein Kollege nicht mitgekommen sei. Er komme ganz sicher gleich, meinte er und fragte, ob ich die Papiere und die anderen Sachen dabei hätte. Ich erwiderte nichts.

Sissi mit ihrem kräftigen, hellen Gesicht und den sehr feinen, gebogenen Augenbrauen rückte zu mir heran und fragte mich, wo ich arbeite, aus welchem Teil von Alexandria ich stamme. Ich antwortete nur sehr allgemein. Ihre straffe, runde Brust ruhte auf dem Tisch, wodurch sie sich unter ihrem dünnen Kleid wölbte, das einen schwarzen, spitzenbesetzten Unterrock durchschimmern liess, der ihre Brust hielt, eine üppige Brust, die einen braven, ja jüngferlichen Eindruck machte, nur eine vage Versicherung von Fraulichkeit, nicht Weiblichkeit gab. Ich war unruhig, fühlte mich ungemütlich, während sie dahinredete, über dies und das und über die Arbeit, die so rar geworden und die ganze Plackerei und Erniedrigung nicht wert sei. Plötzlich fühlte ich, wie unter dem Tisch ihr Bein das meine berührte. Der Cognac wirkte in mir, und ich spürte die Härte, die intime Spannung zwischen den Beinen. Unvermittelt stand sie auf und ging um den Tisch herum. Überrascht und fragend schaute Iskandar zu ihr auf. Sie streckte mir die Hand hin und forderte mich in aller Ruhe auf, mit ihr zu kommen.

In mir überschlugen sich die Gedanken. Bilder aus Daudets *Sappho*, aus Zolas *Nana*, aus der *Kameliendame* nahmen in meinem Gehirn Gestalt an und lösten sich sofort wieder auf, auch Bilder von Sissis Zimmer, das ich mir hoch über den Treppen hinter der kleinen Hintertür vorstellte, mit dünnen, durchsichtigen Vorhängen und einem Blick aufs Meer und auf die offene Tür des Herzens und das orgiastische Toben, auch die Wonnen des

Körpers, die ich zum ersten Mal mit dreizehn Jahren bei einer fast unbekleideten Bauchtänzerin erlebte; das war auf einer Hochzeit bei Nachbarn in unserem Haus in Muharram Bey gewesen. Ich zitterte beim Gedanken, mir eine Geschlechtskrankheit zuzuziehen, und dass ich mir die Behandlungskosten gar nicht leisten könnte, schoss mir durch den Kopf. Doch all das schob ich beiseite, noch ehe ich den ersten Schritt mit ihr gemacht hatte. Sie schien erraten zu haben, was in mir vorging. Jedenfalls lächelte sie mir, ihre kleinen Zähne offenbarend, sphinxhaft und verführerisch zu. War es meine Naivität und meine wehrhafte Unschuld, die sie gereizt hatten?

Aber ich war völlig nüchtern, als ich ihrer Aufforderung folgte. Sie drehte sich resolut zu Iskandar Awad um und fragte: „Nun, Iskandar, was ist los mit dir? Du bleibst hier sitzen, mein Herzblatt!" Meine Hand lag in der ihren, als sie durch die kleine Hintertür der Bar hinausging.

Wir stiegen zwei feuchtglitschige Steintreppen hinunter. Meine Augen waren vom grellen Licht der Nachmittagssonne geblendet. Ich befand mich mit ihr in einem gepflasterten Durchgang zwischen zwei hohen Mauern, zwischen Mülltonnen und Kästen voll leerer Bierflaschen an der Wand. Die Sonne fiel heiss zwischen die beiden soliden Mauern. Nur eine kleine schwarze Eisentür gab es, auf der in weiss „Gents" stand. Die Schrift war verwischt, und darüber, ebenfalls in weiss, war ein behelmter Soldatenkopf abgebildet.

Als ich, unschlüssig, in dem Durchgang stehenblieb, schaute sie mich an. „Weg hier, verdammt", zischte sie scharf und grob. „Weiter, und stell keine Fragen! Geh weiter, Freund, los, weiter!" Aber plötzlich spürte ich ihren Mund auf meiner Wange, ein drängender, flüchtiger Kuss. Sie schob mich freundlich weiter, schloss die Tür hinter sich, und da blitzte in meinem Gehirn der Gedanke auf, dass ich aus einem Hinterhalt gerettet worden sei — und ich dachte nicht einmal an den Erzengel Michael.

Vom scharfen, schnellen Gehen etwas ausser Atem, fand ich mich in der Strassenbahn, die mich nach Manschija zurückbrachte. Unter den schweigenden Menschen erlebte ich das Gefühl von Sicherheit. Iskandar Awad habe ich danach nie wieder gesehen. Viel später fiel mir der Vorfall noch einmal ein, und es wurde mir klar, dass Treulosigkeit und Ehrlichkeit versteckte Wege gehen.

Ich hatte die Strassenbahn verlassen und stieg eine Holzplanke hinauf; sie war mit Querleisten versehen, an denen meine Füsse Halt fanden, und führte zu dem kleinen, am Kai vertäuten Boot hinauf, das leicht auf dem schweren grünen Wasser schaukelte, auf dem weisse Flocken wie schmutziger Seifenschaum trieben. Allerhand brackiges Treibgut, welke Gemüseblätter, Holzstücke mit schwarzen Teerflecken kreisten um die Ankerkette, die sich in der dunklen Tiefe verlor. Auf den Wellen blitzten grelle Nachmittagssonnenflecken. Meine Kameraden von der Nil-Grundschule sind weit weg, doch ich höre noch immer das Getrampel ihrer Füsse, während sie die schmalen Stufen zum Deck des Bootes hinauflaufen, auch ihr Lachen, ihr Geschrei und ihr Rufen. Ich weiss, das ist lange her.

Das Boot war völlig leer. Plötzlich — ich renne Gänge entlang, die sich auf weitere Gänge hin öffnen, Gänge mit runden Glasfenstern — plötzlich erblicke ich durch diese Fenster hindurch die hohen blauen Wellen des Meeres und die riesighohen Bordwände der Schiffe, ihre breiten Schornsteine und festen Türme. Ich renne weiter und gelange zu hohen, endlos hinaufführenden Holztreppen. Das Deck des Schiffes erreiche ich nie.

Die Innenwände des Bootes waren in einem sehr hellen Braun gehalten, fast schon gelb. Sie glänzten und leuchteten poliert. Ich rannte noch immer, schwerelos, die Treppen hinauf, die endlos höher führten, und ich fragte mich, ohne dass mich das überraschte, wo diese Treppen in diesem kleinen Boot wohl enden, von dem ich glaubte, es in wenigen Minuten der Länge und der Breite nach durchqueren zu können, ohne mich anzustrengen oder mich zu verausgaben.

Ich renne einen langen Gang auf dem Schiffsdeck entlang. Die Planken sind vom Wasser, das sie tränkt, feucht und dunkel; sie strömen einen Geruch von Meersalz aus. Die Schreie der Möwen, die mich umkreisen, sind durchdringend und hungrig. Sie steigen auf, kreisen, lassen sich auf den reglosen Wellen um das festgemachte Holzboot nieder. Und plötzlich schaue ich, an einem langen Eisengeländer stehend, auf sie hinab.

Eine schwarze Möwe stösst auf mich herab; ihre Brust ist fest und rund und voll. In ihrem langen Raubtierschnabel liegt der scharfe Geruch von Seegras. Sie betrachtet mich mit zwei mitleidsvollen Augen, in denen mein Todesurteil liegt.

Ich sehe den Bub — klein, die dünnen Beine in weissen, weiten kurzen Hosen, mit offenem Hemd. In seinen Augen liegt ein nachdenklicher Blick, zu nachdenklich für sein Alter. Er steht am frühen Morgen am Strand der offenen See, in Mandara.

Vor ihm eine weite, ruhige Fläche, strahlend, nur leicht glitzernd, weisslichschwere Helligkeit im Licht, das fast winterlich sein könnte; und die weite Fläche endet in durchsichtigem Schaum, der leise zischend im Sand versinkt, unablässig. Ich spüre, auch über die langen Jahre hinweg, das Weichfeuchte unter seinen blossen Füssen, die nasse Luft auf seinem Gesicht.

Und ich spüre, dass sich die Sehnsucht, gleich den ziehenden Wellen, mit ausgebreiteten Armen, unerfüllt, auf den Strand wirft, gleich dem anstürmenden Wasser — erschöpft nach langer Reise auf dem Rücken der Zeit —, für immer auf die weite, tiefe See zurückzieht und nie aufhört zu steigen und zu fallen. Der Traum kommt und geht, findet nie Ruhe, und es ist, als habe er für keinen einzigen Augenblick die gezackte Horizontlinie verlassen.

Zu jener Stunde gab es am weiten Strand nur ihn, niemanden sonst.

Auf der weiten Fläche des ruhigen Wassers, die sich unter einem hellen Himmel erstreckt, sehe ich sie, wie zwei Punkte; sie bewegen sich kaum. Ich weiss, es sind

Vater und Mutter, ganz allein, weit weg. Und ich hoffe, dass sie schnell zu mir zurückkommen.

Winzige Wellen berühren meine Füsse und hinterlassen einen feinen Silberschleier, der, schimmernd, kaum trocknet, bis er von neuem Schaum genässt wird, der sich, auch er, zersetzt, vergeht.

In jenem Jahr mieteten wir ein Häuschen im Sommerdorf der „Freunde der Heiligen Schrift" in Mandara. Dieses Sommerdorf besass eine niedrige Mauer aus roten Lehmziegeln, die ein weites Stück feinsandiges Land umschloss. Ich spielte sehr gerne unter den kräftigen, alten, grobschuppigen Palmen zwischen den unregelmässig verstreuten Holzhäuschen, und ich betrachtete auch gern die Dolden der fast runden grünen Datteln, die üppig und dicht unter den breiten Palmfächern hingen, deren stachlig gezackte Enden sich vor dem weissblauen Himmel bewegten.

Hühner rannten herum, gackerten und pickten ihr Futter aus dem Sand unter den Palmen und bei den Hütten. Wir schlossen das Holztor in der Mauer, wenn wir — Mutter und ich — sie jagten, um eines zu fangen, das meine Mutter dann mit einem scharfen, in der Sonne blitzenden Messer schlachtete. Dazu murmelte sie immer: „Im Namen, beim Zeichen des Kreuzes, gluck, gluck, halt dich schön ruhig, und 's geht ruckzuck." Dann warf sie das Huhn auf den Sand und liess es ausbluten; erst lief es noch ein wenig herum, dann fiel es flügelschlagend zu Boden.

Ich zählte die Tage, sollte ich doch unmittelbar nach diesen Sommerferien in die Oberschule gehen. So freute ich mich über jeden neuen Tag, obwohl ich meine Schwestern vermisste, Aida und Hanaa, ebenso Luisa, die inzwischen grösser geworden war und auf unsicheren Beinen umherlief und schrie und schon einige Worte sprach. Wir hatten sie zu Hause in Ghait Enab gelassen, unter der Obhut meiner Grossmutter Amalia, meiner Tanten Wadida und Sara und meiner Onkel.

Sehr früh am Morgen, noch vor dem Kaffee, gingen Vater und Mutter immer schwimmen. Vater trug eine schwarze, sehr sehr lange Badebekleidung, wie ein Unterhemd. Sein Körper, straff und dürr und drahtig, glich einem Stecken. Mutter trug einen hochgeschlossenen dunkelblauen Stoffbadeanzug mit kurzen Puffärmeln. Er reichte ihr bis an die Knie. Sie hatte ihn selbst zugeschnitten und auf ihrer alten, dünnbauchigen Singer-Nähmaschine mit der ein wenig verblichenen Goldschrift genäht.

Ich, eben erst aufgewacht, renne, in weissen kurzen Hosen und dünnem Hemd, mit ihnen. Wir überqueren die schwarz glänzende Uferstrasse direkt vor dem Sommerdorf. Nach der warmen Geborgenheit der Hütte schlägt mir kühle Meeresluft entgegen. Zu dieser Zeit gibt es erst sehr wenige Autos. Wir gehen über die weite, abschüssige Sandfläche hinab; noch kein einziger Sonnenschirm ist zu sehen. Ich, über dem Arm die langen Frottéebadetücher, stehe direkt am Wasser und warte darauf, dass die beiden aus dem Meer zurückkommen.

Mutter steigt aus dem Meer, leuchtend hell und weich, ihr kurzgeschnittenes Haar ist tropfnass. Vater folgt ihr, aufrecht und gerade, und schaut sie liebevoll und gütig an, mit seinen tiefliegenden, durchdringenden Augen im kantigen Gesicht. Sie wickeln die Handtücher um sich, und wir laufen in die Hütte zurück.

In der Wärme der Holzhütte ziehen sie sich um, und wir setzen uns zum Frühstück an das niedrige Tischchen. Danach hocken wir auf den Assiuter Kelim, und Vater kocht sich auf dem kleinen Spirituskocher mit der unter der Kanne tanzenden blauen Flamme seinen zuckerlosen Kaffee. Dazu erzählt er uns Geschichten aus seinen jüngeren Jahren, als er als Steuerbeamter in Oberägypten arbeitete und auf einem Dienstesel durch die Dörfer in der Gegend von Achmim zog, um bei den Bauern die Steuern einzuziehen, die sie der Regierung schuldeten. Danach legt er sich ein weiches, rundes Klümpchen unter die Zunge, das er mit einem Streichholz von einer schwarzen, teigigklebrigen Masse abkratzt, die er in einer kleinen, flachen Blechbüchse aufbewahrt. Dann fährt er mit dem Bus zur Arbeit und kommt erst zum Abendessen wieder.

Ich mag schon lange Zeit dagesessen haben und schlafe fast ein, aber ich warte auf ihn; mein Körper ist ruhig und schwer und angenehm müde, nachdem ich den ganzen Tag am Meer gespielt habe und herumgerannt bin. Er isst zu Abend an dem Tischchen, das mit frischem Brotfladen, Hühnerbein, Hartkäse, gekochtem, geschältem, aufgeschnittenem und mit Zitronensaft beträufeltem Ei beladen ist. Zum Abendessen trinkt er auch etwas, jeden Abend. Er schenkt mir ein winziges Gläschen voll aus seiner Halbliterflasche mit goldbraunem Cognac ein, und beim Einschlafen spüre ich das angenehme Brennen, während er mit Mutter plaudert.

Onkel Nathan chauffierte einen viereckigen grünen Bus auf der Uferstrasse zwischen Sidi Bischr und Mandara.

Gleich nach dem Frühstück zog ich meine enganliegende Badehose an; Tante Wadida hatte sie mir aus rotem Wolltrikot gemacht. Darüber die kurzen Hosen, gehalten von den Hosenträgern mit den grossen weissen Knöpfen. In die Hosen steckte ich das weisse japanische Seidenhemd und rannte aus der Hütte, wobei mir Mutter noch nachrief, ich solle auf die Autos aufpassen, wenn ich über die Strasse ginge. „Erst nach rechts und dann nach links schauen!" Sie war vor dem Kerosinherd in der etwas finsteren Hütte mit dem Mittagessen beschäftigt.

Ich überquere also die Uferstrasse, nachdem ich mit klopfendem Herzen gewartet habe, bis die wenigen Autos vorüber sind. Dann laufe ich zum Fussweg auf der Strandseite und gehe ein Stück bis zur Bushaltestelle. Wenn Onkel Nathan vorbeikommt, hält er nämlich immer für mich an, auch wenn ich ganz allein dastehe. Dann klettere ich die Eisentreppen hinauf, die ein wenig hoch für mich sind, und Onkel Nathan mit seinem runden, braunen, kleinen Gesicht und seinen freundlichen, schmalen Augen macht mir ein Zeichen. Die Haut um diese Augen ist voller Fältchen, wenn er lacht. Ich setze mich neben ihn, auf den kleinen Sitz ohne Rückenlehne.

Direkt neben der Vordertür des grossen Fahrzeugs war es immer warm vom Motor; ausserdem roch es nach Benzin. Die Instrumente mit ihren kleinen, roterleuchteten Zeigern auf dem flachen Armaturenbrett faszinierten mich.

Am Eingang von Sidi Bischr hält Onkel Nathan für

mich an, obwohl es keine Haltestelle gibt. Ich steige aus und überquere wieder die Uferstrasse, erst rechts, dann links schauend, und gehe zum „Rana", einem Gasthof, wo mein Vetter Boktor jedes Jahr wohnt. Auch noch nachdem sein Bruder, Rafla Effendi, in Mandara, ganz in der Nähe des Sommerdorfes der Freunde der Heiligen Schrift ein Häuschen gemietet hatte, wohnte Vetter Boktor weiterhin in diesem Gasthof. Die Mutter dieser beiden war nicht wirklich meine Tante, genaugenommen war sie die Tochter vom Onkel väterlicherseits meines Vaters. Sie nannten meinen Vater „Onkel", und zu meiner Mutter sagten sie „Frau des Onkels". Diese Art der Verwandtschaft brachte mich immer völlig durcheinander.

Vetter Boktor stammte aus Achmim und verbrachte jedes Jahr, nach der Ernte und der Einlagerung der Zwiebeln, den September in Sidi Bischr. Er war ein kräftiger junger Mann, noch unverheiratet, gross und schlank, mit einem dunkelbraunen klargezeichneten Gesicht, das Männlichkeit ausstrahlte. Sein Lachen war rauh und gewinnend.

Wenn ich durch die Tür des Gasthofs eintrete, umgibt mich sofort die feuchte Luft und, nach dem klaren Licht des Meeres, eine dunkle Ruhe. Der Boden ist mit Platten ausgelegt, ohne Teppich und feucht; es steht sogar noch ein wenig Wasser darauf. In der ganzen Eingangshalle herrscht eine zugleich unpersönliche und intime Atmosphäre. Die Inhaberin hatte ein rundes Gesicht und dunkelbraune Haut; sie war etwas füllig und thronte hinter dem Empfangstresen. Wenn sie mich hereinkommen sieht, begrüsst sie mich mit einer weichen Stimme, die mich innerlich erbeben lässt. „Hallo, mein lieber Kleiner, nun komm doch mal her. Sind denn Männer schüchtern?" Immer drängt sie mir Schokolade auf, jedes Mal. Dann lehne ich ab, weigere mich immer, jedes Mal. Aber schliesslich verführt sie mich doch, mit dieser öligen, trägen Stimme, davon zu nehmen. Dabei zieht sie mich etwas näher, legt ihre weichen, nackten Arme um meine Schultern und drückt mich ein wenig an sich. Sie schaut mich von oben herab mit grossen, dunkelgrün flimmernden Augen an, überfliessend von weiblicher Zärtlichkeit, die mein Herz füllt. Dann sagt sie plötzlich: „Also, geh halt rauf, dein Verwandter wartet schon. Oder soll ich mitgehen?" Ich schüttle den Kopf und renne die Treppen hinauf, bis zum Zimmer von Vetter Boktor im dritten Stock.

Wenn ich an die Tür klopfe und, ohne sein „Herein" abzuwarten, eintrete, wartet er im allgemeinen schon auf mich, bekleidet mit einem langen Flanellbadeanzug ähnlich dem meines Vaters — mit breiten Trägern und hochgeschlossen, fast bis zum Hals. Dann legt er den gestreiften Burnus um die Schultern, nimmt sein Handtuch, und wir gehen zusammen hinunter. Wenn wir die Halle durchquerten und an der Wirtin vorbeigingen, lag auf seinem Gesicht immer ein abwesender, reservierter Blick, und auch sie schaute mich nicht an und sagte auch kein freundliches Wort.

Er nimmt mich bei der Hand, wir überqueren die Uferstrasse und gehen die wenigen Treppen zum riesig weiten Tahuna-Strand hinunter. Ich ziehe meine kurzen

Hosen und mein Hemd aus und werfe beides zu Handtuch und Bademantel in den Sand. Dann spiele ich am Rand des Wassers herum, höchstens bis zu dem Punkt, wo es mir bis zur Brust reicht; doch ich gehe nicht oft hinein.

Vetter Boktor war der einzige, in dessen Begleitung ich mich im Wasser sicher fühlte. Er schwamm immer hinaus, kam dann zurück, nur um sich von neuem ins Meer zu stürzen und wieder zurückzukommen. Und während er im Meer war, spielte ich allein im nassen Sand, auf den die Wellen platschten und sich dann zurückzogen. Ich baute mit einer leeren Streichholzschachtel allerlei Figuren aus dem feuchten, pappigen Sand. Dann grub ich eine schmale Rinne, gerade so tief, dass das Wasser hineinfloss.

Schliesslich kam er heraus, riesengross; das Wasser lief ihm am Körper herab. Er hüllte sich in seinen Bademantel und trocknete sich mit seinem dicken Handtuch ab, das inzwischen warm geworden war. Auch ich ziehe mich an. Dann geht er in den Gasthof zurück, während ich zur Haltestelle laufe und dort warte, bis Onkel Nathan mit seinem Bus wieder vorbeikommt. Mit ihm fahre ich zurück, beschwingter Laune und mit einem Körper, der von Sonne, Meer und Spiel in Sand und Wellen glüht.

Einmal kam ich zu spät, und als ich den Gasthof betrat, erfasste mich eine rätselhafte Furcht, weil ich die Frau nicht in der Eingangshalle hinter dem Empfangstresen vorfand. Fast entsetzt rannte ich hinauf zu Vetter Boktors Zimmer, stiess die Tür auf ... und stand ihr gegenüber. Neben dem Bett mit den zerwühlten Betttüchern richtete sie sich gerade auf und knöpfte die obersten Knöpfe ihres leichten Schürzenkleides zu, das ihre drallen Arme nackt liess, und strich es über ihren deutlich erkennbaren braunen Schenkeln glatt. Ich mutmasste, dass sie ihr Kleid auf der blossen Haut trug; ihre runden, vollen Brüste wippten unter dem weichen Stoff, und das Stück davon, das durch den weiten Ausschnitt sichtbar wurde, war schweissglitzernd. Ihr festes Haar war leicht zerzaust und feucht auf der Stirn. Sie lachte, als ich ins Zimmer stürmte und dann plötzlich erstarrte, ein leichtes Lachen. In ihrer sanften Stimme lag auch nicht der leiseste Hauch von Verlegenheit, als sie sagte: „Ach, du bist's. Verflixt nochmal, musst du hier wie eine Rakete reinschiessen … Also, komm schon her, Junge." Sie schob ihre Hand in die Tasche des Kleides und suchte herum. „Hier, deine Schokolade … nimm schon!" Aber dieses Mal lehnte ich entschieden ab und senkte trotzig den Kopf. Sie verstand und drängte nicht; lachte auch nicht mehr. Tapfer bekämpfte ich die Tränen, während sie mich an der Hand heranzog und mich neben sich auf das Bett sitzen liess. Ich gehorchte. Ich spürte ihr warmes Fleisch unter dem Kleid, das an mehreren Stellen spannte — genau oben auf ihrer Brust, mitten auf dem Bauch und zwischen den Beinen. Es war mit grossen, runden Knöpfen aus weissglänzendem Perlmutt zugeknöpft. Ihr Körper war prächtig und freigebig präsentiert. Ich spürte undeutlich, dass sie ihn in einem riskanten Spiel einsetzte, und ich hatte Angst um sie. Ich atmete ihren geheimnisvollen Duft ein, und mein Gesicht entflammte. Nein, ich weinte nicht, ich war wütend.

Vetter Boktor lag, halb aufgerichtet, im Bett, in seiner strahlend weissen Popelingalabija, deren fester weisser Kragen bis auf seine breite Brust hinab geöffnet war. Er schaute mich mit einem ruhigen Komplizenlächeln an, das ein Verstehen unter Männern voraussetzte, ja für normal hielt. „Nun ja, lieber Vetter", sagte er mit seiner etwas rauhen Stimme, „jetzt bist du so lange ausgeblieben, da haben wir uns gesagt, er kommt nicht mehr. Was ist los mit dir, hier so verschüchtert und beleidigt reinzukommen? Setz dich hin und nimm dich zusammen, solang ich mich anzieh." Dann zu der Frau, die bei ihm war: „Hol mir doch meinen Badeanzug aus dem Schrank." Das sagte er im Tone von jemand, der nichts zu verbergen sucht, einfach, gefasst und klar. Sie brachte ihm den Badeanzug, und er ging ins Badezimmer, um sich umzuziehen. Plötzlich drang da das Tosen des Meeres in die Stille ein, die sich über das Zimmer gesenkt hatte, dazu das Geräusch der Autoreifen, die auf dem Asphalt quietschten. Auch der Singsang des Mangoverkäufers: „Ich führe alle Sorten – Taimur ... Hindi ... Alphonse ..." Und das Scheuern der Strassenbahnräder auf den Schienen bei der nahen Haltestelle.

Ich sehe den Bub noch, wie er zu seinem ungewohnten Bett in der Hütte in Mandara geht – eine Matratze auf dem Boden, bedeckt mit einem Bettuch. Er kriecht unter die weisse Baumwolldecke, die mit Blumen und Blättern aus demselben Stoff und in derselben Farbe verziert ist. Sie sind als Erhebungen und Vertiefungen spürbar, und die Decke fühlt sich wohlig an. Ich erlebe mit ihm zusammen die Freude, die mit dem Tag am Meer verflossen ist, die Ablagerungen des Tages in seinem Herzen, seine Furcht vor den Schrecken der Nacht, seine unruhigen Träume.

War es sein Onkel Nathan oder sein Onkel Junan, der ihm von Sidki Pascha und den Arbeitern in den Bahnhofshallen erzählte? Oder hat er von der Geschichte erst gelesen, als er unters Bett seines Onkels Junan und dessen Frau, seiner Tante Esther, die er sehr gern mochte, kroch; das war in ihrem Haus in Ghait Enab. Das Bett war hoch, die Bettücher neu, und darüber lag ein Überwurf aus grünem Satin, der auf allen Seiten herabhing. Dort tauchte er gern in das grünliche Dämmerlicht ein, sog den Geruch von Blättern und Staub und den noch im Raum hängenden weiblichen Duft ein, der, wie er wusste, von seiner Tante Esther stammte, und blätterte dann in alten Zeitungen und Zeitschriften, die unterm Bett aufgestapelt waren – *al-Ahram, al-Balagh, Misr, al-Sarcha, al-Dschihad*. Stunden verbrachte er so, abgeschieden vom Lärm, dem Geschrei und dem Getriebe im Haus.

Er war auf dem Hauptbahnhof, das sah er. Es war Nacht, und er war völlig leer. Die mächtigen, hohen Bahnsteige zogen sich weit hin, niemand war darauf. Keine Züge standen im Bahnhof. Das Glasdach, weit oben, warf das Licht der hohen Lampen unten zurück. Ausserhalb des Bahnhofs sah er die Züge stehen, aufgereiht im Dunkel des Gleisgewirrs draussen, lauernd. Vorn waren die Lokomotiven schwarze, kreisrunde und etwas vorgewölbte Scheiben. Sie sahen aus, als wollten sie plötzlich aus ihrer Erstarrung ausbrechen, lebhaft, rauchend, aggressiv, jeden Augenblick überfallartig in den Bahnhof drängen und alles auf ihrem Wege zermalmen. Er sieht sich bei den Leuten auf der anderen Seite des Bahnhofs, dort, wo er sich auf das ausgedehnte Gleisnetz hin öffnet. Es waren sehr viele, die sich Schulter an Schulter, Kopf an Kopf drängten. Und mitten unter der Unzahl zusammengepferchter Gesichter, die im Dunkel der klaren Nacht auftauchten und wieder verschwanden, erschien das Gesicht seines Vetters Boktor, das von Rafla Effendi, das seines Onkels Nathan, seines Onkels Junan, seines Onkels Surijal und seines Grossvaters Sawiris. Es überraschte ihn nicht, unter ihnen auch seine um zwei Jahre jüngere Schwester Aida zu sehen, die seine jüngste Schwester, Luisa, auf dem Arm trug, und das im Gedränge aus Lokomotivführern, Heizern, Wartungsarbeitern und Schaffnern in khakifarbenen Uniformen. Sie hielten lange, dünne Eisenstäbe in der Hand, ausserdem metallene Fahrkartenausgabegeräte und hässliche Fahrkartenknipszangen, und bewegten sich langsam, dicht zusammengedrängt unter dem freien Himmel. Einen einzigen Augenblick nur sah er Rana unter ihnen, die Inhaberin des Gasthofs, die sofort wieder verschwand, und für einen Moment kam es ihm vor, als trüge sie den Badeanzug aus blauem Stoff mit den kurzen Puffärmeln. Doch nein, sie war völlig nackt, mit stolz hervorstehenden Brüsten, die voll und weich und rund waren, und mit braunen, schweisstauglänzenden Beinen. Aber sie konnte gar nicht hier sein, das wusste er; sie war tot, unter ungeklärten Umständen gestorben, etwas Bedrückendes im Herzen. Aber das glaubte er nicht. Tief drin und insgeheim schämte er sich wegen ihr, doch er schob dieses Gefühl von sich und machte weiter, als hätte es sie nie gegeben. Dann verlor er sie aus dem Blick, sie verschwand im Gewühl. Als hätte er sie nie gesehen. Die Menschen winkten mit Händen und Armen. Sie rissen ihre Münder auf, um zu schreien, doch sie blieben lautlos. Er war unter ihnen, spürte sich von ihrem Wogen aufgenommen und fortgetragen und sanft wieder abgesetzt. Weich und erschütterungslos schwebte er auf und nieder. Dann waren die Bahnsteige voller Sicherheitskräfte, Soldaten mit Khakishorts und dunklen Stoffbändern. Um ihre Beine trugen sie Wickelgamaschen, auf der Brust kreuzten sich breite Lederbänder, über ihre Tarbuschs waren gelbe Stoffhüllen gezogen mit Lappen, die über den Nacken herabhingen. Dicke, schlangengleiche Wasserschläuche mit hässlichen, ledernen Schuppen und dichten Rippen hielten sie in der Hand. Die Schläuche krochen, unberechenbar, über die Bahnsteige hin. Dann bäumten sie sich auf, geschlossene Eisenmäuler richteten sich auf die Menge — und Säulen siedendheissen Wassers schossen zischend und schäumend hervor, weisser Dampf stieg spiralig wirbelnd auf.

Sein entsetzter Schrei liess ihn erwachen; seine Mutter kam barfuss vom hohen Bett auf der anderen Seite der Hütte herbeigelaufen.

Vater ging zur Arbeit in die Anastasi-Strasse nach Mina Bassal hinunter, und Mutter teilte mir mit, wir würden heute bei Rafla Effendi zu Mittag essen.

Im Gegensatz zu Vetter Boktor hatte dessen Bruder, Rafla Effendi, ein rundes Gesicht und helle, ein wenig weiche Haut. Seine etwas hervortretenden Augen strahlten fröhlich. Er war immer für einen Spass zu haben und sehr redselig. Sein gestutzter Schnurrbart verlief unter seiner Nase in zwei kerzengeraden Linien, wie der Schnurrbart Hitlers, von dem Bilder in der Zeitschrift *al-Lata'if al-Musawwara* erschienen.

Rafla Effendi verbrachte lange Jahre als Algebra- und Geometrielehrer an der Markus-Oberschule. Er war Junggeselle und bewohnte eine Wohnung in Muharram Bey. Ausserdem konnte er Laute spielen. Wenn er uns zum Abendessen in Ghait Enab besuchte, durfte ich aufbleiben und sass mit den anderen an dem langen, übervollen Tisch, auf dessen braunmarmorierter Platte ein gebügeltes, dickes, weisses Tischtuch lag. Beladen war der Tisch mit lauter guten Sachen, die meine Mutter selbst zubereitete. Sie schlachtete eine Ente oder eine Gans und machte Kuskus, das wir mit Sauce assen; sie kochte Muluchija und einen Topf Reis mit Trauben und zarte Pastete, die mit flüssiger Butter begossen und im Backofen gebacken wurde. Ihre dünnen Teiglagen waren aussen knusprig braun, innen war sie weich und fleischig — ein unvergesslicher Geschmack.

Das waren Abende wie an den Festtagen. Man ass, man trank, man erzählte sich viele hübsche Geschichten. Meine Mutter nötigte Rafla Effendi unablässig, noch etwas zu essen. „Nimm das von meiner Hand, beim Leben deines Onkels. Beschäme nicht meine Hand!" drängte sie, und er entgegnete: „Gesegnet sei deine Hand, Frau meines Onkels. Bei meinem Vater, ich kann nicht mehr, beim Leben Christi." Kurz darauf nahm sie ein üppiges

Stück Ente und nötigte ihn wieder. „Du musst mir die Ehre antun und das nehmen. Hast du überhaupt schon was gegessen?" Er schob dann freundlich ihre Hand zurück und sagte: „Alle deine Feinde mögen ins Grab sinken, Frau meines Onkels. Bei Gott, ich kann nicht mehr."

Schliesslich nahm er das Stück dann aber doch; und so ging es den ganzen Abend. Er sprach den Dialekt von Alexandria mit einem leichten, heiteren oberägyptischen Tonfall.

Bei jedem Besuch brachte Rafla Effendi mir eine runde Schachtel Bonbons mit, auf der farbige Türme und Brükken abgebildet waren. Erst später erfuhr ich, dass es sich dabei um den Tower von London handelte. Oder er brachte ein viereckiges Glas mit Nadler-Karamelbonbons; das war dick und durchsichtig und besass einen weiten, runden Hals. Aus Freude über das Aufbleiben, die Geschichten, das Essen und den Cognac blieb ich bei den anderen, bis ich einschlief. Auch dann wollte ich noch nicht schlafen gehen, und am folgenden Tag wusste ich nicht mehr, wann und wie ich ins Bett gekommen war.

Damals standen in Mandara die Häuschen ohne feste Ordnung in unregelmässigen Abständen auf kleinen Sandhügeln vor der Uferstrasse. Dazwischen lagen offene, ungenutzte Landstücke, auf denen Palmen wuchsen. Die Häuschen sahen merkwürdig, aber hübsch aus; alle Holzwände waren irgendwie verschieden. Obendrauf sassen an allen vier Ecken winzige, schmucke Türmchen, ebenfalls aus Holz. Die kleinen Fenster waren aus farbigem Glas mit eingravierten Mustern; es waren kleine, glatte, gekörnte Scheiben – hellblau, glutrot, tiefgrün, blütengelb. Hinein gelangte man über einige ebenfalls hölzerne Treppen. Die grösseren Häuschen hatten offene Balkone, die engstäbige Geländer umgaben und die vibrierten, wenn man darüberging.

Das Häuschen von Rafla Effendi ging genau auf die Uferstrasse hinaus; es stand auf einer kleinen, flachen Sanderhebung. Hatten wir unser Mittagessen bei ihm tatsächlich schon beendet? War Mutter schon am späteren Nachmittag zum Meer, an den völlig menschenleeren Strand hinuntergegangen, war zurückgekommen und hatte sich in das einzige Zimmer im Innern begeben, um sich zu kämmen und sich umzuziehen? Oder war sie noch im Meer, nachdem alle schon herausgekommen waren, um nach Einbruch der Dämmerung ganz allein ein abendliches Bad zu nehmen?

Rafla Effendi sass in Hemd und Hose auf einem Rohrstuhl, über die Laute gebeugt, die gegen seinen leicht gewölbten Bauch lehnte. Seine feingliedrige, weisse Hand strich mit dem Plektrum leicht und rhythmisch über die Saiten. Ich sass vor ihm auf einem runden Holzhocker und starrte auf den Holzboden, auf dem nasse Fussspuren dunkel sichtbar waren. „Die Nacht, wenn sie leer ist", summte er, „jemand schläft nicht ... jemand weint ..." Sein Singen und sein Spiel waren schwermütig, seine Augen ins Leere gerichtet.

Die Sonnenscheibe war rot und gross. Ich sah sie schnell sinken. Als wäre die richtige, die weissgleissende Sonne schon einige Zeit verschwunden, so schien es, und diese hier wäre nur ihr flammendes Spiegelbild, eine Illusion, die inmitten feuergeränderter Wolkenfetzen im Meer versank. Langsam verlosch die Pracht des Sonnenuntergangs, und ein Hauch kalter Einsamkeit wehte über mich hinweg. Als wäre es der letzte Sonnenuntergang am letzten Tag, als hätte die Sonne die Welt auf immer verlassen und wir träten in die Nacht vor dem Jüngsten Tag ein.

Die Holzwände des Häuschens strömten die von der Sonne den ganzen Tag über gespeicherte Wärme aus. Sonnenuntergangsdämmer. Hohle, wehmütige, rhythmische Lautentöne, die lange nachklangen.

Rafla Effendi schwieg; er war in sein Lautenspiel vertieft. Er hatte den Kopf zur Seite geneigt und lauschte dem zitternden Klagen der Saiten und der monotonen Melodie, die im engen Raum des Holzhäuschens widerhallte.

Ich fühlte mich sehr allein. Die Brise vom Meer blies mir ins Gesicht, im Wechsel mal warm, mal kühl, salzwasserschwer. Plötzlich gingen die Lampen entlang der Uferstrasse an, alle zugleich — runde, gelbgleissende Flecken vor dem dunkelblauen Gewebe des Himmels, an dessen sich langsam schwärzendem Rand noch immer der Sonnenuntergang glühte. Das zitternde Licht der Lampen fiel auf den Asphalt der Uferstrasse und auf die glänzenden Dächer der wenigen, hin und wieder lautlos vorbeiflitzenden Autos, die an der Kurve, dort beim Strandcafé, verschwanden.

Direkt vor der Hütte drehte ich mich plötzlich um. Da sah ich es vor mir! Ihr Körper wirbelte unter den Rädern des Autos, weich und nachgiebig, widerstandslos. Ihr Kleid wehte und flatterte, ihre Arme flogen herum, ihr Körper überschlug sich mit den Rädern, einmal, zweimal.

Ich spürte die rasenden Räder meine eigenen Knochen zermalmen. Hörte einen gellenden Schrei in der friedlichen Abenddämmerung.

Grauenvolles Entsetzen packte mich. War das Mutter unter den Rädern? War sie vom Meer gekommen und von dem Auto erfasst worden? Einen Augenblick lang drang mir der Schrecken ins Herz. Alles vorbei! Alles verloren!

Völlig ruhig kam Mutter aus dem Zimmer im Innern, ihr kurzes Haar war gekämmt, hing aber immer noch ein wenig nass in ihr Gesicht, das in der dunklen Hütte hell leuchtete.

Meine Beine zitterten, waren leer, ich spürte es, bewegte mich nicht, sagte kein einziges Wort.

Im Haus war es mucksmäuschenstill. Die Laute lag verlassen auf dem Rohrstuhl.

Ich sah, wie das Auto anhielt. Das überfahrene Mädchen lag auf dem Asphalt, seine Beine ragten in die Luft, leblos und grotesk verdreht. Auch ihr auf der Strasse ausgebreitetes Haar sah ich unter dem Licht aus der Entfernung. Der Wind blies eine Locke hoch, sie bewegte sich leicht.

Leute liefen zu ihr hin. Ich bemerkte, dass Rafla Effendi schon zum Unfallort losgerannt war. Meine Mutter stand an der Tür, schweigend und mit grossen Augen.

Rafla Effendi heiratete erst in vorgerücktem Alter,

nachdem man ihn zunächst zum Inspektor, dann zum Direktor der Sohag-Oberschule ernannt hatte. Das war zwei Jahre nach meinem Eintritt in die Grundschule gewesen. Er starb kinderlos, nachdem ich mein Abitur gemacht hatte und während ich im Lager Tur inhaftiert war. Der Krieg von 1948 hatte mit dem Verlust von Palästina geendet; und da habe ich wohl vieles andere vergessen, und auch nicht an ihn gedacht.

An jenem einen Morgen wartete ich wie gewohnt auf Onkel Nathan, der mich jedoch, als der Bus anhielt, von seinem Sitz aus seltsam anschaute; dann stand er, entgegen seiner Gewohnheit, auf und kam zur Tür, noch bevor ich einsteigen konnte. „Heute nicht", sagte er. „Es ist besser, du kommst nicht mit und spielst heute hier." Ich spürte, wie mich Beklommenheit und Unruhe erfassten, und ich erwiderte nichts. Ich tat, was ich nur selten tat. Ich stieg schweigend und entschlossen ein und setzte mich auf meinen kleinen Sitz.

Onkel Nathan begriff, dass ich einen meiner Dickköpfigkeitsanfälle hatte, gegen die bei mir nichts fruchtete, weder Befehl noch Bitte, weder Drohung noch gute Worte. Er ging zu seinem Sitz zurück, und die Falten um seine Augen schienen mir tiefer und zahlreicher als sonst.

Als wir uns dem Gasthof näherten, meinte er: „Steig nicht aus, ich dreh um. Komm zurück mit mir, ich nehm dich mit bis nach Montasah, und heut nachmittag gehn wir ins Strandcafé." Er hielt nicht an. Aber an der nächsten Haltestelle war ich schon an der Tür und sprang mit den anderen Leuten auf die Strasse hinaus. Dann rannte ich zurück, überquerte ohne zu warten die Uferstrasse und erreichte zwischen den Autos hindurch, deren Hupen im Vorbeifahren aufheulten, dann wieder abflauten, die andere Strassenseite.

Vor der Tür stand eine kleine Gruppe Leute — Portiers, Bügler, Händler und einige Neugierige. Sie tuschelten miteinander oder unterhielten sich halblaut, und ich schnappte im Vorbeigehen einige Brocken auf. „Wann denn? Weiss jemand, wer? Angeblich in den frühen Morgenstunden ... Wie schrecklich ...! Bei Gott, eine so feine Frau, ein so untadeliges Mädchen ... Und sie war auch noch ... Gott erbarme sich ihrer ... Morgen erfahren wir's dann ... Dann wird alles Verborgene ans Tageslicht kommen ... Gott strafe den Übeltäter, mein Junge." An der Tür des Gasthofes stand ein Soldat in ungebügelter weisser Uniform, mit einem Tarbusch auf dem Kopf und einem Gewehr in der Hand. Neben ihm stand ein Kriminalbeamter, mit dem Mantel des Offiziellen, der Galabija und dem Rohrstock. „Wo willst du hin, Junge?" fragte er mich barsch. Ohne ihm zu antworten, ja, auch ohne ihn anzuschauen, schob ich ihn mit der Hand beiseite, und zwar mit einer Kraft, die ich nicht bei mir vermutet hätte. Und zweifellos hat mein Gesichtsausdruck ihn sprachlos und handlungsunfähig gemacht.

Ich rannte die Treppe hinauf. Im dritten Stock sah ich neben Vetter Boktors Zimmer eine offene Tür. Die Tür zu ihrem Zimmer, schoss es mir durch den Kopf und ich rannte darauf zu. Ein Offizier mit Stern und Krone stand zusammen mit zwei Kriminalbeamten im Zimmer, das die drei ausfüllten. Bei ihnen stand Vetter Boktor, erschreckend gross und mit strengem Gesicht. Er war

schick mit seinem leichten oberägyptischen Gabardine-
mantel über seiner schlohweissen Galabija aus japani-
scher Seide, die bis auf seine spiegelblanken braunen
Schuhe reichte. Sein Tarbusch sass fest und kerzengerade
auf seinem Kopf. Ich spürte, er war drauf und dran, vor
unterdrückter stürmischer Jugendlichkeit zu explodie-
ren.

Gleich als ich ins Zimmer hineinplatzte und noch bevor mich irgend jemand festhalten konnte, sah ich sie auf
dem Bett liegen. Sie war mit einem weissen Laken zugedeckt; einige dunkle Blutflecken sickerten langsam
durch und wurden an verschiedenen Stellen an Brust und
Bauch grösser. Ihr Kopf hing, von keinem Kopfkissen
gestützt, nach hinten. Ihr braunes Gesicht war fahl, ihre
grossen Augen standen unter den gebogenen Lidern offen. Ihr Grün war starr, es flimmerte nicht mehr. Sie
schaute zu mir herüber.

Vetter Boktor nahm mich langsam, ganz ohne Hast,
bei der Hand und sagte: „Komm, Vetter, komm jetzt.
Sinnlos, hier noch weiter rumzustehen, Onkel." Es war
das erste Mal, dass er mich so anredete wie meinen Vater
und dass er mit mir wie von Mann zu Mann sprach. Seine
feste, etwas tiefe Stimme bebte. Auch an jenem Tag
weinte ich nicht.

Vetter Boktor kam weiterhin jeden Sommer in den
Gasthof „Rana". Selbst nachdem er in Oberägypten geheiratet und Kinder hatte, änderte er seine Gewohnheit
nicht; auch seine aufrechte Haltung behielt er bei, ebenso
seine strenge Miene und die jugendliche Kraft in seinem
durchdringenden Blick. Er starb kurz nach seinem Bru-

der, Rafla Effendi. Das war, nachdem ich ein weiteres Mal aus dem Lager Tur in das von Abukir verlegt worden war, und ich erfuhr von seinem Tod erst nach meiner Entlassung. Lange und stumm trauerte ich um ihn. Ich litt zu jener Zeit Liebesqualen, an denen ich zu verzweifeln glaubte, und ich verzweifelte an der Welt.

Damals, in der Qual dieser Liebe, von der ich weder wusste, wie ich sie ertragen könnte noch wie sie enden würde, suchte ich immer das Promenadencafé „Kleopatra" auf. Dort verbrachte ich die frühen Nachmittagsstunden — schaute aufs Meer hinaus, hing wilden Träumen nach, versuchte, einen Roman zu lesen, oder wartete, lang vor der vereinbarten Zeit, auf einen Freund oder fasste während Stunden den Entschluss, ins Kino zu gehen, in irgendeines, oder ins Café „Friskador" oder ins „Pastoridis" in der Saad-Saghlul-Strasse oder ins „San Giovanni" oder ins „Stanley". Und all das aus dem einzigen Grund, dass ich es nicht allein in meinen vier Wänden aushielt.

Es war Ende September. Die Nachmittagssonne verwandelte die Wasseroberfläche unter mir in Millionen leuchtender Punkte, die aufblitzten und wieder verschwanden, mich blendeten. Das Blau des Wassers darunter war tief und dunkel und doch gleichzeitig von klarer Durchsichtigkeit. Ich liess meinen Blick vom hohen offenen Fenster des Strandcafés bis an den Horizont wandern, zu jener undeutlichen Linie, wo Meer und Himmel in flimmerndem Licht zusammenfliessen. Und da sah ich sie!

Sie schwamm unter dem Fenster, ihr enganliegender

hellblauer Badeanzug leuchtete unter den leichten Wellen hervor, die weichwogend über ihn hinwegspülten, dann zurückflossen. Fast schaumlos glitt sie durch das Wasser. Ich erkannte sie: Rana, die völlig meinem Gedächtnis entschwunden war. Ihr Körper, frisch und hellbraun, konnte kaum die Weiblichkeit bändigen, die, in früher Fülle, knospte und blühte. Doch sie war viel jünger, ein Mädchen noch, mit der Anmut eines Fisches im Wasser.

Mein Herz schlug, setzte aus. Wer war sie? Etwa eine Schwester, eine jüngere, die ich noch nie gesehen hatte? Sie musste es sein, sie war es, sie! Oder war sie die andere, die ich lieben, dann verlieren sollte? Meine Augen hingen an ihr, verzaubert und abwesend. Als sie sich auf den Rücken drehte und auf dem Wasser dahintrieb, sah ich ihr bronzefarbenes, rundes Gesicht auf mich zutreiben, die Augen gegen die Sonne geschlossen. Ihr festes, dichtes Haar war kurz, nass und pechschwarz. Ich kannte die berauschende Intensität seines Duftes, ihre glatten Wangen, die so rund und weich unterm Wasser glitzerten, während sie weiter und weiter wegtrieb, ihre zarten, kräftigen Beine, die sich kaum bewegten, ihre Arme, die ruhig, rhythmisch, regelmässig auf das Wasser schlugen, während sie weiter und weiter wegtrieb.

Ich wusste, dass ich sie bis ans Ende meiner Tage lieben würde, todesgleich lieben würde, und dass mein Herz die Arena ihres aufgewühlten Meeres sein würde, ihrer auf ewig ruhelosen Wogen.

Genau um zehn vor acht gehe ich zur Schule. Die Wand-
uhr hängt neben der Tür. Das lange Messingpendel endet
in einer vorgewölbten, kreisrunden Scheibe. Es ist von
verführerisch gleissendem Gelb und schwingt beharrlich
hin und her, als wäre es im Innern des langen, dunkelbraunen, ölig glänzenden Holzkastens besessen von
grenzenlosem Leichtsinn.

Die Kanten dieses Holzkastens entlang laufen geschnitzte Leisten mit sanften Verzweigungen aus glattfe-
stem Holz, sich verschlingend und überlagernd, sich
windend und drehend. Am oberen Rand verläuft ein
kuppelartig gewellter Sims, auf dem ein fein geschnitzter
Reiter steht, auf dem Kopf einen Helm, unter dem seine
langen Haare lockig hervorquellen. Sein Bart läuft spitz
zu, und der gefangene Wind bläht seinen Umhang. Er
thront auf einem tänzelnden Pferd, das ein Vorderbein
anhebt; es ist angewinkelt und in Anmut erstarrt. Die
Spitze des Hufs berührt kaum die Erde.

Mein Frühstück besteht immer lediglich aus Brot-
brocken in Milchtee. Dafür zerbricht Mutter die dünne
Oberseite eines trockenen Brotes. Die Unterseite, die
grob ist und Kleiekrümel enthält, mochte ich nicht.
Dann tränkt sie sie in Tee mit Milch, bis sie vollgesogen
und weich, aber noch nicht vermatscht sind. Die esse ich
dann mit einem Silberlöffel, der mir ganz allein gehört
und in dem eine kleine Krone und, in feiner, geschwun-

gener Nas'chischrift, ein mir unvergesslicher Name eingraviert ist: Muhammad Machmud Ghali und Söhne. In der Mitte war der Silberglanz schwarz geworden. Mit ihm löffle ich das in Tee und Milch eingeweichte Brot; es schmeckt gut und rutscht leicht. Dabei wende ich meinen Blick nicht von der Uhr, deren langer Zeiger jede Minute eine Markierung weiterspringt, bis er schliesslich zu dem Strichlein kommt, bei dem ich alles stehen und liegen lassen, meine Bücher von der Marmorplatte des Buffets schnappen und losrennen muss.

Jeden Sonntag, bevor wir zur Kirche gehen, bitte ich Mutter, mich die Uhr aufziehen zu lassen. Dann nehme ich den Schlüssel mit der feinen zylindrischen Vertiefung an seinem Bein von seinem Platz auf dem Boden des Uhrenkastens, auf dem ich mit meinen Fingern den Staub spüre. Ich steige auf einen Rohrstuhl, stecke den langen Schlüssel in das Loch; er passt sich fest und genau um den nadelgleichen Zahn, der aus der runden Öffnung im strahlendweissen Emailzifferblatt hervorragt. Ich drehe den Schlüssel, den ich mit Daumen und Zeigefinger an seinem flachen, aus zwei feinen Messingblättern bestehenden Kopf festhalte. Die Zahnräder knirschen genussvoll, während die Uhr aufgezogen wird, und das klare, gleichmässige Ticken wird stärker im Ton und voller im Klang. Und jede Stunde schlägt die Uhr mit einem Kirchenglockenspiel.

Wir verliessen das Haus in der Zwölfer-Strasse, vor der Mühle, in der Nähe des Polizeipostens, als ich, vier Jahre zuvor, in die Nil-Grundschule eingetreten war, und zogen in die Kurum-Strasse, gegenüber den Stallungen, in der Nähe des Machmudija-Kanals. Dies speziell meinetwegen, weil die Schule in derselben Strasse lag und ich nur fünf Minuten dorthin brauchte, wenn ich normal ging, zwei, wenn ich rannte. Erst überquerte ich die Sidi-Karim-Strasse, dann die Tram-Strasse. Danach, immer geradeaus, gelangte ich an der nächsten Strassenkreuzung zur Schule.

Zur Kurum-Strasse hin besass die Schule eine hohe Steinmauer, die nur von einer schweren Holztür durchbrochen war. Diese führte direkt zu einer sehr sauberen, aber engen und finsteren Treppe zwischen zwei fensterlosen Mauern, die allein der Direktor und die Lehrer benutzen durften. Ich selbst bin diese Treppe eigentlich nie hinaufgestiegen und erlebte ihre Schrecknisse nur einmal an der Hand meines Vaters, als er mich — vor langer Zeit — zum ersten Mal in die Schule brachte, und einmal, als ich am Ende jenes Jahres mein Zeugnis im Büro des Direktors abholte.

Wir dagegen betreten die Schule auf der anderen Seite, durch das grosse, weite Tor an der Maarif-Strasse. Dort steht Onkel Misak, der alte Türhüter mit dem zerfurchten Gesicht, dem herabhängenden Schnurrbart und dem um ein verblichenes Käppchen gewundenen Turban. Er öffnet das Tor und schliesst es. Er entscheidet über unser Schicksal beim Ein- und Ausgang, während der Schulstunden und in der Pause, denn er läutet die neben der Tür aufgehängte rostige Messingglocke. Dabei richtet er sich nach seiner verlässlichen, auf die Sekunde genau gehenden silbernen Uhr, die mit einer am obersten Knopf seiner Weste festgemachten Kette in der tiefen Seitentasche seiner Galabija festgehalten wird. Diese Weste aus glänzendem Stoff, die eng um seine magere Brust liegt, kann man durch die obere Öffnung seiner Galabija sehen.

Das Tor besteht aus zwei soliden Eisenflügeln zwischen zwei kräftigen Steinpfosten. Es öffnet sich auf einen kleinen gepflasterten Hof, von dem aus breite, weisse Marmortreppen hinaufführen, beidseits steingeländergesäumt wie ein Balkon. Auf diesen erreicht man einen Korridor, an dem rechts und links Klassenzimmer liegen. Auf der Höhe des zweiten Stocks ragt das hohe Schulgebäude über die Treppen hinaus und wirft Schatten darauf. Das ganze alte Haus ist mit grossen, alten Steinrippen und langen steinernen Verzierungen geschmückt. Die grossen Fenster mit den schweren Holzläden liegen hoch.

An Onkel Misak vorbei rannte ich in den kleinen Hof rechts von den Marmortreppen. Dort standen immer die „Grossen", die lange Hosen trugen, vollständige Anzüge, Tarbuschs und Krawatten. „Guten Morgen", sagte ich zu Ghurajib Ali, der, an die Wand gelehnt, den Gruss erwiderte, sein Tarbusch sass keck auf dem Kopf, seine Jacke war zugeknöpft — sie sass immer knapp, er öffnete sie nie. In seinem langen Gesicht lag ein etwas träumerischer und etwas überheblicher Blick. Auch Hassan Mardini, mit seinen runden Wangen und seinen grossen Augen, erwiderte meinen Gruss, ebenso Sulaiman Butrus, der hübsche dunkelbraunhäutige Oberägypter.

Die Grossen waren vielleicht sechzehn oder darüber, wir dagegen, in den unteren Klassen, waren viel jünger, so etwa zehn. Wir waren alle kleine Teufel, aber ihnen, in gewisser Hinsicht, auch ebenbürtig. Wir waren nämlich besser in der Schule, weswegen sie uns achteten und uns gestatteten, uns auf dem kleinen Hof als gleiche unter gleichen zu ihnen zu gesellen. Wir tauschten unterschiedslos Pausenbrote und Süssigkeiten aus, obwohl sie doch, das war offensichtlich, Söhne aus besseren und wohlhabenderen Kreisen waren, während wir aus durchschnittlichen Verhältnissen stammten und gerade so durchkamen. Wir trugen noch immer kurze Hosen, Hemden mit offenem Kragen und Socken, die auf die Schuhe hinabrutschten. Nur der Tarbusch war obligatorisch, auch für uns; wir trugen ihn im Klassenzimmer, auf dem Pausenhof und auf der Strasse.

Dennoch spürten wir, dass wir ihnen andererseits wieder nicht ebenbürtig waren. Sie waren „Grosse". Sie wussten allerhand von den Geheimnissen des Körpers, von dem, was einem passiert, wenn man gross ist. Wir wussten davon noch nichts, und allein deshalb hegten wir für sie eine geheime Bewunderung und eine besondere Art von Respekt, selbst dann, wenn sie in ihrer Klasse ganz unten standen. Mitunter geschah es, besonders häufig am Montagmorgen, dass sie, die Grossen ganz allein, im Kreis zusammenstanden und sich in gekünsteltem Flüsterton miteinander unterhielten und Geheimnisse untereinander austauschten, die sie uns nicht zu hören erlaubten.

Es klingelte, wir rannten die Marmortreppe hinauf und gingen in den Arabischunterricht. Chalifa Effendi hatte einen leicht bäuerlichen Akzent und sprach das g immer als *dsch* aus. Er besass einen dichten geraden Schnurrbartstreifen unter der Nase; sein Gesicht war hohl und knochig. Ich sass ganz vorne in der Klasse.

Chalifa Effendi forderte mich auf, das auswendig Gelernte aufzusagen. Wir hatten die Koransuren „Die Nacht" und „Der Morgen" zu lernen gehabt. Mir fiel das nie schwer, also trug ich sie, hintereinander, vor, vom Rhythmus und vom Inhalt fasziniert. Es war mucksmäuschenstill im Klassenzimmer, während ich die kurzen melodischen Verse rezitierte und Chalifa Effendi mich mit tiefem, festem Blick betrachtete. Dann war ich fertig, und in der Stille hörte man ein leises, undeutliches Summen aus den anderen Klassen. Plötzlich brach es aus Chalifa Effendi heraus: „Mein Gott ... dieser Vortrag war wie eine goldene Kette. Gott schenke dir Erfolg, mein Junge!" Ich spürte, wie ich, stolz und verlegen zugleich, rot anlief. Hinten in der Klasse vernahm ich Rumoren und Gekicher.

In der Pause gingen wir von der breiten Treppe nach links zu dem schmalen Durchgang, der um das ganze Schulgebäude herumlief und zu einem mit Platten ausgelegten und holzüberdachten Hof führte. Dort standen lange Bänke und nackte Holztische. Der Hof war ein wenig finster, doch gleichzeitig auch angenehm – ein geeignetes Terrain für Blindekuhspiele und zum Herumtollen auf Bänken und Tischen und bei der Wand, an der ein Messingwasserhahn stand, an dem wir mit Hilfe unserer Hände tranken. Darunter waren immer unregelmässige, nasse, dunkle Flecken. Die Grossen kamen im allgemeinen nicht hierher.

Ich war gerade über den Hahn gebeugt, liess meine zur Schale geformten Hände mit Wasser vollaufen und trank gierig, während das Wasser schnell zwischen meinen Fingern hindurchrann, als Gabra sich von hinten näherte. Er war gross, sein Gesicht wachsweiss, und er lachte auf eine Art, die ich verabscheute. Kamal war bei ihm; er war gedrungen und steckte in langen, engen Hosen, die im Schritt spannten. Ausserdem Ramsi, er klein, rundlich und mit kurzen Hosen, die zwei weiche, weisse Beine freigaben; seine Augen standen ein wenig vor. „Nein, wie herrlich, diese goldenen Ketten", bemerkte Gabra, absichtlich so laut, dass ich es hören konnte, „diese Preziosen aus Gold ..." Ramsi lachte sein mädchenhaftes, hohes Lachen, und Kamal ergänzte mit rauher Stimme: „Jawohl, mein Herr!"

Zornbebend richtete ich mich auf und wünschte mir, älter zu sein, um ihnen mit der Faust das Gesicht einschlagen zu können, wie es Rocambole und Arsène Lupin tun. Doch da kam, entgegen seiner Gewohnheit, Hassan Mardini gemächlich näher, Ghurajib Ali und Anton Sachari waren bei ihm. Und Gabra und Kamal verstummten plötzlich, machten kehrt, fassten Ramsi bei der Hand und trollten sich.

Die Nachmittagspause verbrachte ich im grossen, offenen Hof, der auf der einen Seite durch die Mauer begrenzt war, auf der anderen durch hohe Hauswände mit angelehnten Fenstern, die nie ganz geöffnet wurden, auf der dritten durch das Schulgebäude, und auf der letzten stiess er an den überdachten gepflasterten Platz. Die Sonne schien voll darauf, wodurch es dort im Winter recht warm, im Sommer glühend heiss war. Der Sand auf dem Boden war durch feinen Staub schwärzlich geworden, der beim Rennen und Spielen unter unseren Füssen in kleinen Wolken aufwirbelte, auch beim Schreien, das während der grossen Pause nie abebbte.

Unser Lieblingsspiel war, dass einer seine Schuhe auszog — sie aber trotz noch so enger Freundschaft unter uns nicht aus der Hand gab — und dann strümpfig zwei anderen auf die Schulter stieg, wodurch er knapp über die Mauer hinwegschauen konnte. Dann rief er die Passanten oder die wenigen Händler, die auf der Kurum-Strasse vorübergingen, an. Doch dieses Privileg erhielt nur jemand, der vorher beim Murmelspiel oder beim „Wer war's?" oder bei irgendeinem anderen von uns erfundenen Spiel gewonnen hatte.

Ich war auf dem grossen Hof, als Gabra, Kamal und Ramsi, alle drei zusammen, zu mir kamen. Und mit einer Stimme, die ganz Bitte, Entschuldigung und Versöhnung war, bat mich Gabra, ihnen doch den Inhalt und die Grammatik der Koranverse zu erklären, die wir hatten auswendig lernen müssen. So versöhnten wir uns. Aber irgendwie hatte ich immer etwas Angst vor ihnen, spürte immer eine vage Abneigung gegen sie. Ausserdem hatte ich den Eindruck, dass sich zwischen ihnen, physisch, insgeheim etwas Geheimnisvolles abspielte, was mich gleichzeitig anzog und abstiess.

Dann sagte mir Gabra einmal, nach der Schule gingen sie zu Ramsi nach Hause, der am Ende der Zwölfer-Strasse wohnte, neben der Garnfirma. Ramsi hätte, in einem Zimmer auf der Dachterrasse des Hauses, alte

Nummern der Zeitschriften *Kull Schai wal-Dunja* und *al-Kawakib,* und er, Gabra, würde ihn dazu überreden, sie mir zum Lesen während der Halbjahresferien auszuleihen.

Gabir hatte das mitangehört und kam am Ende der Stunde zu mir. Wir hatten unsere Namen in die hölzernen Pultplatten geschnitzt, die weissen Porzellantintenfässer aus den Vertiefungen genommen und aufeinandergetürmt und die Türme auf das Lehrerpult gestellt. Dann liessen wir Papierflugzeuge am Klassenzimmerhimmel kreisen und schrieben mit roter Kreide an die Fenster: „Hurra, endlich Ferien!" Etwas zweideutig sagte Gabir zu mir: „Pass ja auf, wenn du mit diesen Jungs zu Ramsi gehst. Pass ja auf!" Doch ich war so voll freudiger Erwartung auf die bevorstehenden Ferien, dass ich wie wild herumsprang und seinen Worten keine Aufmerksamkeit schenkte.

Man liess uns, an diesem letzten Tag vor den Halbjahresferien, früher gehen. Mir blieb darum einige Zeit, bevor ich zu Hause sein musste; meine Mutter war da sehr streng. Also ging ich mit Gabra und Kamal, der mir den Arm um die Schulter gelegt hatte und mir erzählte, Chalifa Effendi und Sami Effendi, der junge Schulaufseher, seien Freunde und schliefen bei Nacht miteinander in Chalifas Haus. Ich trat schroff zur Seite, etwas weg von ihm. Wir gingen die Zwölfer-Strasse entlang bis zu ihrem Ende, stiegen durchs finstere, saubere Treppenhaus, bis auf die Dachterrasse, vorbei an verschlossenen Türen, hinter denen nichts zu hören war. Gabra sagte, Ramsi werde sofort heraufkommen. Wir betraten das Zimmer auf der Terrasse; es war leer. Es bestand aus nur drei nackten, groben Steinwänden und hatte eine einzige, weit oben aus der Wand geschlagene Fensteröffnung ohne Glasscheiben. In der Mitte, vor dem grossen Holzbrett mit Lücken und Löchern, das als vierte Wand diente, stand ein breiter Zementpfeiler, aus dem verbogene, dünne, rostige Eisenstäbe herausschauten. Dieser Pfeiler trug, genau in der Mitte, das Dach. Es war dämmrig im Dachterrassenzimmer. Der ganze Raum war voll geheimer Spannung.

Mit seiner öligen, leicht näselnden Stimme berichtete Gabra, Ramsi sei mit ihm am vergangenen Sonntag hier heraufgekommen. Dann erzählte er, wie er auf die Knie hinuntergegangen sei und sich gegen den Pfeiler gestützt habe. Nein, geschrien habe er nicht, aber den Mund habe er fest zusammengepresst. Ich verstand überhaupt nichts, aber plötzlich spürte ich, dass ich in eine Falle geraten war und dass sich hier um mich herum etwas Gefährliches, etwas Schreckliches, etwas Unsauberes zusammenbraute. „Ich muss gleich wieder gehn", sagte ich, „wir wohnen weit weg." Und während ich zur Treppe rannte, hörte ich Kamal noch sagen, Ramsi werde gleich mit den Zeitschriften kommen. Doch ich erwiderte nichts, rannte auf die Zwölfer-Strasse hinaus, rannte zur Kurum-Strasse, rannte über die Tram-Strasse, rannte ohne anzuhalten und ohne Luft zu holen, bis ich in unserem Treppenhaus war. Dort blieb ich, völlig ausser Atem, stehen und stellte fest, dass ich meine Bücher fest an mich gedrückt hielt und dass mir das Blut in allen Adern pulste. Alles kam mir rätselhaft vor, seltsam, und ich wollte es vergessen.

Den Rest des Schuljahrs, es war mein letztes an der Nil-Grundschule, ging ich diesen dreien aus dem Weg. Ich wollte nicht das widerliche Grinsen auf Gabras Wachsgesicht sehen müssen. Doch manchmal konnte ich meinen Blick nicht bändigen und betrachtete Ramsis trägen, rundlichen Knabenkörper.

Ich holte tief Luft und sprang, immer zwei Stufen auf einmal, die Treppe hinauf. Als ich an das Milchglasfenster in der Tür klopfte, öffnete mir Tante Sara. Sie war sehr jung, nur wenige Jahre älter als ich. In einer Hand hielt sie das Spiegeltablett mit den zwei Handgriffen. Darauf standen Gläser mit heissem Mughat*, der herrlich duftete; er war dunkelgelb, und obenauf schwamm eine Butterfettschicht mit kleinen Bläschen, bestreut mit gehackten Haselnüssen, Mandeln und Walnüssen.

Mutter hatte meine Schwester Luisa zur Welt gebracht, und nun feierten wir für sie den Subuu, das „Siebentagefest". Vater Samaan kam und segnete meine Schwester Luisa. Doch sie, in ihre dicken weissen Windeln gepackt, schrie nur. Er schwenkte Weihrauch über sie und verspritzte im ganzen Haus Weihwasser, das er in einer kleinen Flasche mitgebracht hatte, die er aus der Tasche seiner schwarzen Seidensoutane zog. Er schwang den Weihrauchkessel, in dem meine Mutter das Feuer angefacht hatte, bis die kleinen Kohlestückchen darin rotglühend waren und das Haus sich mit dem markanten

---

Mughat: ein „Tee" aus der Wurzel des Glossostemon bruguieri, dem Butter und gehackte Nüsse beigemengt werden und der im allgemeinen Frauen im Kindbett gereicht wird.

Kirchengeruch füllte, der von den wabernden Rauchwolken stammte und von den brennenden Kerzen, die auf dem Tisch im Korridor auf einem Messingtablett um einen rotglasierten, dickbauchigen Krug standen. Die spitzen, gelben Flammen der sieben Kerzen waren matt im hellen Tageslicht. Jede Kerze war auf einer Untertasse festgemacht, auf der eine Schicht nasse Baumwolle lag. Auf die Baumwolle waren sieben Samenkörner gestreut, die man während der vergangenen sieben Tage intensiv gegossen hatte — Lupine, Bohne, Gerste, Mais, Bockshornklee, Hirse, Linse. Die dünnen, feinen Pflänzchen waren frischgrün und sehr zart, fast durchsichtig. Sie rankten sich an den runden, weissen Kerzen hoch.

Mutter, jung und vital, wie sie war, stand am zweiten Tag nach der Geburt wieder auf und erledigte ihre Hausarbeit. Vater schickte an jedem der Kindbetttage ein Huhn in einem Käfig. Es wurde von einem Fuhrwerk aus Mina Bassal nach Ghait Enab gebracht.

Gleich als ich in die Wohnung trat, hörte ich das Geplauder der Frauen, den Lärm, die sanften Rufe und das hohe Frauenlachen. Mutter hatte Gäste. Sie waren gekommen, sie zu beglückwünschen. Auf dem Sofa im Korridor sah ich ihre schwarzen Umhänge, die sie abgelegt und einfach hingeworfen hatten. Auf dem Buffet türmten sich Armreife, Ohrgehänge, Halsbänder und Fingerringe, alles aus Gold — ein richtiger Goldhaufen, die Schmuckstücke ineinander verschlungen und verhängt, matt schimmernd und leuchtend. Ich wusste, dass Mutters Besucherinnen während der ersten vierzig Tage nach der Geburt alles, was sie an Gold trugen, ablegen mussten, bevor sie ins Zimmer gingen. Das war zum Schutz vor dem „Bösen Blick". Dieser Ausdruck, ja, diese ganze Atmosphäre faszinierte mich und weckte in mir vage Vorstellungen von all diesen seltsamen Frauendingen.

Mutter rief mich, doch ich genierte mich hineinzugehen, wo doch all diese Frauen bei ihr sassen, und reagierte deshalb nicht. Sie rief nochmals, diesmal lauter, worauf mich Tante Sara an der Hand nahm und hineinzog. Im Zimmer war das Fenster geschlossen und das elektrische Licht brannte in der offenen, blätterverzierten, birnenförmigen Milchglaslampe. Verschiedene starke Gerüche stiegen mir in die Nase – der Geruch des Stillens, der Geruch des Mughat, der Geruch der schwitzenden Frauenkörper. Mutter lag, halb aufgerichtet, gegen das Bettgestell aus glänzenden, parallelen Metallstäben gelehnt; unter ihrem Rücken war ein langes Kissen gestopft. Neben ihr lag Luisa, in Windeln gepackt, mit geschlossenen Augen und rotem Gesicht. Ich bahnte mir einen Weg zu Mutter, zwischen den Frauen hindurch, die mit gekreuzten Beinen auf dem Bettvorleger sassen; ihre geblümten Kleider waren bis auf die üppigen Brüste hinunter ausgeschnitten, ihre Beine bis über die Knie hinauf sichtbar. Sie tranken Mughat und plauderten miteinander. Ich hörte, wie Sitt Wahiba zu einer mir unbekannten schmallippigen und hohlwangigen Frau sagte: „Nein, liebe Freundin, er da ist doch noch kein Mann."

„Schluss jetzt, das reicht", fuhr Mutter dazwischen. „Er ist wie ein Engel, wenn ihr mich fragt." Und während ich schweigend und mit klopfendem Herzen dastand, griff sie unter das Kissen, holte ein winzig kleines Paket hervor, eingewickelt in ein weisses Stück Stoff und vielfach zugeknotet, und gab es mir. Es fühlte sich weich an, als ob ein Stück frisches Fleisch darin wäre. Mir lief es schaudernd den Rücken hinunter. Da trug mir Mutter auf, genau bei Sonnenuntergang zur Kreuzung der Kurum- und der Sidi-Karim-Strasse zu gehen, mich vor dem Haus der Schneiderin Rosa mitten auf die Kreuzung zu stellen und dann das Paket mit aller Kraft hochzuwerfen, ganz hoch.

Das kleine weisse Paket in der Hand ging ich auf den Balkon unserer Wohnung, von dem aus man auf den Pferdestall und die Wagenremise hinabsah. Als die Sonne sich gegen Westen, zum Machmudija-Kanal hin, neigte, rannte ich hinunter, das kleine Paket in der Hand. Ich hörte Mutter, die nicht wusste, dass ich in Hörweite war, noch sagen, das sei „das Heil"* meiner Schwester Luisa. Ich konnte mir keinen Reim auf dieses Heil machen, aber meine lebhafte Phantasie liess mich daran denken, es müsse etwas sein, was es nur bei der Geburt von Mädchen gebe und von dem man das Heil suchen müsse; auch meine neugeborene Schwester würde nur so einmal von den Qualen der Hölle nach dem Tod erlöst werden und das Heil finden. Doch die Frage, die mich viel mehr beschäftigte, war die, ob die vier Strassen an der Kreuzung denn wirklich vier Strassen sind. Ob es nicht eher doch nur zwei Strassen sind?

*„das Heil": im Arabischen bedeutet das Wort für „Heil" (ḥalâṣ) gleichzeitig auch „Nachgeburt" und „Nabelschnur".

Dieses Rätsel konnte ich nicht lösen.

Genau in der Mitte der Kreuzung blieb ich stehen. Das Haus der Schneiderin Rosa war einstöckig und breit. Davor lag ein ausgedehnter Garten, umgeben von einem niedrigen Holzzaun mit einem zweiflügeligen Tor. Im Garten gab es eine dichtbewachsene Weinlaube. Die grossblättrigen Reben wanden sich vielarmig empor. Der Gehweg vor dem Garten, der Haustür und den grossen, niedrigen Fenstern gegenüber, bestand aus hellen Platten. Das Haus war vollkommen ruhig und düster zu dieser Tageszeit. Die alte syrische Schneiderin lebte allein, und ich wusste, dass die Mädchen, die bei ihr arbeiteten, schon am Nachmittag heimgingen. Mir war diese Frau ein wenig unheimlich, mit ihrem wächsernen Gesicht und der scharfgeschnittenen Nase, mit dem Strohhaar, das immer mit einem am Nacken geknoteten Tuch umwickelt war.

Die Strasse war nach beiden Seiten hin leer, soweit das Auge reichte. Alles war, jetzt gegen Ende des Tages, ruhig und verlassen und völlig still. Die Palmen in Rosas Garten wiegten leise raschelnd ihre Zweige.

Ich warf das kleine Paket hoch, das ich die ganze Zeit über festgehalten hatte, als fürchtete ich mich vor seiner geheimen Macht und seiner unglückwirkenden Kraft. Ich schleuderte es, so stark ich nur konnte, und das weiche Päckchen stieg hoch in die Luft, immer höher, mit einem Antrieb, der aus ihm selbst zu kommen schien. Es stieg kraftvoll immer höher. Dann entschwand es völlig, als hätte es sich, hochsteigend, aufgelöst, als sei es von einer unsichtbaren Macht aus unserer Welt entführt worden.

Ich drehte mich um und stürmte, so schnell mich meine Füsse trugen, nach Hause, als suchte ich zu entkommen.

Zur Religionsstunde gingen die muslimischen Jungen immer ins Lehrerzimmer, wo sie, gemeinsam mit ihren Kollegen aus den anderen Klassen, von Chalifa Effendi unterrichtet wurden. Durchs Fenster hörte ich sie im Chor mit hoher, melodischer Stimme in getragenem Rhythmus, der mein Herz mit Bewunderung füllte, den Koran rezitieren. Ich beneidete sie und hätte gern an ihrem Unterricht teilgenommen. Zu uns dagegen kam Girgis Effendi, der Englischlehrer, ein kleiner, magerer Oberägypter, mit einem harten braunen Gesicht. Er liess uns das Glaubensbekenntnis und die Zehn Gebote auswendig lernen; ebenso die Psalmen Davids, die Bergpredigt und ein kleines Büchlein mit Fragen und Antworten. In einer dieser Stunden stand Anton Sachari plötzlich auf und erklärte mit lauter Stimme: „Herr Lehrer, das Siebte Gebot versteh ich nicht. Was soll'n das heissn: ‚Du sollst nicht ehebrechen.'?" Die Grossen prusteten los, aber Girgis Effendi sagte ganz ruhig: „Gut, setz dich. Du verstehst das also nicht. Wenn du mal älter bist, wirst du's verstehen. Warum so eilig?"

Ich, für meinen Teil, verstand es wirklich nicht. Trotzdem genierte ich mich irgendwie, danach zu fragen.

Als ich nach Schulschluss mit einigen Jüngeren vor der Bäckerei stand, bis die Strassenbahn mit ihrem langsamen Geschepper und den strahlend blauen Wagen vorbeikam, fragte ich die anderen mit einer Stimme, in der Herausforderung und Spitzbüberei lagen: „Übrigens, weiss einer von euch, was das ist, ein Bordell?" In der Zeitschrift *al-Dschihad* hatte ich gelesen, die Regierung erwäge die Schliessung der Bordelle, doch es war mir nicht klargeworden, was das für Gebäude sein könnten. Ich dachte mir, es seien sicher die alten Häuser, die über ihren Bewohnern zusammenfielen. Aber keiner wusste, worum es sich handelte. Alle schwiegen, und trotzdem fragten wir niemanden.

Am Montag der letzten Schulwoche war der kleine Hof während der Nachmittagspause warm und sonnig. Die Grossen standen dort beisammen, und sie gestatteten uns zum ersten Mal, ihre gedämpfte, schwüle Unterhaltung mitanzuhören, in der es um ihre Abenteuer am Tag zuvor, dem Sonntag, in Kom Bakir ging. Es schien gar, sie hätten beschlossen, wir seien nun auch gross und hätten diese Anerkennung verdient. Die letzten Sommerferien waren in Reichweite, und wer wusste, ob wir uns danach je wiedersehen würden, und wenn ja, wann. So erhielten wir jetzt das Recht, die Schwelle zu überschreiten, die für uns bisher tabu gewesen war.

Wir standen dichtgedrängt in einem geschlossenen Kreis und hörten gierig und mit klopfendem Herzen Dinge, die mir völlig schleierhaft waren, und so sehr ich es auch versuchte, ich konnte mir keinen Reim darauf machen. Aber ich spürte trotzdem eine unwiderstehliche Faszination.

Während Anton Sachari scharf, schnell und etwas heiser flüsterte, unterbrachen ihn die Zwischenrufe der anderen Jungen mit ihrem beginnenden Stimmbruch. Sie steckten die Köpfe zusammen, drängten sich um ihn und trieben ihn mit ihren Fragen zu immer weiteren Details. Uns, den Kleinen, drehten sie den Rücken zu, als wollten sie nun, da sie uns in den Kreis hatten eintreten lassen, ihre Hände in Unschuld waschen.

Anton war sehr dürr und aufgeschossen; er hatte sehnige Hände und kluge, rastlose Augen, die während seiner Schilderung über uns hinwegstrichen, als sähen sie uns nicht. Er beschrieb — unterstützt von seinen Händen und dem Mienenspiel seines spitzen Gesichts mit der grossen Nase — wie die fette weisse Frau ihm den Rücken zukehrte, sich vornüberneigte und ihm irgend etwas beibrachte — was und wie, entging mir im Gedränge. Ich hatte auch nicht die geringste Idee davon, was da geschehen sein könnte, obwohl ich bebte, irgendwie erschreckt und insgeheim fasziniert durch diese vagen Vorstellungen. Ghurajib erzählte, er sei zu einer hingegangen, die für ihn ihr weisses Seidenhemd ausgezogen habe; darunter sei sie völlig nackt gewesen. Sie habe ihn nach seinem Namen gefragt, auch wo er wohne, und als sie erfuhr, dass er von Ghait Enab sei, aus der Kurum-Strasse, habe sie es ihn gleich zweimal hintereinander tun lassen und habe keinen Piaster dafür verlangt. Sie heisse Husnija, habe sie ihm gesagt. Früher einmal hätte sie auch in der Kurum-Strasse gewohnt, und sie wisse, was anständig sei. Einigen guten Menschen dort sei sie noch etwas schuldig, was sie gern zurückzahlen würde. Sie sei braun und schlank gewesen und stürmisch ... aber auch nett. Seine sonst immer so überhebliche, kalte Stimme bebte ein wenig; es war, als schämte er sich. Doch dann fügte er schnell noch hinzu, dass sie, egal wie oder was, halt doch ein Flittchen, eine Hure sei, und er würde wieder zu ihr gehen, ihr das Geld ins Gesicht schmeissen und ihr eins überziehen, wenn sie das Maul aufmachte.

Ich lauschte der Geschichte, mit bebendem Herzen und unbeantworteten Fragen. Dass sie es sein könnte, das konnte ich nicht glauben, niemals!

An jenem Tag auf dem Heimweg beschlossen wir, die Kleinen, die Bücher unterm Arm und ohne Lust auf Murmelspiel, dass wir, einmal älter geworden und in die Oberschule gekommen, auch Kom Bakir aufsuchen würden. Wir würden auch zu diesem Ort mit seinen geheimnisvollen Häusern vorstossen, die wilde Lust und irrsinnige Freuden versprachen, deren Geschmack uns unbekannt, ja völlig unvorstellbar war. Was uns jedoch bekannt war – dass jener Ort zwischen Sajjala und der Taufik-Strasse lag, ganz in der Nähe des Labban-Polizeipostens.

Gabir behauptete, er wisse ganz genau, wo es sei, und wir gelobten einander, dorthin zu gehen, alle zusammen, Gabir, Fransis, Iskandar und ich, selbst wenn wir in verschiedene Oberschulen kommen sollten. Wir haben dieses Gelübde nie erfüllt.

Gabir war der Älteste von uns Kleinen. Gleichzeitig war er auch schon einer der Grossen. Er stand mit einem Bein hier, mit dem anderen dort. Nach den Prüfungen, die in jenem Jahr zum ersten Mal in meiner Schulzeit in einem hohen, im Hof errichteten Zelt durchgeführt wurden, das mit seinen Öffnungen aus buntem Stoff und den vielen Verzierungen den Hochzeits- und Trauerzelten glich, erzählte mir Gabir, er besitze eine ganze Kiste voller Zeitschriften, Bücher und Hefte mit Geschichten. Als ich ihm sagte, ich würde sie gern alle in den Ferien lesen, lud er mich ein, doch zu ihm zu kommen, und beschrieb mir, wo er wohnte.

Das Haus lag in der Zwölfer-Strasse, Richtung Karmus. Ich trat durch das Holztor und über eine frisch gewischte Marmorschwelle und war überrascht, den Himmel über mir zu sehen. Auf einer Seite des Hofes, in dem Hühner vor mir herumrannten, stand ein Backofen, vor dem eine ganz in Schwarz gekleidete Frau sass; die Enden ihres Kopftuchs waren weisslich, mehlbestäubt. Sie buk.

Ich erkundigte mich bei ihr nach Gabir, und sie hiess mich willkommen. „Du bist also sein Freund!? Grüss dich Gott, lieber Junge." Dann rief sie ihn mit lauter Stimme. Ich ging mit ihm ins Haus, das aus einem einzigen Raum bestand. Sein Vater lag auf einem Sofa, zugedeckt mit einer aus bunten Stoffstücken zusammengenähten Decke; er hustete heftig. Vor dem Sofa kniete Gabir hin und zog eine senkrechte, seitlich zu öffnende Klappe auf. Ich genierte mich sehr. Es kam mir wie eine Sünde vor, doch der alte Mann ermunterte mich: „Nur zu, mein Junge, nimm, was du willst! Gabir ist wie dein Bruder, er hat mir viel von dir erzählt. Gott schütze dich, mein Junge, und gebe dir Gesundheit, dir und deiner Familie, oh gnädiger Gott." Gabir streckte seine Hand aus und holte stapelweise Zeitschriftennummern heraus –

al-Kawakib, *Kull Schai wal-Dunja*, *al-Musawwar* und *al-Lata'if;* ausserdem Romane von Gurgi Saidan und Rocambole. Ich setzte mich vor dem Sofa auf den Boden und suchte alles heraus, was ich noch nicht kannte, was es bei Sitt Wahiba oder bei den Verwandten meines Onkels Surijal nicht gab. Dann nahm ich all meinen Mut zusammen, streckte auch meine Hand aus und griff unter den Mann, der schwach und ergeben dalag, die Augen geschlossen, sein dicker Schnurrbart völlig gelb geworden, sein Gesicht ausgemergelt, welk und von tiefen Falten durchzogen. Meine Hand förderte vier Bücher mit grobem gelbem Papiereinband zutage, die mit einer Schnur zusammengebunden waren. Auf dem ersten Band war eine einfache, verführerische Bleistiftzeichnung — eine auf ihren angewinkelten Beinen sitzende Frau; nur ihr Fuss, die Zehen dicht aneinander, schaut unter dem Kleid hervor. Neben ihr ihre spitzen Pantöffelchen. Sie hebt den mit schweren Reifen behangenen Arm und weist mit der Hand auf einen ehrwürdigen alten Mann, dessen langer, üppiger Bart bis auf seine Brust fällt. Er sitzt mit gekreuzten Beinen, gegen ein Kissen gelehnt, den Kopf auf die Hand gestützt. Die eine Brust der Frau ist gerade nach vorn gewölbt, die andere herabhängend rund. Die Brustwarzen stehen steil nach vorne. Eine andere Frau hockt auf dem Teppich vor den beiden und schaut sie angstvoll an.

Ganz oben, über der Illustration, las ich in Ruk'a-Schrift: *Tausendundeine Nacht,* und als ich den Bindfaden gelöst hatte, sah ich die erste Seite. Da stand:

Mit seltsamen Berichten
und ergötzlichen Geschichten
Über Nächte voller Leidenschaft
und der Liebe und der Sehnsucht Kraft
Mit Bildern von ganz hervorragender Art
wie selten sie gesehen ward
Mit Dingen voller Merkwürdigkeiten
und Wunderbarem aus allen Zeiten.

Mein Herz klopfte heftig; hatte ich doch schon die Grossen darüber reden hören. Doch Gabir zögerte, mir das Buch zu leihen. Ich musste ihn mit der Zeitschrift *Zwanzig Erzählungen* ködern und machte ihm mit *Sappho* den Mund wässrig, bis er sich schliesslich bereit fand, mir den ersten Teil zu überlassen. Wenn ich diesen zurückbrächte, würde ich den zweiten bekommen, dann den dritten und so fort.

Ich rannte zurück nach Hause, durch eine Strasse nach der anderen. Die Begeisterung beflügelte meine Schritte. Ich lief barfuss, hatte mich um meine Pantinen erleichtert und trug sie in der Hand, ebenso wie das Buch und die Hefte der Zeitschrift *al-Kawakib*. Vor dem Haus säuberte ich meine Füsse vom Strassenschmutz, schlüpfte in meine Schuhe und ging hinein; das Buch hielt ich unter meiner dünnen Galabija versteckt, über der ich meine Arme mit den Zeitschriften verschränkte.

In dem langen Zimmer mit dem gedeckten Holzbalkon, der auf die Wagenremise hinunterschaute, liess ich mich auf das Sofa neben meinem weissen, völlig mit Zeitungen bedeckten Marmortisch nieder, an dem ich immer meine Hausaufgaben machte; dort stand auch das Grammophon mit dem Trichter und dem Hund.

Dann glitt ich ins Land von *Tausendundeine Nacht*, betrat es und habe es bis heute nicht verlassen ...

Unvermittelt befand ich mich im „Es war einmal" und in längst vergangenen Zeiten. Ich betrat den Palast Schahrijars, des Königs der Sassaniden; auch den seines Bruders Schahsaman, des Königs über Samarkand und die Lande Persiens. Ich sah seine Frau dem Sklaven Masuud und ihre zwanzig Sklavenmädchen den zwanzig schwarzen Sklaven beiwohnen, sah sie tändeln und küssen und sah dann die grausame Bestrafung und ihren Tod, und vor dem Muhammad-Ali-Kino in der Fuad-Strasse stieg Prinzessin Schehresad aus dem Auto, Marke Packard, dem mit der eckigen, glänzenden Kühlerhaube. Ihr seidenes Kleid war hochgerutscht und gab zwei braune Beine frei, die beim Aussteigen leicht gespreizt waren ... Mein Blick verlor sich im Dunkel dazwischen. Dämonen entsetzten mich, die aus Flaschen kamen. Ich ritt auf Eisenpferden, die hoch über den Wolken dahinflogen, bis in Städte aus Ebenholz und solche aus Kupfer, bar jeden menschlichen Lebens. Ich stieg die vierzig Treppen hinab in geheime Grüfte und Gewölbe und fand dort die Äffin und die Bären, die es mit Frauen trieben und ihnen Lust verschafften, wie sie Menschen nicht bekannt ist. Dann schwang ich mich auf Dschinnen- und Giganten-rücken und reiste auf fliegenden Teppichen bis zu den Inseln Indiens und Chinas.

Mitleid und Furcht füllten meine Brust für jene in Hunde verwandelten Söhne aus edlen Familien, angesichts derer sich keusche Mädchen schamhaft den Schleier übers Gesicht zogen; auch für die in Esel und Maultiere Verzauberten, die schwere Lasten trugen und tief in der Erde die Mahlsteine von Sesammühlen drehten; auch für die Männer, die niemals schliefen und mit Sykomorenzweigen auf Esel und Maultiere einschlugen, während das Öl tropfenweise durch den Filter in weite, schwarzklebrige Blechschalen fiel. Wie Männer mit Messern kastriert werden, erfuhr ich, und wie Schamteile mit Schlingen aus Schnur weggerissen werden, auch wie Nasen abgeschnitten und Augen ausgekratzt werden, wie gepfählt, gequetscht, gestreckt wird und wie man kochendes Öl über zuckende lebendige Leiber giesst, wie Köpfe von Schwertes Schneide springen oder wie der Tod langsam kommt – in Gefängnissen, in Brunnenlöchern, in Zellen und Kerkern. Von Sklaven erfuhr ich, die sich abquälen und sich in Minen, in Steinbrüchen und in Sümpfen krummschuften. Und von wohlgestalten Sklavenmädchen, die Tamburin und Laute spielen, von Menschen, die aus Liebe getötet wurden, und solchen, die durch Intrigen umkamen, von Unschuldigen, die für den Frevel Niederträchtiger büssen mussten, von Oberägyptern, die prallgefüllte Säcke mit weissem Mehl auf ihren schmalen, drahtigen Rücken trugen; sie waren mit nichts anderem bekleidet als mit Leinensäcken, aus deren aufgeschnittenen Seiten die sehnenknotigen, schwarzen, nackten Arme herausschauten. Von Schlangenmädchen und Gazellenfräulein las ich, von Generalen und Giganten, von Zauberern und Zinnoberern, von Gottesvollen und Liebestollen, von iranischen Feueranbetern und schwarzen Götzendienern, von Korsaren und Piraten, von Zofen und Eunuchen, von Mönchen und Glaubenskämpfern, von Gewerbetreibenden und Nichtstuern, von Juwelieren und Goldschmieden, von Barbieren und Lastträgern, von Kalifen und Wesiren und Gildenmeistern; auch von kleinen Mädchen mit schmalen, eingefallenen Brüsten und ungepflegtem Haar, das ein schmutzigweisses Tuch hochhielt, Mädchen, die tagaus tagein mit Nadel, Faden und fahlem Gesicht über ein Stück schwarzes Tuch gebeugt in Rosas, der Syrerin, Werkstatt sitzen und im Dunkel des langen, niedrigen Raumes langsam ihr Augenlicht verlieren.

Ich rezitierte Zauber- und Beschwörungsformeln und löste den Bann von Talismanen, trug Amulette und strich mit der Hand über heilige Säulen. Ich entzündete Räucherwerk und trug magische Ringe, ich fand den Stein der Weisen und schnupfte Bilsenkraut und Tabak. Ich schluckte Drogen, Arsenik und Kalk und spielte mit Perlen und Brillanten, mit Chrysolithen und Rubinen. Ich durchschritt Gärten voll hoher Bäume mit weitausladenden verschlungenen Ästen, teils fruchttragend, teils kahl und leer, Palmen und Sykomoren, indische Feigen und Nilakazien, Kampfer und Lotos und Weide. Ich badete in Türkischen Bädern und schlich mich durch Hallen und Nischen, ich schlief in Karawansereien auf steinernen Bänken oder in seidenen Betten. Ich schoss mit Pfeilen und Speeren von Türmen und von Festungsmauern. Ich schwang mich auf Pferderücken, während die Männer den dunklen Dung zusammenkratzten, Schicht um Schicht; der frische Dung obenauf war gelblich und dampfte.

Ich stach in See auf Schiffen, riesig wie Berge, und durchpflügte das Meer bis nach Indien und Sind und zu den Wak-Wak-Inseln im fernsten Ozean. Ich war auch dabei, als die Strassenbahn die Jungen anfuhr und ihre blutigen Körperteile umherflogen, abgetrennte nackte Beine, Köpfe, die über die sauberen schwarzen Basaltplatten rollten. Ich schlich mich an den Büffelställen vorbei, auf deren dunklem gestampftem Boden Haufen von schwarzem Stroh lagen, durchweicht von Kot, dessen ätzender Geruch mir in der Nase brannte. Schwarze Männer arbeiteten dort, mit nichts bekleidet als einer abgetragenen Hose aus Kamelott, an der trockener Schmutz klebte, und einer längsgestreiften Jacke mit vielen kleinen, runden Knöpfen, auch sie völlig verdreckt. Sie scharrten den Dung mit den Händen zusammen, füllten gewaltige runde Eimer damit, die sie auf schmierige Haufen neben der Tür entluden; dann verteilten sie Strohballen auf der Erde. Ihre Frauen sassen, mit hungrigen Augen und schwarzen, schmutzigfeuchten Kleidern vor prallen Eutern, aus denen Milch plätschernd in glänzende Metalleimer floss. Oder sie knieten vor den Dunghaufen und formten Fladen daraus, die sie zum Trocknen in der Sonne auf die Strasse legten.

Wenn ich dann zurückkehrte, durchstreifte ich, zusammen mit Harun al-Raschid, verkleidet die Strassen von Bagdad. Ich hörte die kummervollen Lieder des Abu Ishak Maussili und lauschte trefflicher Poesie. Die Tragödie der Barmakiden entsetzte mich. Ich spürte meinen Nacken in der Gewalt Masrurs, des Scharfrichters, meine Arme und Füsse mit Haken und Ketten gefesselt. Ich kämpfte mit Schlangen und Drachen, öffnete sorgsam gehütete Schatztruhen voller Gold und Diamanten und

Perlenketten und ass verschiedenste Speisen, gekocht und geröstet, auch Süssigkeiten und Knabberwerk – Mandeln und Walnüsse, Haselnüsse und Rosinen. Ich schlürfte Kaffee und Orangensaft und safranroten Wein. Ich roch Myrte und Jasmin, Narziss und Nelke. Sprachlos machten mich die Taten von Männern in Frauenkleidern und die von Frauen in Kriegergewändern. Ich lebte mit gottlosen Dämonen und gläubigen Dschinnen, mit Knaben, schön wie der Vollmond, mit sonnengleichen Sängerinnen und mit Meeresnymphen, mit Vogelmädchen, die ihre Federn abstreiften und sinnenbetörende Schönheit zeigten – als wären sie die Paradiesjungfrauen selbst. Ich kostete das Gefühl venezianischer Hemden, gold- und aprikosenfarben und mit Silberfäden durchwirkt; Frauen waren damit bekleidet, Frauen mit Seidenhaar und Purpurnektarwangen, mit Nasen scharf wie Schwertklingen und Lippen rot wie Karneol oder Granatapfelkerne, mit ranken Elfenbeinnacken und schlohweissen Badekachelhälsen, mit Brüsten gleich vollreifen Granatäpfeln oder Moschus- und Basilienschalen, mit traumhaft fingerdünnen Taillen, mit Bäuchen wie anemonenbedeckter Gärteig, weisser als Marmor und in jeder Falte neun Unzen Olibanumöl. Ich löste Hosenbänder, hinter denen sich Smaragde fanden mit Gedichten darauf von Liebe, Leidenschaft und verbotenen Früchten. Da zeigten sich Beine, warm und marmorglatt, darauf Kristalldünenknie, sanft und rund und Wohltat verheissend, und Schenkel wie Säulen, weicher als Butter und glatter als Seide. Und ich liess meine Hand sich allerorten tummeln, bis sie schliesslich den Hügel der Hügel erreichte, voll Bewegung und Segnung. Ich erfuhr seine Namen — Chan Abu Mansur, Krauseminze, auch geschälter Sesam, und ich erlernte die Geheimnisse, das Küssen, das Saugen, das Beissen, das Tändeln, das Stöhnen; und mein Körper entbrannte in Leidenschaft, erwachte und wurde erregt, und die pulsierend aufragende Knospe war spannungsgeladen.

Derweil schlugen die Glocken der Uhr, und die Welt strahlte zum ersten Mal im Feuer des Wissens, die Flut ergoss sich. Ich schien gleich einem Nachen, der auf den Fluten treibt — und keinen Weg gab es zwischen den unbändigen Wogen des Meeres. Und so geht es bis heute auf und ab.

Der Bub spürt, wie sein Körper mitten in der Nacht, im warmverschlossenen Schlafzimmer, plötzlich erwacht. Er findet sich, schwer zugedeckt, auf einem hohen Bett, nicht seinem eigenen. Seine Mutter liegt neben ihm, ein hochgewölbter Körper, der Bett und Zimmer ausfüllt.

Sein Vater ist nicht da, er weiss es. Weiss aber nicht, wohin er gegangen ist, warum er nicht da ist, nicht hier schläft. Der Bub bewegt sich auf allen vieren, windet sich unter den Beinen der schlafenden Mutter hervor, die ruhig, aber vernehmlich atmet. Er gleitet vom Bett herab, geht zu einer grossen Kiste, die er im Dunkel kaum ausmachen kann, einer Kiste, bedeckt mit zusammengelegten, weichen Tüchern und Decken, auf die er sich geräuschlos fallen lässt.

Warum trieb es ihn nur in sein eigenes, frisch gemachtes Bett, jenes breite, verlassene Bett, in dem er diese Nacht noch nicht geschlafen hatte?

Von der Kiste kletterte er in sein leeres Bett und stand wacklig auf der weichen Matratze. Dann ging er unsicheren Schritts zum Fenster, das angelehnt war. Blickte von sehr hoch oben tief hinunter.

Die Gaslampe auf der menschenleeren Strasse ist angezündet. Die weisse, helle Flamme, umschlossen von der sauberen, viereckigen, nach unten geöffneten Glashaube, zittert nur leicht. Das Licht fällt auf einen dichtbelaubten Baum; sein Grün strahlt hell.

Darunter, weit, weit unten, steht ein Soldat in schwarzer Uniform, deren Messingknöpfe hin und wieder aufblinken. Das lange Gewehr auf seinem Rücken ist nach oben gerichtet, genau zu ihm hinauf. Alle Türen vor ihm sind geschlossen, und die Strasse ist breit und schwarz und sehr lang.

Das Herz in der Brust des Buben schlägt heftig. Auf dem Baum, dort zwischen den Blättern, zwischen Licht und Schatten, sieht er doch einen Schwarm grosser schwarzer Vögel! Viele, sehr viele sind es. Sie hocken da, stumm, mit leicht gebeugten Rücken und geschlossenen, vorgereckten Schnäbeln.

Er kippt zurück, sieht Strahlenstreifen aus weissem Licht, kerzengerade, die durch den Spalt zwischen den Fensterläden auf sein dunkles Bett fallen.

Seine Mutter springt vom anderen Bett herbei; er spürt es. Sie umfasst ihn mit ihren blossen Armen; sie liegen weich auf seinem Rücken, doch sie geben keine Geborgenheit.

„Im Namen des Kreuzes. Im Namen des Kreuzes." Ihre Stimme ist gedämpft, eindringlich. Sie presst ihn an sich. Er schliesst die Augen, drückt seinen Kopf gegen ihre kräftige Brust. Das Pochen seines Herzens ist fast unerträglich.

Er atmet schwer, fragt: „Wo ist Papa? Wo ist Papa?" Sie beruhigt ihn: „Mein Gott, mein Gott! Jesus Christus! Was machst du nur für Geschichten? Was hat dich denn aus dem Bett getrieben? Komm, komm, ist ja alles gut. Schlaf jetzt! Hast du mir einen Schrecken eingejagt!"

Nochmals fragt er: „Wo ist Papa? Wo ist Papa?" Und er spürt, wie seine Augen zufallen.

Auch jetzt noch — nach einem langen, oft leidvollen Leben mit Höhen und Tiefen, mit Kummer und Freude — auch jetzt noch sieht er die Szene deutlich vor sich, als sei das alles erst gestern passiert, geschehe es gerade jetzt. In den aufgewühlten Tiefen ruht ein heller, glattrunder Kiesel, auf dem sich der Schmutz und der Schlick all der Jahre nicht abgelagert haben.

Er bewahrt sich die Erinnerung daran ein ganzes Leben lang. Er denkt darüber nach, vergegenwärtigt es sich, wiegt es insgeheim in den Armen. Und glaubt, es ist das erste, woran er sich erinnert, das erste, was blieb — klar, gegenwärtig, nachhaltig. Drei Jahre dürfte er damals alt gewesen sein, gut drei Jahre. Vielleicht auch erst zwei, eine hübsche Vorstellung. Zwei? fragt er sich dann. Ausgeschlossen. Unwahrscheinlich. Das wäre doch sehr früh? Zuzeiten siegt dann die Neigung, an dieser Vorstellung festzuhalten, sie nicht aufzugeben. Denn warum eigentlich nicht? Richtig, doch. Zwei Jahre war ich alt, oder so etwa jedenfalls. Genau. Doch natürlich bleibt die Frage unentscheidbar, und er schaut nur auf den kleinen Buben, der er damals war, und lächelt ein wenig. Wie ein anderer erscheint er sich, doch nicht wirklich fremd. Er spürt noch immer die Furcht jenes Kindes, seine Qual, seine tastende Suche.

Wer ist dieser Bub? fragte er sich. Wo ist er? Und dann: Wer ist der Bub zehn Jahre später? Damals, als er dahinglitt, ein kursloses Schiff, auf den Fluten seines Körpers, allein, während die leuchtenden, tosenden, tückischen Wogen über ihn hereinbrachen.

Seine Eltern zogen Mal um Mal um, von einem Haus

zum andern, immer auf der Suche nach einer Wohnung, die billiger war und näher bei der Abbassija-Oberschule lag, immer auf der Flucht vor der Pfändung des Hausrats wegen der ausstehenden Miete. So ging es Monat um Monat. Schliesslich liessen sie sich im Hause Abduhs in Muharram Bey nieder.

Seine Freundschaften mit den Kameraden der Nil-Grundschule in Ghait Enab brachen ab. Doch in den Schülerscharen der Abbassija-Oberschule kam er sich allein und fremd vor. Es waren Riesenmengen. Ihre Kleider teurer und hübscher als die seinen. Sie sprachen anders und benahmen sich anders. Es gab viel mehr Muslime unter ihnen, und er musste lernen zu essen, „wie es sich gehört" — im Speiseraum der Schule, wo es so gut nach Essen roch und wo ausgelassener Mittagstischlärm herrschte. Es gab Reis und Fleisch und Huhn und Süssigkeiten, und das jeden Tag! Vor den Festtagen gab es leckere Fastenspeisen für die Koptenjungen, und im Ramadan wurden Sandwichs ausgegeben, in weissen Pappschachteln. In den langen Pausen nach dem Mittagessen begann er Kameradschaften und Streitereien. Er spielte „Sockenfussball" und kletterte auf Bäume im Direktorengarten, dessen Betreten untersagt war. Er prügelte und wurde geprügelt. Er lernte die reiche Bibliothek kennen und versank in ihren Schätzen. Er wurde aus der Schule verwiesen, weil die fällige Schulgeldrate nicht bezahlt war, und kam zurück, nachdem sein Vater die zwei Pfund und dreihundert Millim beschafft hatte; dafür gab es eine Quittung auf dünnem rotem Papier.

„Bikija! Botilja!"

Seine Mutter schaute vom Balkon auf den Altwaren-händler hinab, der unten vorbeiging. „Komm rauf!" rief sie ihm zu.

Es war ein Oberägypter mit einem schwarzen Baum-wollturban auf dem Kopf und einem ebenfalls schwar-zen Tuch um den Hals. Seine Mutter feilschte lange mit dem Mann, bis dieser schliesslich einwilligte. „Also ja, beim Propheten! Bei eurem Herrn! Lassen wir's gut sein. Eigentlich lohnt es sich kaum, es wegzutragen."

Das Buffet sollte er mitnehmen, so war vereinbart worden, das mit dem schweren belgischen Spiegel und je einem kleinen Schränkchen rechts und links, mit ge-schnitzten Holztüren und mit gelbem und dunkelrotem körnigem Glas. Auf seiner roten Marmorplatte liefen weisse Streifen kreuz und quer. Die Schubladen waren innen aus hellem Holz, auf das er, früher einmal, Män-ner mit runden, flachen Gesichtern gezeichnet hatte, mit zwei Augen, einem Strichmund und Steckenbeinen und ebensolchen Armen. Darüber hatte er seinen Na-men geschrieben, ohne die langen Vokale, ganz einfach *M CH L.*

Der Mann ging und kam mit einem kräftiggebauten oberägyptischen Träger zurück, der das Buffet auseinan-dernahm, sich die Teile auf den Rücken lud und alles die Treppe hinabtrug.

Gabir war der einzige Freund, der ihm von Ghait Enab noch geblieben war. Er hatte das ganze Jahr in der Landwirtschaftsschule in Schibin Kom zugebracht, wäh-rend sein Vater, noch immer sehr krank, hustend, aber zäh wie Leder, zu seiner Arbeit als Landarbeiter auf dem nahegelegenen Gut des Bey zurückgekehrt war.

Gabir erzählte ihm, er sei bei der Jahresabschlussprüfung durchgefallen und sie seien zurück in ihr Haus in Ghait Enab gegangen. Jetzt arbeite er als Taglöhner bei der Stadtverwaltung und verdiene zwanzig Piaster pro Woche, Zahltag immer am Samstag. Ein wahres Himmelsgeschenk!

Gabir brachte ihm alte Nummern der Zeitschrift *Apollo* und Taschenbuchromane. Er schenkte ihm auch ein Bild, das er aus einer *Apollo*-Nummer herausgetrennt hatte; es fühlte sich weich an. Die Farben waren verschwommen, und unten am Blatt sah man die Löcher der Klammern, mit denen es in der Zeitschrift festgemacht war. Das Bild hiess „Nofretete und der Bildhauer".

Nofretete sitzt auf einem hohen Thron, der über zwei Stufen erreichbar ist. Neben ihr stehen einige Blumentöpfe mit wuchernd herabhängenden violetten Pflanzen. Über ihr hängt ein schwerer blauer Vorhang mit Zeichnungen langer, gerade Lotusstengel darauf, die in schnörkelhaftem Geblüt enden. Nofretetes oben flache blaue Krone ist mit einem goldbestickten Band umwunden. Ihr Blick scheint auf irgend etwas jenseits des Bildes gerichtet; ihr Gesicht ist streng, aber fein geschnitten, mit dem Anflug eines Lächelns. Ihre Büste ist völlig bloss, nur ein breites, vielreifiges Collier in Blau und Gelb liegt auf ihrem Hals. Ihre Brüste sind klein und gerade, feste und doch weiche Kegel. Über ihren Beinen liegt ein weisses Seidenkleid mit weichen Falten. Vor ihr, in einiger Entfernung und tiefer als sie, der Bildhauer.

Er legt, auf einem Schemel sitzend, ein Knie gebeugt, letzte Hand an ihr Standbild. Sein Oberkörper ist nackt und kräftig, sein Haar lockig und mit einem schmalen weissen Stoffband zusammengefasst. Der Schurz um seine Lenden, der mit einem roten Stoffgürtel festgehalten wird, reicht nicht bis zu seinen nackten Knien. Mit unterwürfigen Augen blickt er zu ihr empor. Neben ihm Farbtöpfchen und Pinsel, auch Hammer und Meissel, Nägel und lange Ahlen und weitere Werkzeuge seines Berufes.

Das dunkle Traumblau ist die Farbe der Welt.

Auf der Rückseite des glatten weissen Blattes stand in grossen Buchstaben: Geschenk von Gabir Basjuni an Michael Kaldas, 1937/38, umrahmt von einem Rechteck aus drei mit dem Lineal gezogenen, inzwischen verblichenen Bleistiftstrichen.

Gegenüber von Abduhs Haus in Muharram Bey stand eine alte steinerne Villa, viereckig und glattwandig, dahinter ein Garten, der aber durch das Gebäude verdeckt und deshalb bis auf die Spitzen der Palmen, der Mango- und der dunklen Maulbeerbäume unsichtbar war. Von den Leuten in diesem Haus wusste er nichts weiter, als dass sie reich waren, aus den besseren Kreisen, und dass sie mit ihren Nachbarn keinerlei Umgang pflegten, ja nicht einmal mit ihnen sprachen; auch noch, dass es eine alte Mutter war, die er niemals zu Gesicht bekam, und ein Junge, etwa so alt wie er selbst, der häufig auf den ihrer eigenen Wohnung direkt gegenüberliegenden Balkon herauskam. Dieser Junge wurde in einem viereckigen, hohen schwarzen Ford zur Schule gefahren. Ausserdem gab es noch eine sehr hübsche, ein paar Jahre ältere Schwester.

Wie sie hiessen, wusste er nicht, und er hatte nicht den Mut, danach zu fragen. Er erfuhr jedoch, dass sie türkischer Herkunft waren.

Stundenlang konnte er einfach auf dem Balkon stehen, von dem aus man zur Villa hinübersah, und nur darauf warten, dass sie auf ihren Balkon hinausträte. Doch trat sie immer nur einen kurzen Augenblick hinaus, um dann sofort wieder zu verschwinden.

Sie hatte ein ovales, sehr helles Gesicht; ihr blondes, schulterlanges Haar war am Nacken mit einer dünnen blauen Schleife zusammengebunden. Immer kam sie in einem himmelblauen Morgenrock mit grossen roten und gelben Rosen heraus, der, lang und weit, um ihren grazilen Körper geschlungen war, wodurch ihre langen, schlanken Beine erkennbar wurden. Die etwas erhöhten Absätze ihrer kleinen Schuhe klickten, in der stillen Strasse hörbar, auf den Steinplatten ihres Balkons.

Er liebte sie sehr. Er träumte von ihr — Träume, die er nicht fassen, nicht erklären konnte. Er dachte nie daran, dass er sie oder sie ihn einmal kennenlernen könnte oder dass es zwischen ihnen beiden je zu einer wie auch immer gearteten Beziehung kommen könnte. Er wartete nur auf ihr Erscheinen und schaute zu ihr hinüber; manchmal hob sie ihren Blick zu ihm ... Er liebte sie sehr.

Der Traum sprach nicht. Seine Lippen wurden schwarz.

Ni'ma! Eine Huld ist der Brunnen ihrer Augen, schwarzglimmende Glut. Der Kampf unsrer beider Körper endet nie, der Zärtlichkeitskampf zwischen uns kennt keine Genesung. Ihr Körper ist wie Teig, weiss und fest. Der leichte Stoff scheint nächtens durchsichtig und wellenschwarz über ihre sanften Sande. Sie gibt den geneigten Venushügel frei, die weiche Spalte sanftsehnsüchtig zusammengehalten, meine Lippen geschlossen über einer kleinen, dunklen Dattel. Ich koste ihren berauschenden Nektar, und der Lustseufzer gleicht dem Todesseufzer. Ich fand in ihrem Körper nicht die Antwort, die ich suchte, und meine Leidenschaft für sie schmerzt auf immer. Der weisse, zärtliche Vogel drückt seine weichen, schlagenden, schwarzen Schwingen auf mich herab. Mörderische, doch unausweichliche Zärtlichkeit, gesuchtes und gefundenes Ersticken in den weichen Federn. Die Krähe, der Milan, weiblich und fruchtbar, weihte mir den Körper ihres irdischen Lebens, und an ihrer sanften Brust erfuhr ich die Kraft zu lieben und die Fähigkeit auszuharren.

Wo weht der grenzenlose Wind am weiten, offenen Horizont? Wo der Donnersturm mit der Musik von Freiheit und Freude mit den strömenden Wassern des Regens, reichlich und heilend. Ich kehrte zurück an die Brust meines Vogels, nachdem mich die karneolroten Flammen der Liebe verzehrt hatten, nachdem ich mich entzündet hatte am Feuer des nie verbrennenden Busches, von dem nichts bleibt als ein Stamm von schwarzer Schönheit, verkohlt und hart und glühend, nie stürzend, nie zerbrechend.

Zu jener Zeit hatte sein Vater die Arbeit bei Scheich Maraghi, dem Eier-, Zwiebel- und Kochbutterhändler in der Anastasi-Strasse aufgegeben. Warum das, ist mir bis zum heutigen Tage unklar. Jetzt machte er gerade noch die Buchführung für andere Händler auf Tagesbasis oder im Vertrag. Dann arbeitete er einen oder zwei Tage oder auch einmal eine oder zwei Wochen und konnte danach wochenlang keine Arbeit finden. Dennoch verliess er jeden Morgen genau zur selben Zeit das Haus, nachdem er den Kaffee getrunken hatte, den er sich auf dem Spirituskocher zubereitete. Und erst am Abend kam er zurück.

Sein Gesicht wurde hart und hager, seine Augen mit dem durchdringenden, intelligenten und wachen Blick sanken in die Höhlen zurück, und nur noch selten trank er am Abend sein Gläschen Cognac. Doch er war weiterhin sauber angezogen, und meine Mutter bürstete ihm jeden Morgen den Mantel aus. Auch seine offene Galabija aus Sakarota-Seide war immer gebügelt und flatterte, Kante auf Kante liegend, festgemacht mit einer dünnen Kordel. Und sein Tarbusch war scharfrund, der Rand trocken und nie eine Spur Schweiss oder ein Stäubchen daran.

In der Zeitschrift *al-Lata'if al-Musawwara* las er, Seine Exzellenz Murad Sajjid Achmad Pascha sei, als Nachfolger Seiner Exzellenz Sesostris Sidaros Pascha, zum ägyptischen Botschafter für Deutschland ernannt worden, nachdem er dieses Amt zuvor in Belgien innegehabt und eine markante Spur im Bereich der Diplomatie hinterlassen habe. Der Bub betrachtete ein Weilchen sein Bild. Niedriger Tarbusch, runde, spiegelnde Brille, gestutzter Schnurrbart, Fliege, Smokingjacke, aufrecht und würdig.

Sein Vater kam abgespannt nach Hause, erschöpft von der erfolglosen Suche. Er hörte, wie seine Mutter, die im

schrank. Lange Zeit machte sie sich darin zu schaffen, nahm Dinge heraus, drehte sie um und legte sie wieder zurück. Dann brachte sie etwas in Zeitungspapier Gewickeltes. Sie gab es ihm, und er spürte durch das harte, knisternde Papier hindurch etwas Weiches, Nachgiebiges in der Hand.

Sie hiess ihn zum Pfandleiher am Ende der Muharram-Bey-Strasse auf der rechten Seite hinter der Irfan-Strasse gehen; es hänge ein Schild da mit seinem Namen darauf, Jojakim Iskandar. „Und wieviel krieg ich dafür?" wollte er wissen.

„Was er dir dafür gibt", erwiderte sie und wandte ihr Gesicht ab.

Ohne sich umzuziehen, ging er in seiner Galabija die Treppen hinunter, vorsichtig das Päckchen tragend. Er schaute zum Balkon auf der anderen Strassenseite hinauf, und sein Herz schlug heftig – der Balkon war leer. Er bog aus der ungepflasterten, breiten Strasse in die Muharram-Bey-Strasse ein, die er mit schnellen Schritten hinabging. Ein einsamer Freitagmorgen. Die Strassenbahn schaukelte vorbei, die Kutschen fuhren daneben unter den Bäumen. Er kam an den Cafés vorbei, beschämt und beunruhigt, stellte sich vor, alle wüssten es. Vor der Konditorei Eno, an der Kreuzung der Iskandarani- und der Muharram-Bey-Strasse, überquerte er die Strasse; dann weiter an den Eisenzäunen der alten palastähnlichen Häuser entlang, Häuser mit steinernen Türmchen und dicht mit Bäumen bestandenen Gärten.

Schliesslich fand er das Geschäft, darüber das Schild. Die Tür war ein Rolladen aus Blech mit Querrippen, auf einem grossen Zylinder nach oben gerollt. Der Laden war geräumig und düster. Unter seinen Stoffschuhen spürte er den kühlen grauen Plattenboden. Der marmorne Ladentisch war schwarz und hoch, mitten darüber lief, von einer Wand zur anderen, ein Trenngitter aus leuchtenden gelben Messingstäben. In seiner Mitte war eine kleine, runde Öffnung. Durch diese streckte der Mann, ohne ein Wort zu sagen, seine Hand.

Er sah sein grobes Gesicht unter einem niedrigen Tarbusch mit dunklem Rand, der knapp auf seiner vorspringenden Stirn sass. Seine Nase war scharf und hakenförmig, seine Augen klein. In ihnen, so dachte er, liegt eine Mischung aus Verständnis und Traurigkeit ... Nein, gar nichts liege darin, dachte er dann. Das Zeitungspapier wurde aufgerissen und fiel zu Boden. In seiner Hand spürte er den alten helllila Wollstoff; bloss und warm vom langen Festhalten. Die Wollfäden waren deutlich sichtbar, über Kreuz und dicht. Ein Hauch von Schweissgeruch und ein fast unmerklicher Wirbel des ihm wohlbekannten Parfüms stiegen ihm in die Nase.

Der Mann nahm ihm das Kleid aus den Händen. Hinter dem Messinggitter breitete er es aus und schüttelte es vor sich. Die langen, engen Ärmel bewegten sich in den fremden Händen, der Stoff hing unter dem breiten Gürtel herab; er sah den Ausschnitt, der mit demselben Stoff versetzt war.

„Acht Piaster", meinte der Mann mit sanfter Stimme, gleichgültig, aber bestimmt.

Als er „In Ordnung" sagte, klang seine Stimme etwas gepresst; er merkte es genau.

Der Mann schrieb etwas auf einen in der Mitte perforierten Zettel, den er dann entlang der Perforation mit einem plötzlichen, das Finster des weiten Ladens durchdringenden Geräusch zerriss. Die eine Hälfte des Papiers befestigte er mit einer Nadel am Kragen des Kleides, die andere gab er ihm. „Einen Monat", erklärte er. „Innerhalb von dreissig Tagen musst du es einlösen."

Dann gab er ihm das Geld — ein Fünfpiasterstück, eine kleine, runde Halbfrankenmünze und zwei Halbpiasterstücke mit einem Loch in der Mitte.

Der Bub verliess den Laden. Das grelle Sonnenlicht blendete ihn, und er konnte auf der Strasse nichts erkennen.

An jenem Tag assen sie sehr spät. In ihrer schwarzen Galabija war seine Mutter hinuntergegangen und mit einem weichen Paket zurückgekommen, das in ein Stück schwarzen Stoff eingewickelt war. Als sie es aufband, pflatschten auf den Spülstein Hühnerfüsse mit gespreizten Krallen, grober, faltiger Haut mit dunklen Rändern über durchgesäbelten Knochen und Hühnerköpfe mit aufgerissenen Augen, die an den abgeschnittenen Hälsen hingen, all das pflatschte als grosser Haufen auf den weissen, pockennarbigen Spülstein.

Sie assen Hühnersuppe und in Essig mit Knoblauch getränktes Brot, und nach dem Mittagessen gab ihm seine Mutter die kleine, runde silberne Halbfrankenmünze, die er vom Pfandleiher mitgebracht hatte.

Am Nachmittag kam Gabir, und zusammen gingen sie auf der von dichten Bäumen beschatteten Machmudija-Strasse spazieren. Langsam glitten die Schiffe auf dem schmalen grauen Wasser dahin. Gabir erzählte ihm von Schibin Kom, von seinem Neffen Filfil und von seiner Nachbarin, der Frau des Krämers, die kinderlos war, und wie er an einem heissen Nachmittag mit ihr geschlafen und das sehr genossen habe. Auch bereut habe er es und habe als Busse sieben Tage lang gefastet und immer erst nach dem Abendgebet etwas gegessen. Da fielen dem Bub seine Gebete ein, seine glühenden Gebete zu seinem Gott; auch seine Reue und die Tränen, die er jedes Mal über seine heimliche Lust vergoss, diese Lust, die ihn immer wieder in genussvollem Stöhnen oder strahlendem Schweigen unter stürmischen Wogen versinken liess. Er erzählte seinem Freunde nichts.

Sie gingen zum Café „Ghait Enab", gegenüber der Brücke. Gabir bestellte zwei Glas Tee. Die heisse, schwerdunkle, süsse Flüssigkeit verbrannte ihm die Zunge. Fast erstickte er daran, spürte das Blut förmlich aus seinen Augen schiessen. Das Café bestand aus Wänden aus Glas und Eisen, war erleuchtet von kräftigen elektrischen Lampen und überfüllt mit Kutschern, Stallknechten und Oberägyptern, die an ihren Wasserpfeifen nukkelten, in deren runden bauchigen Flaschen das Wasser gluckste, sehr hörbar ihren Tee schlürften und in ihrem Dialekt brabbelten, den er so gern hatte, dem Dialekt seines Vaters. Er bestand darauf, den Tee zu bezahlen.

Der Kellner kam. Vorne auf seiner Galabija trug er eine grosse, nasse Tasche. Er gab ihm alles, was er bei sich hatte – das Halbfrankenstück. Er hatte es die ganze Zeit, während sie sassen, in der Hand gehalten und sorgfältig befühlt, um sich zu vergewissern, dass es noch da war;

schliesslich war es klein und listig. Angesichts seiner Entschlossenheit versuchte Gabir nicht sehr intensiv, ihn am Zahlen zu hindern. Aber als er dem Kellner das Restgeld, die Hälfte der Münze, als Trinkgeld gab, sagte Gabir besorgt, das sei doch wohl zu viel, zwei oder drei Millim hätten's auch getan.

Wo bist du wohl jetzt, Gabir, fragt er sich. Wohnst du noch in Alexandria? Hast du Kinder, schon grosse, vielleicht gar Enkel? Bist du schon tot, ist deine Zeit schon abgelaufen? Merkwürdig, all das, wie dich der Bub nie wieder sah, fünfzig Jahre, oder doch fast. Und was ist aus ihnen allen geworden, den Kleinen und den Grossen?

Aber was soll all dies schreckliche Wehklagen, fragt er sich auch, was diese innere Schwäche und diese brennende Wehmut? Lohnt sich denn das? Ist es nicht altbekannt, wohlbekannt, nun gegen Ende? Was soll denn deine leicht lächerliche Versessenheit auf all das, was vergangen, was vorbei ist? Vorsicht ... Gib acht!

Gegen Ende jenes Sommers wurden auf dem engen, staubigen Hof zwischen ihrem und dem Nachbarhaus Korbstühle aufgestellt. Vor der Wand liess man einen Zwischenraum, in den man einige leere Stühle, den anderen gegenüber, plazierte. Die Kerosinlampen summten und verstrahlten ein hartes weisses Licht. Auch elektrische Lampen gab es, kleine gelbleuchtende Kugeln, die an girlandenartigen Schnüren zwischen den beiden Wänden aufgehängt waren und im Wind schaukelten.

Der Bub sitzt in seiner sauberen weissen Galabija und den staubigen Bata-Stoffschuhen auf einem unbequemen Stuhl ganz aussen in der ersten Reihe, direkt neben einem

Fenster mit geschlossenem Laden, hinter dem das dämmrige Licht des Zimmers vage vorstellbar ist. Rechts von ihm hat eine korpulente Frau Platz genommen, ihr Körper quillt über den Stuhl hinaus und drückt gegen ihn. Sie trägt ein grünes Satinkleid unter ihrem auf die Stuhllehne herabgerutschten Umhang und hält ein kleines Kind auf dem Schoss, das tief schläft – trotz all des Getöses, des Rufens, des Lärms, des Geschreis der Kinder, die, Staub aufwirbelnd, zwischen den Stühlen herumrennen oder sich am Rock ihrer Mutter festhalten.

Die Musiker stimmten ihre Instrumente. Die Laute klang hohl und hölzern, die Geige klagte plötzlich in kratzenden, hohen Tönen. Der alte Mann, der einen Tarbusch mit schweissgezeichnetem Rand trug, hielt seine Laute an sich gedrückt und schnalzte zwischen seinen geschlossenen Kiefern. Neben ihm sass der stämmige Trommler, mit einem dunklen, runden, pockennarbigen Gesicht. Er trug einen weissen Gilbab mit steifem, offenem Kragen, der sein wabbelndes Doppelkinn sehen liess, und betrachtete die Leute; seine Augen wirkten durch die Fettpolster in seinem Gesicht halb geschlossen. Neben ihm sass der Tamburinspieler, lang und dünn, in Mantel und Galabija, seine Hände nervig, die Finger sehr lang und mit glänzenden, spitzen Fingernägeln. Er hielt das Tamburin in der Hand, die beiden Blechplättchen tingelten leise. Der Geiger dagegen sass im schwarzen Anzug da, der im Licht der Kerosinlampe eher grau aussah; dazu hatte er einen steifen Kragen um seinen Hals gelegt, von dem über seine gestärkte weisse Hemdbrust die Enden einer üppigen Fliege herabhingen. Er stützte seinen Kopf auf die Hand und schien zu schlafen; die Geige lag auf seinem Schoss.

Dann gab es ein Getöse und ein Gedränge. Die Holztür zum Hof ging auf. Heraus trat zuerst der junge Begleiter der Tänzerin, klein und fein, in einer weissen Seidengalabija, unter der sein schmalträgeriges Unterhemd zu sehen war, ebenso seine dünnen Beine. Seine Nase war hakig und spitz, seine Augenbrauen sorgfältig bogenförmig nachgezogen. Mit Stimmbruchstimme sagte er: „Etwas rücken, Freund! Etwas rücken, Tante! Vorsicht hier, Junge!" Hinter ihm die Tänzerin streifte in dem schmalen Durchgang zwischen dem Haus und den dichtgestellten und vollbesetzten Stühlen fast an der Wand. Schliesslich war sie vorne und schob sich an der ersten Reihe vorbei. Er roch ihr starkes Jasminparfüm, den Puder und den besonderen weiblichen Körperduft. Sie war nackt bis auf ein gelbglänzendes Tanzkostüm, das straff über ihren Brüsten und ihrem runden Bauch sass; kleine Silberplättchen hingen daran, die bei jeder Bewegung vibrierten. Ihre Brüste waren rund und prall und zur Hälfte sichtbar, weich eingegossen ins feste Gewebe. Eine Art musikalisch gleitende Anmut lag in der Bewegung ihrer eher kurzen Beine, es war wie der weiche Gang molliger Katzen. Ihr gewölbter Bauch war im Stoff gefangen unter dem Bauchnabel, auf dessen nahe, runde Höhlung das Licht fiel. Über den beiden Hinterbacken, die mit einem breiten schwarzen, bodenlang gefransten Tuch festgehalten waren, hing ein schwarzes, durchsichtiges, an beiden Seiten offenes Spitzentuch, an dessen unterem Saum etwas Staub klebte; in dem Tuch war ein langer Riss, feinstichig zusammengenäht mit schwarzem Faden. Ihr Haar war fest, kurz und kräftig. Auf ihrem viereckigen, vollständig zugepuderten Gesicht lag ein Ausdruck von Gleichgültigkeit, von ordinärem Trotz, in ihren tiefschwarz geschminkten, leicht hervorstehenden Augen ein stumpfsinniger Blick, eine erdhafte Lethargie. An ihrem fliehenden Kinn sah er einen blassblauen Tätowierungspunkt.

Sofort legten die Musiker los. Begleitet von der Laute, klagte und weinte die Geige, während die Trommelschläge unter der festfingrigen Hand immer schneller aufeinander folgten. Der schmächtige Tamburinspieler stand auf und folgte mit seinen Metallplättchen den Bewegungen der Tänzerin.

Diese überliess sich ganz der Bewegung ihres Körpers, langsam und träge, nach rechts, nach links. Sie hob ihre mit schweren silbernen Reifen behangenen Arme und offenbarte ihre Achselhöhlen mit den kleinen, etwas dunklen Falten; alle Haare waren entfernt. Nach dem Rhythmus der Musik bewegte sie sich auf dem engen, staubbedeckten Raum vor den Stühlen. Die dünnen Riemen ihrer ausgebleichten goldenen Sandalen drückten in ihre fleischigen Füsse und ihre kräftigen Zehen. Sie kam sehr nahe zu ihm heran. Eng im Kostüm wogten ihre Brüste, ihr nackter Bauch bebte. Darüber der feine, teigweiche Nabel, darunter die kleine, kreisrunde Kuppel mit, deutlich sichtbar eingehöhlt zwischen den beiden Bäckchen unter dem festanliegenden gelben Stoff, der Spalte, begrenzt durch die schnellwellenden Silberplättchen. Er sah, dass der Stoff am Rand verblichen, abgewetzt, ein wenig mitgenommen war.

Plötzlich entfernte sie sich, drehte ihm den Rücken zu, und ihre Hinterbacken wogten davon, ein immenser Hügel.

Zwischen seinen Beinen spürte er die Versteifung, sichtbar in der skandalösen Wölbung der Galabija. Sein Gesicht lief puterrot an.

Der Puder auf ihrem Rücken war ein wenig zerflossen. Dünne Schweissfäden durchbrachen ihn glänzend. Ein wilder Trommelwirbel war zu hören. Die Augen des Buben klebten an dem schönen, halbnackten Körper, der sich wand und sich drehte, sich beugte und sich aufrichtete, der zitterte und explodierte, sich beruhigte, sich neigte und sich bewegte, weich und mechanisch zugleich; er folgte dem Takt und dem Klagen der Melodie, als sei er mit unsichtbaren Fäden an die herbe Musik gebunden und sei gleichzeitig doch völlig losgelöst davon, als führe er eine vorgezeichnete, festgelegte, dennoch beziehungslose Tätigkeit aus. Plötzlich schwiegen die Musiker; es war still.

Dann brach der Lärm wieder los, das Rufen, das Schreien der Frauen nach ihren Kindern. Und die Tänzerin kehrte durch die Holztür zurück ins Haus. Dann ging der Fensterladen direkt neben ihm auf, ein ganz klein wenig nur, und blieb angelehnt. Durch den Längsspalt sah er den schlanken, jungen Begleiter der Tänzerin, sein schwarzes Haar fiel ihm lockig über das lange, dunkle Gesicht, als er sich vornüberbeugte und eine Holzkiste aufmachte.

Es waren viele Dinge darin. Er holte eine grosse, runde Dose mit bunten Rosen hervor, entnahm ihr eine Handvoll Puder und begann, gleichmässig und systematisch der Tänzerin den Rücken einzustreichen, auch ihren Bauch, ihre Beine, ihre Arme und ihren Ausschnitt. Mit geübten, kundigen Händen trocknete er ihr in langsamer, fast liebkosender Bewegung, die etwas Weibliches hatte, mit dem Puder den Schweiss. Er sah, dass auch er erregt war; es war da eine sichtbare Wölbung an seiner sonst glatten Seidengalabija, die zitterte, während er seiner Tätigkeit nachging. Plötzlich hörte er die Tänzerin gedämpft lachen, gleichzeitig genussvoll und gelangweilt, so schien es. „Fertig jetzt, Mädchen", sagte sie dann. „Es geht weiter." Das „Mädchen" überraschte ihn. Noch bevor die Tänzerin zurück auf den Hof kam, stand er schnell auf und lief ums Haus herum. Auf der nächtlichen Strasse, unter einem dunkelblauen, mit silbernen Punkten durchsetzten Seidenhimmel, blieb er stehen, bis der Schweiss getrocknet war, der ihm übers Gesicht lief. Das wilde Getümmel war jetzt weit weg. Dann ging er hinauf in die Wohnung.

Auf dem Tisch im Korridor fand er einen Teller Bohnen. Er verschlang sie — gierig, hungrig, wütend.

In jener Nacht war er allein. Allein sass er, beim starken Licht der elektrischen Lampe, auf dem Sofa und las den Roman *Der schwarze Pfeil*, der auf dem ovalen Marmortisch lag, auf dem seine Bücher und seine Lexika ausgebreitet waren. Daneben der hohe Kleiderschrank, sein braunes Holz glänzend und poliert, in jeder der beiden Türen ein dicker belgischer Kristallspiegel. Das weiche weisse Fleisch zweier Beine erscheint, die ein gerundetes, festes Dreieck umschliessen, über dessen kleiner Wölbung der schwarze Satin spannt, der unter der Gesäss-rundung in hübschen Spitzen endet. Das bestickte Schwarz schimmert wechselnd, und durch die feinen Löcher hindurch scheint das Weiss ihres unruhig wogenden Körpers, der die vordrängende Härte umschliesst, blut-erregt und genussgehemmt, bis die ungestüme Flut erneut hervorbricht und der Körper Ruhe findet.

Er ging zu Fuss von Muharram Bey zur Raml-Halte-stelle, liess die Traurigkeiten eines wolkenschweren Morgens am Silberhimmel von Alexandria zurück, der in sich selbst geschlossen über dem Meer lag. Er überquerte Silsila und blieb bei Schatbi stehen. Dann verliess er die Uferstrasse und stieg in den Stein gehauene, gewundene Treppen hinab, ausgefressen und schlüpfrig unter seinen Füssen. Die Treppen führten ins ruhige Wasser, dessen Wellen sich dehnende Kreise zogen, die schliesslich leicht plätschernd an der Felswand anschlugen, gekrönt von wirbelndem Schaum. Unter seinen nackten Füssen, genau dort, wo das Wasser an den Felsen traf, hingen moosiggrüne Algen, saftig und glitschig feucht. Wenn die durchsichtige, sanfte Welle zurück-geht, trocknen die Algen rasch aus, werden gelblich, und das Wasser weicht aus ihnen. Die Algenstämme werden allmählich weiss, doch sie bleiben frisch und weich und geschmeidig und winden sich grazil um den runden Fels-rand. Plötzlich kommt dann das Wasser zurück und tätschelt die Pflanzen; sie werden wieder nass, üppig grün, fleischig.

Licht fällt durch eine hohe, weite Öffnung, die unregelmässig aus der steinernen Decke gehauen ist. Es überflutet den gesamten, von rissigen Felsen umschlossenen Raum. Die Felswand entlang zieht sich eine krümelig bröselige Schicht unterschiedlich gelber Streifen. Seitwärts führt von einer Öffnung in der rauhen Wand ein Gang hinab, dessen obere Hälfte trocken und rund ist; auf seinem Sandboden liegen zahllose kleine weisse Muscheln verstreut. Dann fällt der Gang zum Wasser hin ab, Wellen plätschern darin, und die wogende, wiegende Wasseroberfläche steigt. Der Raum über den Wellen wird enger, bis der Gang gänzlich im Wasser versinkt, das ihn dunkelblau füllt, immer tiefer, immer weiter hinab, bis in die Finsternis des Meeresgrundes.

Er weiss, dieser Gang ruft ihn verführerisch ins Verderben. Sicher geht er die Stufen hinab, von denen er weiss, dass sie ihn ins Wasser führen, und weiter in andere Höhlen, immer mehr, alle gehauen in das Herz des Meeresfelsens, dort unter den Wogen. Hoch und weit sind die Höhlen, und ein feiner, salziger Wind durchweht sie; getaucht sind sie in ein besonderes Licht — weder von Sonne noch von Lampen noch von Kerzen stammend. Ausgänge gibt es, die hinaus auf den weissen Sand führen, den leicht bewegtes Wasser nur fein überspült.

Schliesslich erreichte er, ohne die geringste Mühe, zu Fuss, als ob er im Winde schwömme, eine weite, von der Sonne überflutete Sandfläche. Umgeben war sie von türenlosen Kupferwänden, massiv und hoch, dick und heiss; wer daran klopfte, erhielt ein hohles Echo aus der Tiefe. Die Sandfläche war weit, fast so weit das Auge reichte. Es gab keinen Ausgang. Er brauchte keinen Ausgang.

Zu dieser menschenleeren Sandfläche wird er gehen, wenn er sich im salzigen Meer gewaschen und gereinigt hat.

Er steigt aus dem Meer, das Wasser tropft von ihm ab. Er legt seinen Kopf auf ihre nackten, weichen Beine. Sie sitzt lächelnd im Sand, ihr helles Haar fällt auf ihre wohlgeformten Schultern, ihr Bauch ist rund und fest. Er schliesst die Augen und sieht, durch geschlossene Lider hindurch, dunkelrot leuchtende Kreise, die sich ausdehnen, immer weiter ausdehnen, sich dann verlieren; danach seidenweiches Licht, ohne Farbe.

Und ich weiss, dann werden die schwarzen Schatten über mich hinwegflattern und herabfallen vom leeren Himmel.

Warum eigentlich verstreue ich die Samen meines Herzens in den Sand, den Vorübergehenden vor die Füsse? Wer wird sie aufnehmen? Und was damit anfangen?

Das Kind vernahm das Schlagen der Engelsflügel.

Sein Schlafzimmer ist immer gleich, in all den aufein-
anderfolgenden Häusern, warm, nächtlich, ausgefüllt
mit dem hohen Vier-Pfosten-Bett, umgeben von einem
weissen Tüllvorhang mit allerlei Stickereien darauf —
Körbe aus Palmzweigen, gefüllt mit blühenden Rosen.
Er umfasste das Bett sicher, von oben im Lichte herabfal-
lend.

Die Kerosinlampe Nummer fünf hing an der Wand,
schien ganz nahe bei ihm, ihr weisses Flämmchen lief
spitz zu, der dünne Docht stand senkrecht und löste sich
in einem Feuerzahn auf, zitternd und immer neu hinter
dem dünnen Glas.

Der Schmerz in seinen Ohren war bohrend, unaufhörlich, liess nicht nach, nein, er pulsierte und liess ihn
im ständig gleichen Rhythmus erzittern. Das Kind hatte
sich mit diesem Schmerz abgefunden, mit dem sich kein
Erwachsener je abgefunden hätte. Sein Hals war enorm,
geschwollen, liess ihn nichts anderes mehr spüren. Er
steckte in einem weissen Wickel — viele Lagen von Stoff,
den eine dunkle, klebrige Masse weich machte. Feuer
war in seinem Gesicht, seinem Kopf, sein ganzer Körper
schien aus nichts anderem zu bestehen.

Dann war er ruhig geworden, war ein wenig einge-
nickt, nur so weit, dass er seinen Schlaf wahrnahm, und
wenn er in der Nacht aufwachte, schien es ihm, er schla-

fe. Und da war dann dieses erbarmungslose Pochen an der Seite seines Gesichts, regelmässig, hartnäckig, endlos, während er die dünne Flamme sah, gross und kalt.

Seine Mutter kniete neben dem Bett. Gegen das Licht sah er ihren geneigten und auf den Bettrand gestützten Kopf nur als dunklen Schatten, ihr zerzaustes kurzes Haar als ein Stück, ohne Einzelheiten. Durch den dumpf pochenden Schmerz hindurch vernahm er ihre Stimme, gedämpft, heiss, inständig. Sie betete.

„Zwei Jahre warst du alt", erzählte sie ihm, „vielleicht auch drei, da wolltest du mich verlassen." Durch das Meer der Nacht sei sie geschwommen und habe ihn dem Engel gelobt, sollte er das rettende Ufer erreichen.

Unbeweglich lag er da, sein Körper völlig ruhig, zuhause im klaren Licht des Schmerzes und der andauernden Glut. Furcht war bedeutungslos geworden, auch Bewegung. Als gegen Ende der Nacht die Flamme der Kerosinlampe verblasste und gelb wurde, als ihr gläserner Leib dunkel wurde und als dann der erste Lichtschimmer ins Zimmer drang und die Gegenstände aus dem Dunkel holte, hatte seine Mutter den Kopf auf den Bettrand sinken lassen. Sie kniete noch immer, aber sie war ruhig geworden, atmete regelmässig, schlief. Die Nacht war nun, da sie zu Ende ging, still, sehr still und weit.

Da hörte er das Schlagen der Flügel! Der Vorhang über ihm bewegte sich, wogte, und durch das verschlossene, muffige Zimmer wehten frische, kühle Windstösse. Es war wie eine feine Weihrauchwolke, ein süsslicher Duft, wie er ihn später nie mehr erlebte.

An nichts anderes erinnert er sich.

Wir wohnten in Basjunis Haus in der Anhar-Strasse, die zu Umm Tutus Wohnung führte. Das Haus hatte einen Balkon, von dem aus man, über die saubere ungepflasterte Strasse hinweg, auf einen Garten voller Palmen und anderer Bäume blickte.

Mutter stand vor Sonnenaufgang auf und knetete auf diesem Balkon in einer weiten Tonschüssel den Teig für das „Engelsgebäck". Das Pflatschen des Teiges weckte mich, und ich lief barfuss hinaus, um ihr zuzuschauen. Am frühen Morgen kamen dann die Plätzchen aus dem Backofen, heiss, mürbe, rundgewölbt, ein wenig aufgegangen. Oben waren sie sesamölgoldgelb glänzend. Ein paar koptische Schriftzeichen standen darauf und ein Kreuz, das in Blättern endete.

Mutter legte die Plätzchen jedes Jahr auf eine gläserne Ständerschale, die aussah wie eine riesige, offene Blüte. Der feine Stengel, der die weiten, durchsichtigen, funkelnden, gerippten Blätter trug, leuchtete im Licht.

Einiges von diesem „Engelsgebäck" schickte sie auf grossen weissen Porzellantellern mit blauen Blumen an Nachbarn und Freunde – an Umm Machmud, an Umm Hassan, an Umm Tutu, an Onkel Hanna, an Tante Labiba. Ihre muslimischen Nachbarn und Freunde sandten ihr dann, wenn es bei ihnen soweit war, Aschura-Teller, und im Ramadan brachten sie Krüge mit Früchten in Sirup. An Ostern und am Opferfest, an Weihnachten und am Fest des Fastenbrechens tauschten wir auch Teller mit Kuchen und Plätzchen, Keksen und Milchbiskuits aus. Auf diesen Tellern lagen hellweisse oder karierte, frisch gebügelte Servietten mit Fransen. Mutter prüfte immer die Vorzüge und die Mängel des Backwerks jeder Nachbarin. Ob die Füllung weich oder hart, ob der Teig glatt oder knollig war, und durch Hin- und Herprobieren erriet sie die Art des beim Backen verwendeten Fetts, ob es sich um Rinder- oder Büffelfett, um ober- oder unterägyptische Butter handelte.

Aus jenem Haus brachte mich Tante Sara zum ersten Mal an der Hand in den orthodoxen Karma-Kindergarten in der Nasib-Strasse. Tante Sara war noch jung, nur wenige Jahre älter als ich, aber sie war schon „Helferin" in der Sonntagsschule, die nach dem Gottesdienst im Kindergarten abgehalten wurde. Sie reinigte den grossen Raum und machte ihn zurecht; sie wischte die Tafel und legte rote, gelbe und grüne Kreide bereit; sie ordnete die Bildchen, die umsonst an die Kinder verteilt wurden; und nach der Sonntagsschule sammelte sie die Gesangbücher wieder ein.

Es hatte die ganze Nacht geregnet. Die Strasse war verdreckt, und meine Schuhe versanken im Matsch. Sie nahm mich bei der Hand, doch auf meine hellweissen Socken kamen trotzdem Wasser- und Schlammspritzer, was mich sehr traurig stimmte.

Ich ging mit ihr ins Zimmer des Inspektors, wo ich mich auf einen für mich viel zu hohen Stuhl setzen musste. An den leuchtendgelb gestrichenen Zimmerwänden waren Bilder aufgehängt — „Der Löwe", „Das Kamel", „Die Giraffe" —, ausserdem eine in Grün, Blau und Rotbraun gehaltene Karte von Ägypten. Die Bilder waren aus Papier, aber mit Stoff unterlegt; sie hingen zwischen zwei dunklen Querleisten aus Holz. Unten an den Bildern stand etwas, von dem ich erst viel später erfuhr, dass es auf arabisch und englisch geschrieben war; da lernte ich dann auch, die Namen zu lesen.

Mansur Effendi, der Inspektor, kam herein. Er war gross, aufrecht und ernst, aber er hatte einen freundlichen Blick. Sein Gesicht war braun, mit kleinen, alten Pockennarben. Ich mochte ihn sofort, weil er mir zur Begrüssung die Hand reichte und mit mir wie mit einem Erwachsenen sprach. Miss Catherine war bei ihm, schlank und weissgesichtig, wie ein Kind; ihr hellbraunes Haar floss glatt und glänzend auf ihre Schultern. Sie küsste mich auf die Wangen. Sie war es, die mich das englische Alphabet lehrte, die mir die Zahlen beibrachte und mir zeigte, wie man „cat ... mat ... man ... ran" buchstabierte; das stand unter den Bildern mit einer Katze, einer Matte, einem Mann und einem rennenden Jungen.

Als ich, zum Bersten voll mit Neuigkeiten und Dingen, die ich erzählen wollte, aus dem Kindergarten kam, war Mutter, gehüllt in ihren schwarzen Umhang, zum Fischmarkt in Anfuschi gegangen. Sie kam mit der Strassenbahn nach Ghait Enab zurück und brachte eingekaufte Fische mit — Barsch, Wels, Aal, Garnelen.

Bevor ich am Abend einschlief, ging ich noch in die Küche, um etwas zu trinken. Kaum war ich durch die Küchentür getreten, da blieb ich gebannt und fasziniert stehen.

Im Dunkeln waren die Garnelen durchsichtig und leuchtend, sie trieben langgestreckt in dem grossen wassergefüllten Kupferbecken, das auf der Erde stand. Jede lag für sich, und doch lagen sie aufeinander und nebeneinander, vom Kopf bis zum Schwanz gezeichnet mit phosphoreszierenden Streifen, die im dunklen Wasser leuchteten. Dünne schwarze Linien folgten ihren Schalen. Das weissgleissende Fleisch unter der dünnen Hülle verbreitete glimmende Strahlen. Ihre Schwänze bewegten sich fast unmerklich und liessen das Wasser, das sie nur knapp bedeckte, leicht vibrieren.

Da spürte ich die Musik des langsamen Sterbens.

Diese Musik spürte ich, insgeheim, und sie faszinierte mich. Auch wie sie hinter dem Glas des Bildes in breitem nussbraunem Holzrahmen hervorfunkelte. Auf dem Bild war der Kopf eines Mannes, rund, kahl, graubärtig und mit glimmenden Augen. Er beugte sich über das Jesuskind, um dessen Köpfchen ein silberner Heiligenschein leuchtete. Über eine Schulter hatte sich der Mann einen roten Mantel geworfen. Sein strahlendblaues Hemd besass einen weiten Halsausschnitt, durch den seine knochige Brust sichtbar wurde. Das Kind schaute zu ihm mit grossen, staunenden Augen auf. Als ich älter war, betrachtete ich diesen alten Mann sehr gern; ich spürte seine Güte. „Wer ist das auf dem Bild?" wollte ich von Vater wissen. „Das war ein frommer, gottesfürchtiger Mann", erklärte er mir. „Der Engel hat ihm offenbart, er würde erst sterben, wenn er Gott geschaut hätte." Simeon, der heilige Simeon. Und auch das sagte mir Vater: „Ich bin müde, mein Junge. Ich habe einen guten Kampf gekämpft. Du mach deinen Weg durch die Universität und erwirb ein Diplom. Dann kann ich ruhigen Herzens sagen: 'Ich habe den Lauf vollendet und habe den Glauben bewahrt. Nun, Herr, lässest Du Deinen

Diener in Frieden fahren, wie Du gesagt hast, denn meine Augen haben Dein Heil gesehn.'"

In einer eiskalten Dezembernacht sass ich in meinem Zimmer und lernte. Mit Lineal, Dreieck und Zirkel fertigte ich eine Endloszeichnung. Es war ein Uhr. In der Stille der Nacht vernahm ich nur das Stöhnen, ein einziges scharfes Aufstöhnen, das abrupt endete. Mutter kam hereingerannt. „Dein Vater ... dein Vater. Lauf, hol den Doktor!"

Die Luft war schneidend kalt. Als ich aus der finstren Nacht von Alexandria zurückkam, war er gestorben, in Frieden.

Ich hatte damals meinen Lauf noch nicht vollendet, habe ihn bis heute nicht vollendet. Und ich weiss noch immer nicht, was das Heil ist.

In unserem Haus in der Gullanar-Gasse, einer Seitengasse der Raghib-Pascha-Strasse, bohrte sich uns die Kälte bis in die Knochen. Doch sie war nie trocken, nie beissend, sie war feucht, die Luft nasskalt. Ich ging immer hinunter und kaufte bei Onkel Abduh Kohlen, und wir legten die bröckeligen Kohlenstücke, die unter dem darauf getröpfelten Kerosin schimmerten, auf die Asche der Feuerstelle. Weiche schwarze Spuren blieben an unseren Fingern. Die Kohlen rauchten ein wenig; es roch scharf. Dann züngelten kleine Flämmchen nach oben, während wir hineinbliesen, die Kohlenbrocken entzündeten sich und leuchteten, die brösligen Stücke verwandelten sich in gleissendrote Glutklümpchen, mit feinen Linien an den Stellen, wo sie noch intensiver brannten und ihr Rot noch greller leuchtete. Dann bildete sich darauf eine Schicht weisse Asche, wie Mehl, doch das Stückchen behielt seine Form, während die Knollen sich auflösten, Schicht um Schicht unter wechselndem Rot — sie fielen erst zusammen, wenn wir die Feuerstelle bewegten oder Kohle nachlegten. Auch Kastanien mit brauner, runzligtrockener Schale legten wir ins Feuer. Wenn sie heiss und durch waren, holten wir sie wieder heraus; sie dufteten süsslich, ein wenig wie Plätzchen, die frisch aus dem Backofen kommen.

Vater sass auf dem Polster am Boden, vor ihm das niedrige Tischchen mit der Halbliterflasche Cognac; darauf lagen auch das geschälte und in Scheiben geschnittene harte Ei, über das Zitronensaft geträufelt war, das gebratene Hühnerbein, einige Scheiben Hartkäse, gelb, rissig und fettfeucht; ausserdem ein paar kleine, gewölbte Brotfladen, dünn, knusprig und brüchig. Darin eingebacken waren „Glückssamen" und Sesam. Er erzählte uns Geschichten, und er schmunzelte, wenn ich meine Schwestern beim Abzählen der Kastanien hereinlegte und für mich eine mehr behielt. Er ass nie Kastanien.

Der Regen trommelt hektisch an die Fenster. Durch die Wärme im Zimmer bildet sich ein dünner nebelartiger Belag auf dem Glas. Durch die beschlagene Scheibe sehe ich die Lichter unserer Gasse wie zahllose blinkende Sternchen. Wenn grell ein Blitz niedergeht, springen die Häuser, die Dächer und die Wolken am Himmel in silbern blendendem Licht hervor, dann verschwinden sie wieder, und es folgt nach Sekunden das tiefe Grollen des Donners, das rollt und poltert, wie Riesentrommeln.

Mein Herz ist freudig erregt. Meine Schwester Aida

stösst kleine Schreie aus, Hanaa rennt in Mutters Arme; diese lacht, und Vater beruhigt die Erschreckte. Trotzdem spüre ich, in die freudige Erregung eingeflochten, einen noch aufregenderen und noch glänzenderen Hauch von Furcht, auch ein Gefühl der Sicherheit und der Geborgenheit in dieser warmen, gemütlichen Stube. Die Kohle flackert auf, eine ruhige, klare Flamme, und nach dem Zusammenschlagen der riesigen Donnerzymbeln zischt die heitere Flamme verhalten und knistert leise.

Im Krieg, ich war damals in der öffentlichen Oberschule, wurde Kohle teuer und rar. Ich wärmte mich am Kerosinöfchen. Ich stellte es, das unablässig zischte und keuchte und summte, mit einem Wassertopf darauf neben meine Füsse, wenn ich an dem mit Büchern beladenen Marmortisch meine Lektionen durchging oder das feste, dunkelblau gebundene *Dragon Book of Verse,* erschienen in Oxford im Jahre 1936, aufschlug und darin Shelley-Gedichte las – zum Beispiel sein Gedicht über Ozymandias, den König der Könige, unter dessen gewaltigen zerbrochenen Füssen „the lone and level sands stretch far away", während der Kerosingeruch und der Wasserdampf und das ununterbrochene Zischen des Öfchens das Zimmer füllten.

Der Name Ozymandias faszinierte mich. Die grossartige, lodernde Leidenschaft, die Shelley aus des Königs zerschlagenem, auf brennenden Sand geworfenem Gesicht gemeisselt hatte, bewegte mich zutiefst. Und der Regen fiel und klopfte unablässig auf das Holzdach der Veranda, und das Klopfen machte meinen angespannten

Körper steif, und die Spannung löste sich nicht. Die Liebesbegierden des Buben waren intensiv und traten hervor wie die Trümmer des Shelleyschen Denkmals aus dem Sand.

Und dann war mir, als ob Vater bei mir wäre, mich an der Hand nähme, als ich am frühen Abend die Farahda-Strasse entlangging. An den Laternenpfosten hingen runde blaue Kugeln, die mattes Licht verbreiteten. Er fehlte mir sehr.

Die Tore der ausgedehnten Holzhandlungen waren geschlossen. Am Ende der Strasse tauchte eine Gruppe englischer Soldaten auf, die einander nachrannten und gellend schrien, junge Männer, etwa so alt wie ich, trunken von der Gewissheit des nahen Todes, Brandmale an ihren längst verdammten Körpern. Die wenigen Einheimischen liefen schnell an ihnen vorbei, ohne sich für sie zu interessieren. Hinter den Soldaten lief ein Junge her, ein kraushaariger, barfüssiger Lausbub mit spindeldürren, dunklen Beinen und zerrissenen, viel zu weiten kurzen Hosen; über die Schultern trug er eine im Nachtlicht bleiche blaue Matrosenjacke.

Ich sah ihn. Er folgte ihnen vorsichtig lauernd, bis sie sich ein wenig beruhigt hatten; dann näherte er sich mutig und begann mit ihnen eine gedämpfte, hastige und intensive Unterhaltung im alexandrischen Strassenenglisch der Kriegszeit. Darauf übernahm er ihre Führung, und sie bogen zusammen in eine finstere Seitengasse ein.

Ich ging an mehreren kleinen Bars vorbei, über deren Türen dunkelrote Lampen hingen, darüber Schilder, auf denen „Black Cat" und „King George", „London Star" und „White Horse" stand. Plötzlich ging eine Tür auf und liess grelles, verrauchtes Licht heraus, das den Strassenasphalt durchschnitt; auch heisse Musik, Lärm, Geröle von Betrunkenen und röhrende Unterhaltung, unterbrochen von kreischendem Frauenlachen. Dann plötzlich wieder Ruhe; die Tür war geschlossen, die Dunkelheit kehrte zurück.

Ein Jahr oder etwas mehr nach dem Tod meines Vaters arbeitete ich als rechte Hand des Lagerverwalters beim britischen Marinedepot Nr. 6 in Kafr Aschri. Gleichzeitig setzte ich meine Ingenieurstudien fort. Ich stand um fünf Uhr morgens auf, um um sechs Uhr das Depot zu öffnen, wo ich bis um drei Uhr nachmittags arbeitete. Die Vorlesungen schrieb ich von einem immer leise sprechenden nubischen Freund mit einem sanften Gesicht ab. Ihn haben die Wellen der Zeit an andere Küsten getragen, und seit dem Ende meines Studiums habe ich ihn nicht mehr getroffen, aber seine ruhige Stimme folgt mir bis heute. Manchmal bat ich Mister Lee, den Depotchef, weggehen zu dürfen, um an einem Praktikum teilzunehmen oder ein Projekt vorzulegen. Meistens erlaubte er es mir, ja er befahl sogar seinem griechischen Fahrer, einem Wehrpflichtigen, mich zur Universität in Muharram Bey zu bringen, in einem dieser offenen Jeeps, wie sie die britische Marine verwendete. Zurück fuhr ich mit der Strassenbahn und arbeitete noch zwei oder drei Stunden in der Nachmittagsschicht. Diese Stunden rechnete er mir dann als „Overtime" an, oder eben auch nicht — je nach Laune oder Kriegsmeldungen.

Wenn Schiffe mit neuen Ladungen ankamen, legte ich

noch eine Extraschicht ein und war dann erst kurz vor Mitternacht zu Hause in Raghib Pascha, todmüde. Und wenn ich dort die Vorlesungsnachschriften von Abbas vorfand, blieb ich auf und schrieb sie ab. Zu all dem las ich, bevor ich mich für zwei Stunden schlafen legte, noch über Politik oder Poesie in Zeitschriften, die ich aus Frankreich und England zugeschickt bekam. Wenn mich Mutter dann um fünf Uhr weckte, stahl ich mir noch fünf Minuten Schlaf. Dann nahm ich die erste Strassenbahn an der Raghib-Pascha-Strasse und stieg in die Gabbari-Linie um. Schlag sechs Uhr öffnete ich das Depot.

Es war im Jahre 1944. Damals war ich achtzehn Jahre alt — erschüttert im Glauben, doch fest in der Frömmigkeit; in meinem Körper aufgehend, doch puritanisch. Ich war noch nie mit einer Frau zusammen gewesen, betrachtete mich als Freidenker und Melancholiker der romantischen Spielart.

Im Depot Nr. 6 war ich für die ägyptischen Arbeiter zuständig. Ich teilte ihnen die Arbeit zu, übersetzte für sie und rechnete mit ihnen den Lohn ab. Zunächst war ich eine Art Aussenseiter unter ihnen. Doch als ich mit ihnen Brot und Salz, Röstkartoffeln und Hartkäse ass und lernte, sie auf gut alexandrisch anzuschreien und sie beim Namen ihres Vaters, ihrer Mutter, ihrer Religion, wirklich allem anzufluchen; als ich gleichzeitig Sondervergütungen für sie verlangte und auch bei ihren Lohnabrechnungen schon einmal ein wenig nach oben ging; als wir auch eine allgemeine, geheime Übereinkunft trafen, wonach ich Bagatelldiebstähle in den Zollanweisungen und Rechnungsbüchern als „Verlust" oder „verloren

beim Entladen" festhalten und mit Nunu, dem Vormann, nur die grossen, die respektablen Diebstähle mel-
den sollte: da akzeptierten sie mich als einen der Ihren,
und wir lernten uns ausgesprochen schätzen. Noch immer sehne ich mich — simpel und einfach — nach ihrer
Kameradschaft.

Eines Nachts, nachdem Punkt zehn die zweite Schicht
gegangen war, forderte Mister Lee mich auf zu warten.
Er ging in sein Büro hinter der Glaswand und führte ein
Telefongespräch. Dann rief er mich und teilte mir mit, es
gebe eine unvorhergesehene dritte Schicht; gerade habe
überraschend ein Schiff mit einer grossen Ladung angelegt und die Militärlastwagen vom Hafen könnten jeden
Augenblick ankommen. Es tue ihm sehr leid, sagte er,
aber sein griechischer Fahrer sei mit dem Auto fort, um
die Karten zurückzubringen, die er sich für die Neun-
uhrvorstellung im Kino Royal besorgt hatte. Er werde
mir den Fahrpreis ersetzen; ich müsse nämlich zu Nunu,
dem Vormann, gehen und ihm auftragen, alle Arbeiter
aus ihren Wohnungen oder den Cafés zusammenzu-
trommeln, besonders auch Onkel Ali, den Krankenfüh-
rer, und Meister Mursi, den Tischler. Wir würden alle
zusammen arbeiten, einschliesslich Mister Wells und Mister Rainshawe, bis die ganze Ladung gelöscht und im
Depot eingelagert sei.

Er gab mir die Adresse von Nunu, dem Vormann: Kadi-Fadil-Gasse Nr. 31; sie ging von der Farahda-Strasse
ab. Es sei jetzt zehn Uhr und sieben Minuten, sagte er.
Er erwarte Nunu, den Vormann, und die Arbeiter genau
um zwölf Uhr Mitternacht. „Schlag zwölf, und kein

bisschen Schlendrian." „Schlag zwölf, und kein bisschen Schlendrian", zischte ich. „Es besteht überhaupt keine Ursache für Gifteleien und Voreingenommenheiten. Meine Landsleute — diese 'Eingeborenen', diese 'Natives' oder 'Wogs', wie ihr sie nennt — kennen auch Gewissenhaftigkeit und Arbeitsethos."

Er schenkte mir, durch seine dicke Brille hindurch, nur ein Lächeln mit seinen Augen und sagte: „Right oh!", nicht mehr. Ich nahm die Sieben-Nonnen-Strassenbahn und stieg am Labban-Polizeiposten aus. Dann stach ich direkt zur Farahda-Strasse durch.

Warum vermisste ich plötzlich, während ich die Strasse mit den blauen Lichtern, den Bars und den geheimnisvollen Häusern entlangging, meinen Vater?

Sehr dicht an mir sauste eine mit australischen Soldaten beladene Droschke vorbei. Sie waren regelrecht aufgehäuft darin, hingen sogar an den Seiten und hinten heraus. Sie trugen breite, runde Hüte und hatten bullige Körper. Einer von ihnen, ein Hüne, hatte den Platz des Kutschers eingenommen, der zusammengedrückt mit leeren Händen neben ihm sass und auf Gott vertraute. Der Hüne liess über dem Rücken des Pferdes die Peitsche knallen; dieses galoppierte mit dem gefährlich zur Seite geneigten Wagen entfesselt davon. Die Australier pfiffen und schrien schrill und verzweifelt aus Leibeskräften in der sonst stillen, verlassenen Strasse. „Ha, schi ... schii."

Ich fand die Kadi-Fadil-Gasse ohne langes Suchen, direkt hinter den Trümmern des Hauses, in das im Jahr zuvor ein italienisches Geschoss eingeschlagen hatte. Alte

Steine, Schutt und Holz lagen auf einem grossen Haufen. Zaunwinden und allerhand andere Pflanzen wucherten darin und sahen, jetzt bei Nacht, bedrohlich aus. Warmer Meeresgeruch wehte heran.

Als ich in die lange Gasse einbog, fühlte ich mich sicherer. Die bläulichen Lampen standen weit auseinander. Die Hauseingänge waren dunkel, die Haustüren offen, so als würden sie nie geschlossen. Kleine Gruppen von Soldaten lungerten herum, teils vierschrötige schwarze Südafrikaner, teils schlanke hellhäutige Engländer. Auch eine kleine Anzahl von Ägyptern sah ich, in Galabijas und leichten Mänteln oder in Hosen; die meisten von ihnen waren sehr alt. Sie betraten und verliessen, schweigend und geheimnisvoll, die Häuser. Ich ging weiter und versuchte, die Hausnummern zu lesen, kam vorbei an einer schmalen Tür, auf der ein einziges Wort, „Bar", geschrieben stand. Darüber blinkte eine rote, runde Lampe. An der nächsten Ecke stand ein Karren, an dem Leber und Milz verkauft wurden. Auf einem runden Blech stand ein Kerosinöfchen, dessen heiseres Zischen in der Stille der Nacht deutlich zu hören war. Das Brodeln der Lebersuppe und der Bratduft stiegen mir in die Nase und liessen mir das Wasser im Mund zusammenlaufen.

Ich kam zur Nummer 31. Aus dem dunklen Hauseingang trat mir plötzlich, unsicher hinkend, ein Mann entgegen, gross und wachsbleich und mit einem groben Gesicht. Er stellte sich mir in den Weg und fragte polternd: „Wo geht's denn hin, der Herr?" Sein Tonfall war gedehnt und drohend. Ich zögerte einen Augenblick, dann antwortete ich höflich: „Ich möchte gern zu Nunu, dem Vormann. Das ist doch Nummer 31?" Er schaute mich scharf an, als wollte er herausfinden, ob ich die Wahrheit sagte und alles seine Richtigkeit habe. Dann trat er plötzlich zur Seite, gab mir den Weg frei und sagte: „Bitte sehr! Dritter Stock. Aber ja doch, der Herr!"

Im Treppenhaus schlug mir ein modrigfeuchter Geruch entgegen. Über den Treppen, oben, tauchten schemenhaft Lampen auf. Die Wohnungstüren standen alle offen, drinnen brannte Licht. Die Kanten der hellen Steinstufen waren rundgetreten von hinauf- und hinuntersteigenden Füssen.

Im ersten Stock stand bei der Tür, hinter der im Flur eine Kerosinlampe brannte, ein Mädchen. War sie zwölf? Oder noch jünger? Sie war fast nackt. Ihre Brüste waren noch kaum entwickelt, noch sehr klein. Sie stand gegen den inneren Türpfosten gelehnt. Das Licht fiel auf ihr kurzes, krauses, festes Haar. Sie trug ein sehr kurzes schwarzglänzendes Trägerhemdchen, das etwas zu weit für sie war; es liess ihre mageren Schultern und ihren Rücken sehen und reichte nur knapp bis auf ihre dünnen, runden Oberschenkel hinab. Mit der einen Hand hielt sie an ihre grellrot geschminkten Lippen eine brennende Zigarette, an der sie aber nicht zog. Die andere Hand, die auf ihrem nackten Bein lag, umfasste eine hellblaue Schachtel englischer Player's-Zigaretten. Ihre Fingernägel waren rotlackiert. Zwei gelbe Bernsteinreifen klickerten an ihrem schmächtigen braunen Arm. Ihre Augen waren schwer vom Schwarz, das sie einfasste. Ihre Wangenknochen traten hervor. Sie schaute mich an.

Durch die Tür hindurch erblickte ich noch ein paar Mädchen im selben Alter oder etwas älter. Sie glichen bunten Fischen in einem erleuchteten Aquarium, waren unterschiedlich spärlich bekleidet und sassen lustlos schweigend auf einem langen Sofa, dürre, mickrige, obszön aufgeputzte Kreaturen. Plötzlich hörte ich aus dem Flur eine heisere, haschischrauhe Stimme, sah aber nicht die Person, der sie gehörte. War es ein Mann oder eine Frau? „Bitte einzutreten, mein Herr. Bei uns gibt's schon was nach Ihrem Geschmack, weissgott. Und das für fünfundzwanzig Piaster. Also bitte, guter Freund. Schauen Sie sich die Ware nur an. Anschauen kostet nichts!"

Ich murmelte irgend etwas, das wie Dankeschön oder so ähnlich klang, und wäre fast über die Stufen gestolpert. Die Stimme folgte mir mit heiserem Lachen und einer Zweideutigkeit, die ich nicht verstand: „So so, für die da oben ist der junge Freund! Nun ja, eine Niete."

Im zweiten Stock stand vor der offenen Tür eine Holzbank und blockierte sie fast. Der Mann, der darauf sass, fuchtelte mit beiden Händen in meine Richtung; er war ungeheuer fett, trug eine grobstoffige, zerrissene Galabija, darüber eine ärmellose khakifarbene Jacke. Aus seinem halboffenen Mund drängten unartikulierte Laute; ich begriff, dass er taub war. Sein Geröchel diente einer groben, unverblümten Aufforderung; eine Verzweiflung lag darin, wie sie nur in den gequälten Stimmen von Tauben vorkommt, die sich mühen, etwas herauszubekommen. Er streckte mir seine lebhaften, riesigen Hände entgegen; der schwarze Dreck unter seinen

Fingernägeln war nicht mehr neu. Er war drauf und dran, mich mit ungewöhnlicher Kraft heranzuziehen, dabei mit grosser Mühe brummend, röchelnd und würgend. Hinter der Bank lag auf einer breiten Matratze ein aufgeschossener Junge. Er trug eine weisse, durchsichtige Galabija, durch die ein pistaziengrünes Mädchenhemd mit Ärmeln schimmerte. Seine glatten, nackten Beine hatte er angezogen, so dass seine Blösse verborgen blieb. Er starrte zur Decke. Sein Mund schien mit Blut gefärbt, seine Augen waren sorgfältig schwarz geschminkt, seine Brauen feingezogene Rundbögen. Er machte den Eindruck, als ob er nichts erwartete, nichts wollte, nichts ablehnte.

Und ich dachte mir, es sei vielleicht noch früh am Abend und noch seien keine Kunden gekommen.

Ich war etwas mitgenommen, als ich an Nunus, des Vormannes, Tür klopfte. Bekleidet mit einer Weste und den faltenreichen alexandrischen Pumphosen kam er heraus mit leicht verquollenen Augen. Er begrüsste mich überschwenglich. Ich wusste, dass er geschieden war und dass seine Frau mit den Kindern in Sajjala lebte. Er hauste allein in dieser merkwürdigen Wohnung, trotzdem nötigte er mir starken Tee auf, den er selbst machte.

„Mach dir nichts draus", sagte er. „Bei unserm Schöpfer und unserm Herrn Sidi Mursi Abul-Abbas. Das sind alles arme Kreaturen, und jeder Mensch verdient sich sein Brot irgendwie." Dann lachten wir und gingen, ohne ein Wort zu reden, zur Haustür hinunter; das Haus war ruhig und finster, auf den Treppen war kein Laut zu hören, und alle Türen waren geschlossen.

Wenige Minuten vor zwölf Uhr Mitternacht stand Nunu, der Vormann, mit allen seinen Arbeitern am Tor des Depots. Alle waren sie da, die Oberägypter und die Unterägypter und die aus Alexandria, auch Onkel Ali mit seinem weissen Turban, seiner Jacke und seinen faszinierenden Kenntnissen von den Geheimnissen des Krans, ebenso Meister Mursi und sogar der Buffetjunge mit der Kellnerfliege, alle, vom „Schnauzbart", dem Alten mit der rauhen Stimme, der sich nur mühsam bewegte, bis zu Hamidu, „Shorty" genannt, dem Lausejungen, der über die Stärke von zwei Männern verfügte. Die riesigen LKWs standen in langer Reihe in der finsteren Nacht, hoch, schwarz und mit dunklen, wächsern glänzenden Planen überdeckt. Der Zugang zum Depot war praktisch blockiert. Die Arbeiter gingen durch das grosse Eisentor hinein, sie grüssten den griechischen Wachsoldaten, der jeden persönlich kannte.

Im hellen Licht der Lampen begann sofort die Arbeit. Sie sangen dabei. Nunu, der Vormann, spornte sie an, packte auch selbst mit zu und sang am lautesten. Ich schrie und lachte und fluchte und rief jeden einzelnen beim Namen, während sie die grossen Kisten und die riesigen Ballen hochhievten. Der Kran zog quietschend die Ladung hinauf zu der grossen, offenen Luke im zweiten Stock, senkte sich wieder, die Eisenketten rasselten und klirrten, und das ging bis zum Morgengrauen. Dann breiteten sie im Hof eine saubere Matte aus und verrichteten das Morgengebet. Danach setzten sie sich im Hof bei der fensterlosen, hohen Wand zusammen, tranken laut schlürfend Tee und unterhielten sich mit gedämpfter, völlig erschöpfter Stimme.

Ich stand neben dem Kran an der Luke, die sich die ganze Wand entlangzog, geländerlos, gefährlich und verführerisch, und betrachtete sie von oben im matten trügerischen Licht der Morgendämmerung. Eine Brise, die plötzlich kühl vom Meer her wehte, liess mich erschauern. Ich war niedergeschlagen und wütend.

Etwa zwei Jahre zuvor hatte ich mein Schulabschlussdiplom im naturwissenschaftlichen Zweig erhalten – mit Auszeichnung. Zu Beginn der Sommerferien suchte ich Arbeit. Mein Vater schuftete sich halbtot, um mir täglich etwas Taschengeld zu geben, zwischen einem halben Franken und einem Schilling; an ganz besonderen Taschengeldtagen konnte es sogar ein Zehnpiasterstück sein. Ich hatte gelernt, ins Kino zu gehen, ins Rio, ins Plaza oder sogar ins Royal – dorthin sehr selten, denn der Eintritt kostete dort sechseinhalb Piaster. Mein Freund Georg bezahlte zwar seine Eintrittskarte selbst, aber er lieh sich von mir einen Piaster, um drei einzelne Zigaretten, Marke „Elefant", zu kaufen. Ich für meinen Teil rauchte nicht und verlangte auch nicht das geliehene Geld zurück. In jenen Tagen kaufte ich um vier Piaster mein erstes englisches Buch; es hiess *Ariel*, war von André Maurois und handelte von Shelley. Es war ein Penguin-Buch mit dünnem Papier und dunkelblauem Buchdeckel.

Mein Freund Georg kam uns in Raghib Pascha besuchen. Sein Vater war bei der Raml-Strassenbahnlinie Inspektor an der Sidi-Gabir-Haltestelle; er hatte auch einen kleinen Krämerladen an der Dara-Strasse in Sidi Gabir, direkt gegenüber von ihrem Haus. Georg erzählte mir von einem Verwandten, der bei einer französischen Firma namens Batignolles arbeite; diese Firma, die am Ausbau des Hafens in Duchaila beteiligt sei, suche, auf Tagesbasis, einen Aufseher. Er habe dort auf acht Uhr am Montagmorgen, also übermorgen, einen Termin für mich vereinbart.

Ich wachte, unruhig und erwartungsvoll, sehr früh auf. Irgendwie kam es mir vor wie am Schamm-Nassim-Fest. Um sechs Uhr verliess ich Raghib Pascha und rannte auf die Maks-Strassenbahn, die ich gerade noch erreichte. Und gemeinsam mit den Arbeitern und kleinen Angestellten, die sich früh an dem erfrischend kühlen Sommermorgen zum Hafen begaben, um ihr täglich Brot zu verdienen, stieg ich ein. Manche gingen auch zu den Fabriken, zu den Baumwolllagerhäusern oder zur Eisenbahn in Gabbari, Wardjan und in Kubri Tarich, zum Kohlenkai oder zu den Gerbereien, deren penetranter Geruch mich in der schaukelnden Strassenbahn attackierte, nachdem sie etwas leerer geworden war. Auf der Vorderfront eines breiten Gebäudes mit weitem Steinportal las ich „Abattoir" in Reliefbuchstaben, wie sie im neunzehnten Jahrhundert in Mode waren. In Maks überquerte ich die schmale, schwankende Holzbrücke, zwischen deren Planken hindurch ich das Wasser in der schmalen Bucht sehen konnte. Danach stieg ich in den Bus nach Duchaila und wandte mich von dort, quer durch den Sand, Richtung Meer. Schliesslich kam ich zu der Holzbaracke, die die Firma unter einer gewaltigen Tafel errichtet hatte, auf der ihr Name und ihre Adresse in Frankreich standen. Das war die Baustelle — direkt neben den Felsen, bei den kleinen Buchten, wo die Wellen auf die Kiesel und den groben Sand schlugen, weiss schäumten, verebbten.

Damals trug ich keine Uhr und hatte deshalb den Busfahrer gefragt, der mich irgendwie an Onkel Nathan erinnerte. „Viertel vor acht", hatte er geantwortet, und ich war beruhigt.

Die Barackentür war geschlossen. Durch das kleine Fenster, das mit einem grünen, engmaschigen Gitter gegen die Fliegen und die Mücken bespannt war, sah ich ein rundes Gesicht mit Hängebäckchen und die fette, schlaffe Brust eines Mannes in einem weit offenen Hemd; sein Bauch drückte gegen einen Holztisch, der mit Linealen, Dreiecken, Zeichenpapierrollen und allerhand technischem Zeichengerät befrachtet war. Als ich an der Holztür klopfte, rief er „Entrez". Ich merkte, dass es sich nicht um den Verwandten meines Freundes handelte, sondern um den französischen Ingenieur. Ich wünschte, auf französisch, einen guten Morgen, was er knapp und etwas erstaunt erwiderte. Dann sagte ich ihm in einem Französisch, das ich mich krampfhaft bemühte, korrekt zu halten – die Nacht zuvor hatte ich, ganz für mich allein, geübt –, ich sei wegen der Stelle gekommen. Wir führten unser ganzes Gespräch nur französisch – deutlich, begrenzt, langsam und grammatisch korrekt. Dann sagte er in trägem Tonfall: „Fermez la porte, s'il vous plaît!" Ich begriff, dass ich einen Fehler gemacht hatte, und schloss mit unsicheren Händen die Tür. Die bleiche, nackte 100-Watt-Birne strahlte im Dunkel der Baracke – eine helle Kajüte, versunken in der Tiefe des Meeres.

Der Mann betrachtete mich ein wenig. Seine Augen waren wie Fischaugen, nur sehr hellblau. Es tue ihm wirklich leid, sagte er dann in aller Höflichkeit, aber die Stelle sei schon besetzt. „Schreiben Sie doch Ihren Namen und Ihre Adresse auf dieses Papier; wir werden uns dann mit Ihnen in Verbindung setzen, wenn wir Ihrer Dienste bedürfen." Er reichte mir ein Blatt Zeichenpapier, auf dem Entwürfe waren, horizontale und vertikale Linien, Segmente und Sektoren und einige grosse Buchstaben. Ich beugte mich nach vorn und spürte, wie meine Augen schweissfeucht wurden. Dann schrieb ich mit einem Füllfederhalter, aus dem, nach kurzem, trockenem Zögern, plötzlich die Tinte hervorschoss.

Damals trug ich noch keine Brille und wusste nicht, dass ich die Welt immer unscharf und verschwommen sah. Das erfuhr ich erst nach diesem Sommer, als ich mich an der Universität einschrieb und mich einem Augentest unterziehen musste. Der Doktor fragte mich überrascht, wie ich denn gelesen und geschrieben hätte. Dann verordnete er mir eine Brille.

„Guten Tag also", sagte der französische Ingenieur mit seiner leicht öligen Stimme; sein kahler Kopf schimmerte im Licht der Birne und sein blosser Körper mit den Fettfalten glänzte schweissig. „Guten Tag", erwiderte ich. Er hat sich nie mit mir in Verbindung gesetzt.

Ich trat hinaus in grelles Sonnenlicht; allmählich wurde es heiss. Aber plötzlich spürte ich einen Schauder durch meinen Körper ziehen, und die Luft war kalt auf meinem Gesicht.

Die Arbeiter sassen in Grüppchen vor der Baracke am

Strand neben einer niedrigen Steinmauer. Sie unterhielten sich mit gedämpfter Stimme und tranken Tee. Von fern war das Hotel „Sea Gull" zu sehen, seine Wände mattweiss zum Meer hin. Die Fenster waren mit blassgrünen Holzläden verschlossen. Mein Freund Georg hatte mir anvertraut, wie er die Italienerin, die er ausführte, in dieses Hotel nahm. Sie mieteten ein Zimmer für einen Tag und verbrachten dort die ganze Zeit. Es sei ein sehr ruhiger Ort, meinte er, niemand stelle irgendwelche Fragen; jemand könnte umgebracht werden, ohne dass es bemerkt würde. Der Mann dieser Italienerin, erzählte er, sei von den Briten eingesperrt worden, als Italien in den Krieg eintrat, und sie habe ihm so allerlei von der Liebeskunst beigebracht. Ich stellte, trotz meiner brennenden Neugier, keine weiteren Fragen, und er war klug genug, sich nicht in Einzelheiten zu verlieren.

Zu Beginn meiner Studienzeit musste ich nur die Hälfte der Gebühren bezahlen; als dann Vater starb, wurden sie mir ganz erlassen. Dazu arbeitete ich noch im Depot.

Mein Freund Georg kam nicht auf die Universität. Er meldete sich als Freiwilliger bei der britischen Luftwaffe und begann, die Fliegerei zu erlernen. Wir sahen ihn dann in schmucker britischer Khakiuniform mit zwei grünen Streifen am Ärmel. Später sahen wir ihn wieder ohne Uniform. Er hat uns nie erklärt, warum er nicht bei den Briten geblieben ist. Aber der kleine Krämerladen in der Dara-Strasse wurde Zufluchtsstätte für zahllose Gruppen afrikanischer, australischer, englischer Soldaten, und Georg wusste sich bestens mit ihnen zu unterhalten, mit jedem aufs angemessenste – sei es in Cockney-Englisch, sei es mit australischem oder afrikanischem Akzent; er sprach, als stammte er aus dem jeweiligen Land. Immer wenn ich bei ihm vorbeischaute, fand ich welche im Laden stehen und sich ein oder zwei Gläschen aus dem kleinen Cognacfass mit dem feinen Holzspund genehmigen, heimlich und hastig, denn Georg hatte keine Lizenz für den Ausschank von Alkohol.

Immer wieder hielten, zu ganz bestimmten Zeiten zwischen den Alarmbereitschaften, vollgeladene britische Armeelastwagen vor dem Laden. Ihnen wurde ein genau kalkulierter Anteil der Ladung – Bully Beef oder die sehr gefragten Militärjacken aus Kamelwolle oder Dosen mit gezuckerter Kondensmilch oder Decken – entnommen und alles sofort im Lichthof hinter dem Laden versteckt.

Georg hatte auch ein weites Netz von Verbindungen mit griechischen, italienischen und syrischen Frauen in Ibrahimija und Camp Schaisar und gleichzeitig mit Soldaten und Offizieren. Die Eishalle im „Sporting" war der Ort, wo Vereinbarungen getroffen, Bekanntschaften gemacht und Geschäfte abgeschlossen wurden. Nach dem Krieg kaufte sich Georg zwei Lastwagen und arbeitete im Speditionsgeschäft – und Gottes Auge lag gnädig auf ihm! Er hatte, sommers wie winters, ein Zimmer am Meer im Hotel „Serenade" in Stanley. Das Zimmer bestand auf drei Seiten nur aus Glas und ragte in die weite Bucht hinein.

Nach meinem Universitätsabschluss arbeitete ich, nach langer Zeit der Arbeitslosigkeit, im Griechisch-Römischen Museum. Ich schloss mich der revolutionären

Bewegung an, die im Land entstand und wirkte, zog auf Demonstrationen und beteiligte mich an der Organisation von Streiks, bildete geheime Zellen, verfasste Erklärungen, Analysen, Pamphlete. Dann kam ich ins Gefängnis, kam wieder heraus, verzweifelte an der politischen Tätigkeit, an der Liebe, am Leben. All diese Zeit verstand Georg nie, was ich tat und warum — er kümmerte sich nicht um derlei. Aber zumindest spottete er nicht über mich; lediglich den guten Rat, vernünftig zu sein, erteilte er mir und gab seiner Hoffnung Ausdruck, Gott möge mir wieder auf den rechten Weg helfen. Wir standen uns sehr nahe, dann entfernten wir uns voneinander, und seit vielen Jahren weiss ich nicht, was aus ihm geworden ist.

Am 11. Februar 1951, es war am Vorabend des königlichen Geburtstags, befürchtete ich die schon traditionelle Polizeirazzia gegen uns. Darum bat ich Georg, in seinem Hotelzimmer in Stanley übernachten zu dürfen, und ohne eine Frage zu stellen, gab er mir den Schlüssel. Am folgenden Morgen solle ich ihn im Laden vorbeibringen, sagte er nur.

Der Mann am Empfang im Hotel „Serenade" kannte mich schon seit geraumer Zeit. Er grüsste mich mit einem Kopfnicken. Der Korridor, der zum Zimmer führte, war finster und leer. Meine Schritte hallten auf den schwarzen, frischgewaschenen Platten. Ich ging ins Zimmer, drehte den Lichtschalter, und plötzlich war das Zimmer da, lebendig; es legte sich um mich.

Das Zimmer war eng, aber gemütlich, das kleine Bett weich und mollig. Erschöpft und sorgenvoll liess ich mich darauffallen und versank darin. Auf dem Boden lag ein ziegelroter, flauschiger Teppich, an der Wand hingen ein paar Ölbilder mit liegenden oder knienden nackten Frauen, rosig und mit weichen Kurven, wie Fischfrauen. Ihre Augen waren völlig leer.

Das Meer tobte und toste. Durch das beschlagene Fenster hindurch konnte ich es hören. Dahinter sah ich die Lichter der langen Uferstrasse, kleine, zitternde Flecken mit Strahlenzähnchen; sie zogen sich, eine lange Reihe, weit dahin.

Lesen konnte ich nicht, und so löschte ich das Deckenlicht, ebenso das rote Nachttischlämpchen, kroch unter die dicke, weiche Wolldecke und spürte das frische, saubere Leintuch unter mir.

Unter dem Zimmer schlugen die Wogen krachend an die Steine und an die Pfeiler des Gebäudes. Ich hörte das Wasser, das kräftig brausend anprallte und dann wieder zurückging; darauf kehrte es wieder und warf sich gegen die Felsen und gegen die Fundamente des Hotels.

Ich fühlte mich sehr allein, völlig auf mich selbst zurückgeworfen, inmitten dieses monotonen Tosens, dieses unablässigen Lärms, wie ich ihn nie wieder gehört habe. Allein und in mich versunken, atmete ich die wohlige, warme Luft meiner eigenen Versunkenheit. Schliesslich schlief ich ein, über die Rätselhaftigkeit der Nacht nachsinnend, der Nacht, die unter dem hartnäckigen Auf und Ab der hereinbrechenden Wogen herumwirbelte, der Wogen, die nicht aufhörten, zu steigen und zu fallen und wieder zu steigen und wieder aufs neue zu fallen. Ich dachte an nichts anderes.

Am frühen Morgen öffnete ich plötzlich die Augen, stand auf, machte das Fenster nach vorne hin auf, sog die frische, salzigfeuchte Luft ein, eine ganze Lunge voll, und fragte mich, ob die Nacht wohl gut vorbeigegangen sei. Das Wasser war völlig ruhig. Der Sturm hatte sich gelegt, und die Meeresoberfläche erstreckte sich spiegelglatt weithin, ölig und still im neugeborenen Licht, das über die Welt ein wässriges Schweigen breitete, als wache es und warte auf die Freude.

Aus dem bleifarbenen Spiegel des Meeres erhob sich ein mächtiger, breiter Felsen. Er war völlig von Möwen bedeckt, die ihn als dicke, federgefütterte, weisse Wolke umhüllt hatten, die darauf ruhte und sich daran festklammerte. Die Möwen sassen dichtgedrängt beieinander, eine Unzahl zusammengefalteter Körper, einer eng am anderen. Sie hatten ihre Köpfe vornüber geneigt und ihre langen Schnäbel an ihrer Brust vergraben. Die Rücken waren gewölbt, die Flügel an die Seite gepresst. Sie schienen leblos, gebrochen.

Vor meinen Augen bildeten sich auf dem Meer farbige Streifen. Violett und blau, silbergrau und strahlend unter weissen Wolken, hinter denen sich die Sonne verbarg und die sie mit ihrem Licht rötlich durchtränkte. Die Ruhe des Meeres war vollständig, seine Oberfläche weit und glatt, fast ohne Kräuseln. Die leisen und langsamen Wellen plätscherten sanft. Dann plötzlich wurde die vollständige Ruhe vom Gezwitscher der Vögel garniert; sie hüpften auf dem feuchten Sand herum und pickten mit ihren kleinen, flinken Schnäbeln schlickiges Gras und allerhand lebendes Muschelgetier. Von der fernen Uferstrasse her das Echo eines mehrfachen Rufes: „Herr ... Hassuna." Es war kaum hörbar. Und ganz weit hinten sah ich, nur schemenhaft, ein Liebespaar auf dem jungfräulichen Sand. In dieser frühen Morgenstunde? Welch unwiderstehliche Leidenschaft! Welch dumpfer, dunkler, desperater Wunsch! Der sie dazu trieb, hier an diesem verlassenen, feuchten Strand spazierenzugehen.

Dort, wo Wellen und Sand sich treffen, zieht sich ein grüner Algenstreifen hin, der hell wird, wenn das Wasser zurückgeht. Feucht und trocken, feucht und trocken — in unablässigem Wechsel. Ewig, bleibend, angesichts unseres Vergehens, unserer Endlichkeit.

Und ich fragte: Gibt es ein Verweilen ohne Schmerz und Tränen bei den verwischten Spuren vergangener Zeit? Was nützt es? Worauf gründet es?

Und ich fragte: Gibt es denn etwas Verlässliches ausser den verwischten Spuren vergangener Zeit?

Der Strand ruht lang, zerbrechlich, straff, zwischen Leere und Fülle, eine schlanke, ranke, langgezogene Taille, die in jedem Moment an jeder Stelle brechen kann. Er hat keine Stätte, wo er sich festigen und die ihn durch Barrieregürtel schützen könnte. Der Strand ist eine wellenförmige Linie, scharf am Rand der bodenlosen Tiefe gezogen, im Sturm liegend, und wenn ruhig, doch noch ständig vom Sturm bedroht und von Wassermassen gepeitscht. Ihr Zauber packend, unwiderstehlich, ihre Schönheit unfassbar, ihr Reiz auf immer wirksam.

Starke Arme streckt sie mir entgegen, ruft mich, und ich weiss nicht, wie ich mich dem Ruf entziehen kann, einem Ruf, dem Folge zu leisten unumkehrbares Schicksal ist, ohne Zurück. An solch zerbrechlichem, prekärem Rand, zwischen Sein und Nichtsein, steht mein Land, und ich weiss nicht, wie ich darin Fuss fassen soll.

Ich schaue hinaus aufs Meer und an seinen unerforschlichen Horizont. Ich weiss, dass nichts dahinter ist, nichts. Nur endlos fremde, unbekannte Wogen bis in die Unendlichkeit, und mir ist, als sähe ich gar die Todesgestade. Ich werde sie durchqueren, ohne Rückkehr, ohne Ankunft.

Wassermassen ertränken nicht meine Liebe, Ströme überfluten sie nie und nimmer.

Ein sanftkurviger Felsen bist Du mitten in der Flut, mit weichen, saftiggrünen Hängen, bewachsen mit Schwertlilien und Holunder, mit Erde, safrangelb, fruchtbar und lebendig. Darüber hinweg flattert eine schwarze Taube mit Schwingen, die sich bis in die Endlosigkeit hinbreiten, die unablässig in meinem Herzen schlagen.

Ihm, der in Ghait Enab wohnte, schien der Platz in Manschija nicht von dieser Welt. Denn die Welt, das war
Ghait Enab. Der weite, freie, offene Platz von Manschija! Die riesigen Gebäude mit den runden Marmorsäulen!
Die hohen, majestätischen Palmen mit den weichen,
schlanken, hellen Stämmen, die sich in langen Reihen
beidseits der ausgedehnten Anlagen wiegen. Und überhaupt, diese Anlagen! Immer üppig mit frischem, safti-
gem Gras; und die gelbe Strassenbahn, sauber und leuchtend, umfährt sie schwankend. Die Droschken mit den
rotbraunen Pferden, deren Hufe melodisch und rhythmisch auf dem feuchtschimmernden schwarzen Boden
klappern! Und diese Ruhe und Schönheit, und diese un-
geheure Weite! Das war märchenhaft, ein wenig beängstigend, ja, und sehr verlockend.

Er dagegen lebte zwischen kleinen Häusern, zwei
Stockwerke, höchstens drei, gebaut im allgemeinen aus
dunkelroten Lehmziegeln, nackt und unverputzt. Die
Strassen dazwischen waren ungepflastert, die Bäume und
die Gärten dicht bewachsen und ländlich.

Er sagte: Ich habe nie gewusst, dass das Weinen über
die Ruinen aus vergangener Zeit so schmerzlich sein
kann.

Die Ruinen der Kindheit und Jugend, eingestürzte
Gebäude, deren Spuren aber noch sichtbar sind, noch
nicht verschwunden. Die Trümmer des Herzens, zer-

stört von den Herrlichkeiten seiner Leidenschaften, dessen Pfeiler jedoch noch aufragen und dem Zahn der Zeit und dem Spruch des Schicksals noch trotzen.

Am Palmsonntag ging man zur Kirche und wohnte der Messe bei. Auf dem Rückweg trug man milchiggrüne Palmzweige; fast weiss waren sie und frisch. Sie waren zu kleinen und grossen Kreuzen zusammengefügt und zu runden Dornenkränzen geflochten, an denen noch immer feucht das Weihwasser hing.

Am Nachmittag kam Faris Effendi zu Besuch, ein Freund seines Vaters. Seine Frau, Sitt Umm Alice, die auch mitkam, war eine gute Freundin seiner Mutter. Er, Faris Effendi, klein, dicklich und rund, war Angestellter bei der Eisenbahn. Er trug eine dicke Brille und einen Tarbusch, der eng auf seiner fliehenden Stirn sass. Manchmal hörte er sie sagen, Alice sei für Michael bestimmt. Alice, das war dieses bleiche, pummelige Mädchen mit dem dümmlichen Gekicher und dem trägen Blick, das ihm so zuwider war. Faris Effendi sass mit seinem Vater auf den Stühlen im neuen Salon. Sein in die Hosen gepresster, etwas nach oben gedrückter Ballonbauch ruhte gemütlich auf seinen stämmigen, kurzen Beinen; wenn er sprach, näselte er leicht. Der Bub ging hinein, um guten Tag zu sagen. „Nun komm schon", drängte ihn seine Mutter, „sag dem Herrn guten Tag, los!" Da hörte er seinen Vater eine ganz aufregende Geschichte über Nahhas Pascha erzählen. Einmal sei er mit anderen Führern zu einer Konferenz nach Beni Suweif gereist. Da hätten bewaffnete Soldaten den Bahnhof umzingelt, und die Regierung hätte den gesamten Zugverkehr unterbrochen. So hätte Nahhas Pascha die Nacht auf dem Bahnsteig in Beni Suweif verbracht und auf einer dieser hölzernen Wartebänke geschlafen. Als die Leute dann am Morgen in den Bahnhof drängten, in dichten Reihen und trotz der Kugeln, da schlugen die Soldaten mit dicken Knüppeln auf Nahhas Pascha ein, und Sinnut Hanna Bey setzte sich für ihn ein und brach dabei den Arm. Währenddessen zerschlugen die Leute mit Äxten und Hacken die Eisenketten, die vor das Bahnhofstor gespannt waren; dabei seien viele getötet und verletzt worden.

Faris Effendi wurde zornig. Nahhas Pascha sei der Führer des Plebs. Dieses Wort kannte der Bub nicht, aber er begriff sofort, dass es ein böses Wort war und dass die Leute Plebs waren. Sein Vater widersprach seinem Freund hitzig, Nahhas sei ein würdiger Nachfolger von Saad Saghlul, ein Führer des Volkes und ein Gegner der britischen Besatzung; ausserdem schütze er das Land vor der Habgier dieses Königs, der, wenn immer er den Mund aufmache, herumbelle wie ein Hund.

Der Bub schwieg. Nie zuvor hatte er seinen Vater so heftig und so hitzig reden hören.

Am Montag der Karwoche ging er mit seiner Mutter Einkäufe fürs Fest machen. Mit einer Droschke fuhren sie am Nachmittag in die Anastasi-Strasse. Seine Mutter blieb in einiger Entfernung von der Tür des Geschäfts stehen, während er zu seinem Vater rannte, der früher als üblich seine Arbeit beendete und mitkam. Zu dritt gingen sie die Sieben-Nonnen-Strasse entlang und dann zu Fuss bis Manschija. In Klein-Manschija schauten sie in die Läden zwischen der Sankt-Katharinen-Kirche und der Griechisch-Orthodoxen Kirche. Sie betraten das Kaufhaus Hannaux und die Verkaufsstelle der Ägyptischen Produktions-Gesellschaft. Seine Mutter kaufte fünf Meter gemusterten Seidenstoff, um daraus Kleider für seine Schwestern zu schneidern, und zwei Meter hellblauen, gestreiften Popelin, um ihm zum Fest eine neue Galabija zu nähen. Ausserdem einige Röllchen weissen und bunten Faden. Dazu noch Unterhemden, Unterhosen, Socken und weisse, feste Lederschuhe für ihn mit dicken Sohlen. Für seine Schwestern gab es bunte Schuhe mit Schnallen und Knöpfen. Für sich selbst kaufte sie ein silberfarbenes Trägernachthemd aus schimmerndem, weichem Satin; es war bestickt und oben und unten mit Spitzen besetzt. Sein Vater wollte nichts. Er habe alles, behauptete er, wenn nur sie sich alles Nötige gekauft hätten. Dann gingen sie mit wohlverschnürten Bündeln, Paketen und Schuhschachteln zurück und bestiegen gegen Abend an der Endstation am Manschija-Platz die Strassenbahn nach Ghait Enab.

Seine Begeisterung über die neuen Kleider fürs Fest und seine Vorfreude auf das Schamm-Nassim-Fest am darauffolgenden Montag vermischten sich mit seinem seltsam quälenden Gefühl, dass die Karwoche begonnen habe, an deren Freitag Christus ans Kreuz geschlagen werde, nackt und mit der Dornenkrone auf dem Haupt, dass er um Wasser bitten und ihm ein Trunk aus Wein und Essig gereicht werde, und dass er dann für uns sterben müsse, auch wenn der Erzengel Michael am Karsamstag den Stein vom Heiligen Grab wegrollt und

Christus danach in Herrlichkeit von den Toten aufer-
steht.

Die Strassenbahn war fast leer. Die kräftigen elektrischen Lampen vergossen ihr festes weisses Licht über die
soliden Sitze aus hellbernsteinfarbenen, gerundeten
Holzleisten. Der Boden der Strassenbahn bestand aus
breiten, nebeneinanderliegenden Brettern, die von glänzenden Stahlbändern mit Flachkopfschrauben zusammengehalten wurden. Die Spalten dazwischen waren
hauchdünn. Der Bub spürte am ganzen Körper die Stärke der Strassenbahn, die um den weiten Platz kreiste, ihre
Schubkraft und ihre verborgene Energie.

Das Pferd steht mitten auf dem Platz, hoch und ruhig,
mit schlanken Flanken, ein Vorderbein leicht angehoben, angewinkelt, als wollte es lostraben — aber es bewegt sich nicht. Der Reiter darauf, dunkelgrün und mit
einem mehrfach geschlungenen Turban auf dem Kopf,
ist riesig, unerschütterlich. Der Wind spielt mit seinem
Gewand und lässt seinen weiten Umhang flattern. Das
grüne Bronzeschwert hängt an seiner Seite. Es ist böse
und bedrohlich, nicht offen, nein, verborgen, aber doch
deutlich wahrnehmbar.

Um das strahlendweisse Marmorpodest der Statue ist
ein kleiner, runder Park angelegt, umschlossen von einem Eisenzaun aus weiten, ineinandergreifenden Rin-
gen. Über dem Park hängen Lampen, Trauben aus je
fünf grossen weissen Beeren, die weiches, milchiges
Licht über das satte Grün des kurzen Grases giessen.

Die Nachtluft strömte durch das offene Strassenbahn-
fenster herein und wehte ihm ins feuchte Gesicht; kalter

Schweiss stand darauf. Die rüttelnde Strassenbahn schüttelte seinen Magen durch, der ohne Halt herumtrieb, dann erstarrte. Er überlegte, wie er sich beherrschen, wie er die Turbulenz in seinen Eingeweiden bekämpfen könnte, während die Räder sich quietschend und kreischend an den Gleisen rieben. Der Boden der Strassenbahn hob sich, er spürte es, wogend; ein unkontrollierbarer Krampf erfasste seinen Magen, ein drängender Klumpen formte sich. Schliesslich ging es nicht mehr. Er streckte seinen Kopf durch das offene Fenster, und während seine Eingeweide auf einen Ruck hinausgeschleudert wurden, peitschte ihn die kalte Luft. Das Würgen klang hart und seltsam, als er sich, aus dem Fenster gebeugt, übergab, einmal, zweimal. Die weissen Sprühteilchen flogen und klebten an der Aussenwand der Strassenbahn fest, eine frische weisse Schicht, die sich allmählich ausbreitete.

Die Hand seines Vaters legte sich ihm auf den Rücken, hielt ihn und stützte ihn. Seine Mutter holte ein weisses Taschentuch heraus, das leicht nach ihrem Parfüm roch; es war frisch, mit winzigkleinen buttergelben Spitzen umstickt. Sie wischte ihm Mundwinkel und Kinn ab, während er auf den Sitz zurückfiel, erleichtert und befreit, mit leerem Innern und klopfendem Herzen.

Die Strassenbahn jagte durch die ruhige, enge Strasse. Die Türen der grossen Läden waren geschlossen, doch die weiten Schaufenster, in denen Kleider, Schuhe und Stoffe ausgestellt waren, strahlten im Licht. Die Strassenbahn klingelte; es hallte prächtig.

Das Schaukeln und Rütteln der Strassenbahn, der anstrengende Tag und die frische Luft, dazu das Gefühl der Leere und der Beruhigung in seinem Magen liessen den Bub einnicken, und im Zwielicht zwischen Schlafen und Wachen sah er Nahhas Pascha auf dem nächtlichen Bahnsteig, unter einem weiten, finsteren Himmel; seine Brust war nackt und hager, auf seinem Kopf sass etwas wie ein Tarbusch, aber mit einem scharfen Rand mit Stacheldrahtdornen. Auch einen römischen Soldaten mit Helm und Brustpanzer sah er, der durch den weiten, menschenleeren Bahnhof auf ihn zulief; er hatte Metallbänder an seinen Hüften und um seine kräftigen Beine geschlungen und stiess Nahhas mit seiner langen Lanze in die Seite. Und wie die Lanze im Arm eines kräftigen braunen Mannes mit dichtem Schnurrbart und kompletter Festuniform versank, auch das sah er und hörte auch jemanden, der ihn mit „Sinnut Hanna Bey" ansprach. Aber das Blut rann langsam von Nahhas' ausgestreckten Händen, die gezeichnet waren von einer tiefen schwarzen Narbe. Riesige Menschenmengen sah er in dröhnenden Jubel ausbrechen, der donnernd widerhallte.

Der Bub erschauerte, er spürte die Hand seines Vaters, der ihn freundlich schüttelte: „Aufwachen, der Herr", rief er, „auf, Herr Sohn! Wir sind da." Da sah er, dass die Strassenbahn an der Endstation, vor dem Polizeiposten, ganz in der Nähe ihrer Wohnung, angekommen war.

Als sie ausstiegen, spürte er seine Beine; sie waren leer und völlig kraftlos. Deshalb hielt er sich an der Hand seines Vaters fest, als er die immer dunklen, mysteriösen, immer von geheimnisvoll wimmelndem Leben erfüllten Treppen zu ihrer Wohnung hinaufging.

Seine Tante Wadida machte ihnen die Tür auf. Sie war bleich, hatte etwas vorstehende Augen und schielte leicht. Ihr Kraushaar war dunkelbraun und hart; sie war grazil und schlank und grösser als alle ihre Schwestern: „Nein sowas! Was ist los mit dir, mein armer Junge? Dein Gesicht ist käseweiss. Komm mit mir!" Sie nahm ihn mit sich in ihr Zimmer und holte aus ihrem Mieder ganz heimlich einen Bonbon heraus. Er lag warm und weich in seinem Mund.

Dieses Zimmer war gross und lag auf der anderen Seite der Wohnung. Zwei Betten standen darin nebeneinander, dazwischen nur ein schmaler Durchgang. Seine Grossmutter Amalia schlief manchmal bei ihren beiden Töchtern, manchmal im Bett seines Grossvaters. Das stellte er fest, wenn er sehr früh aufwachte, durch die schlafende Wohnung lief und dieses geheimnisumwitterte Zimmer betrat. Auf all das konnte er sich keinen Reim machen, und er konnte darüber auch keine Fragen stellen. Und die auf dem leeren Bett seiner Tante Wadida und seiner Tante Sara herumliegenden Kleidungsstücke verunsicherten ihn vollends. Nachthemden, Ausgehkleider, feine, farbige Unterwäsche. Besonders fasziniert war er von den BHs aus feinem, durchbrochenem Stoff mit den kleinen Körbchen und den langen, dünnen Bändern, von denen er nicht wusste, wie sie zusammenkamen und wie sie zu- und aufgeknöpft wurden. Eine Weile dachte er darüber nach, dann vergass er es. Doch es fiel ihm wieder ein, wenn diese Kleidungsstücke frischgewaschen an der Leine auf der Dachterrasse des Hauses hingen; sie tropften ein bisschen, und die Sonne schien durch den weichen, bunten Stoff.

Seine Tante Wadida war gewitzt und zungenfertig. Sie war die einzige von allen, die „Tschechoslowakei" oder „Fischers Fritz fischt frische Fische, frische Fische fischt Fischers Fritz" mit atemberaubender Geschwindigkeit fehlerlos aufsagen konnte. In den Sommernächten erzählte sie ihnen auf der Dachterrasse allerhand Geschichten. Sie sassen dann alle im Kreis um sie herum – er selbst, seine Schwestern Aida und Hanaa und die schöne Iskandara, eine Cousine seiner Mutter, Witwat, der hellhäutige Sohn seiner Tante Hanuna, und dessen Schwester Maria mit dem schwarzglänzenden Haar. Jeder brachte eine Sitzunterlage mit, und sie setzten sich in der angenehmen Brise auf die Strohmatte.

Ihn faszinierten besonders die Abenteuer des Klugen Hassan und die Schliche, die er anwandte, um in den hohen Palast zu gelangen und dort die Schönste der Schönen zu sehen oder um Unserer Frau, der Ghulin, zu entfliehen. Auch was der Prinzessin aus herrscherlichem Geblüt widerfuhr, faszinierte ihn. Die alte Zauberin verwandelte sie in eine Kuh, schlachtete sie und warf ihre Knochen in eine Grube. Doch dann kam der Prinz, der Königssohn, vom Mondberg am Ende der Welt. Er setzte die Knochen zusammen, die in seiner Umarmung stöhnten und klagten; er wärmte sie mit seiner Liebe und netzte sie mit seinen Tränen. So machte er aus ihnen eine strahlende Braut, die Schönste der Schönen. Und so folgten die Geschichten aufeinander, und Personen nahmen für ihn in der ruhigen, stillen Nacht Gestalt an. Sein Körper war überflutet vom Mondlicht. Er rückte näher zu seiner Tante Wadida hin, bis er bei ihr warme Geborgen-

heit spürte, und wenn er dann am frühen Morgen aufwachte, lag er in seinem Zimmer im Bett neben seinen
schlafenden Schwestern und wusste nicht, wie er dorthin
gekommen war.

Plötzlich während der Nacht erwachte er in seinem
hohen Bett, unter der schweren Decke. Die vier schwarzen Bettpfosten umgaben ihn, auch die dunkelgelben
Messingkugeln, Glotzaugen, geschlossen zwar, schauten
sie ihn dennoch an, erkannten ihn. Die Lampe Nummer
fünf an der Wand brannte und verströmte ein rötlichbö-
ses Flackerlicht.

Das mit Menschen vollgestopfte Haus war wie ausge-
storben. Alle schliefen, hatten ihn alleingelassen.

In der nächtlichen Stille des warmen Zimmers spürte
er einen seltsamen Hauch. Die Luft war schwer. An der
Wand ein Schatten, der sich bewegte, über den Schrank
wogte, sich dann zitternd auf den geschlossenen Fensterladen legte.

Er sah nicht, was es war, spürte nur seine bedrohliche
Nähe. Ja, er lauerte ihm auf, hatte es auf ihn abgesehen,
ihn zum Ziel gewählt!

Ohne ihn zu sehen, spürte er, wie er näherkam. Er war
körperlos, aber er war da. Sein sengender Atem war eisig,
sein Schatten wurde dichter, er nahm, unsichtbar, Gestalt an und kam näher, immer näher. Das grauenvolle
Entsetzen in seinem Herzen war nicht länger zu ertragen.

Und er schrie, schrie einen Schrei, der die Nacht und
die Stille zerriss. Einen Schrei, der die ganze Welt in einen
einzigen Hilferuf verwandelte, der alles durchdrang —

geschrien, gerufen, jeden Raum füllend, jede Begrenzung überschreitend.

Füsse rannten ihm zu. Seine kleine Schwester weinte verschreckt im Schlaf, während er den Kopf an die Brust seiner Mutter legte und sein Gesicht an sie presste. Er weinte nicht, aber Schauer schüttelten seinen ganzen Körper, und in dem Augenblick, da er in der Umarmung seiner Mutter versank, sah er seinen Vater im Schein der Korridorlampe an der Tür stehen. Nicht sein Gesicht sah er, nur seine grosse, dunkle Statur, gewaltig und doch sanft. Und er hörte seine Mutter sagen: „Ich weiss ja, aber was ist denn los mit dir, mein Liebling?" Sein Schrei ist derselbe, den er auch jetzt, im Alter, an der Schwelle des Schlafes noch immer ausstösst, wie sehr er sich auch in acht nimmt und die Gefahr zu umgehen versucht.

Nach dem Erklingen des Schreis ist das düstere Licht still und leer. Erschöpft raucht er, gegen das Bett gelehnt, eine Zigarette, denen nahe, die er liebt und die wieder schlafen gegangen sind. Seine Zuneigung für sie, seine Dankbarkeit sind die Ader, die in der Tiefe der Nacht pulst.

Die Herzen und ihre Behausungen und all das, was sie hegt und was sie härmt — verbannt auf immer in Träume und in Wünsche.

An der Kreuzung der Daniel-Strasse und der Fuad-Strasse stieg er aus der Strassenbahn und ging zu Fuss den Rest des Weges bis zum Patriarchat. Sein neuer Wollanzug war etwas rauh, seine schwarzen Schuhe schwer und glänzend unter den weissen, mit einem Gummi unter dem Knie festgehaltenen Socken. Bei einem Zeitungsverkäufer auf dem Gehweg kaufte er die Zeitschrift *al-La-ta'if al-Musawwara*. Auf der Titelseite sah er ein frei nach der Phantasie des Zeichners gestaltetes und doch äusserst realistisches Bild. Es zeigte einen Zug, dessen Wagen in alle Richtungen flogen, und britische Soldaten, die mit ausgestreckten Armen und Beinen herumlagen; die Detonation hatte ihre Helme und ihre Gewehre weggeschleudert. Darunter stand als Erklärung, die tapferen palästinensischen Revolutionäre hätten einen mit Proviant, Munition und anderem Kriegsmaterial beladenen Zug in die Luft gesprengt.

Fröhliche Menschengruppen traten durch die hohe, schmale Eisentür in den Hof des Patriarchats.

Die Messe war lang, es ging auf und ab; in der Kirche drängten sich die Menschen, die weiss eingepackte Säuglinge trugen. War etwa Taufsonntag? Die Festatmosphäre, der Liturgiesingsang, das Kindergeschrei, das Geklingel. Der Priester schwingt den Kessel, Weihrauchwolken steigen auf. Frauen und Mädchen sitzen auf der rechten Seite und auf der steinernen Empore, die den Kirchenraum umläuft; sie haben das Haupt bedeckt und tragen bunte Kleider. Er steht, dann sitzt er, dann steht er wieder, wie die anderen Gläubigen. An den vierundzwanzig hohen, nebeneinander hängenden Ikonen — je zwei Darstellungen der zwölf Apostel — hat er sich längst sattgesehen. Die Farben der goldgerahmten Ikonen sind ölig und dunkel, am Rand stehen koptische Buchstaben senkrecht untereinander.

Der Priester hob seine Hände über die Häupter und versprühte mit den Fingern das Weihwasser. Und während der Liturgiegesang anschwoll, fielen die Weihwassertropfen auf die Betenden. Er spürte den feinen Regen des geweihten Wassers auf seinem Gesicht; da schlich er sich aus den dichtbesetzten Holzbänken hinaus in die saubere Marmorhalle mit den runden Säulen und ging die breiten Stufen hinunter.

Der Hof der Kirche war voller Menschen, überall Verkäufer von frommen Bildchen, herumtollende Kinder, Leute, die hineingingen und herauskamen, die hastig herumliefen.

Plötzlich scharten sich die Leute unter der Wohnung des Patriarchen zusammen, in einem ungepflasterten Durchgang zwischen dem Patriarchenhaus und der hohen, fensterlosen Kirchenwand. Die Köpfe nach oben gekehrt, drängte sich die Menge um ihn, die Körper pressten sich gegen ihn, und die Leute sagten freudig zueinander: „Unser Vater ... Unser Vater." Plötzlich jubelten alle, Männer, Frauen und Kinder, wie aus einem Mund. „Segne uns, Herr, segne uns, segne uns!" riefen sie. Schliesslich erschien das schmächtige, hagere Gesicht, durchsichtig und klarbraun, fast leuchtend mit dem üppigen weissen Bart und dem runden schwarzen Turban. So erschien es hoch oben am schmalen Fenster. Das Rufen und Jubeln wurde lauter, die freudige Erregung steigerte sich. Die feine Hand streckte sich über den Köpfen aus, und glänzende Metallstückchen regneten auf die Leute herab, winzige silberne und kupferne Münzen ergossen sich glitzernd aus seinen feinen, langen Fingern. Sein Gesicht schien krank, ausgemergelt, dennoch strahlte es – das Gesicht eines alten Mannes, sein letztes Gesicht.

Er erschien nur für einen kurzen Augenblick, murmelte seinen Segen über die Menschen, Worte, die im Rausch des Schreiens, Jubelns, Flehens vom Hof untergingen, wo Menschen Schulter an Schulter standen.

Alle bückten sich und sammelten vom sauberen Sand, von Armen und Schultern die Halbfranken- und Millimstücke auf; sie waren alle neu und blank. Oder sie versuchten, die regentropfengleich herabfallenden Münzen schon in der Luft zu fassen. Zwischen schlurfenden Füssen und schiebenden Körpern ergatterte ich ein silbernes Halbfrankenstück; es war klein und rund und leuchtete; ein paar winzige Sandkörner klebten daran.

Ich habe es lange Jahre als Segensbringer aufgehoben. Nun finde ich es nicht mehr. Wo es wohl hingekommen ist?

Er besass einen hölzernen Tintenständer, den ihm sein Vetter Boktor aus Jerusalem mitgebracht hatte. Seit seiner Rückkehr von dort nannten ihn alle den „Heiligen Boktor".

Dieser Tintenständer hatte die Form eines kleinen Kamels; es war, mit allen Einzelheiten, aus glänzendem, glattem dunkelgelbem Holz geschnitzt.

Das Kamel hatte einen langen, weit vorgereckten Hals, einen seltsam lebendigen, völlig runden Kopf und offene, träumerische Augen. Oben auf seinem Höcker war eine kreisrunde Öffnung. Die langen Beine schienen auf den weichen, zusammengedrückten Hufen allein zu gehen, in endlosem, ruhigem Trab. Das Kamel hatte eine besondere Kraft. Er hat nie ein Tintenfass hineingestellt, das unpolierte rohe, runde Loch blieb leer. Auch der

Sockel, auf dem das Kamel stand, war aus rauhem Holz. „Jerusalem 1932" stand auf der linken Seite in koptischer, auf der rechten in arabischer Schrift.

Er stellte das Kamel vorsichtig in eine besondere Schublade im Buffet, die allerunterste. Darin lagen all die Dinge, die seine Mutter hütete — bogenförmige Kämme, mit Elfenbein und schimmerndem Perlmutt eingelegt; drei Fläschchen mit Parfümkonzentrat, die zwar mit Glaspfropfen fest verschlossen waren, aus denen aber dennoch der kräftige Duft von sudanesischem Sandelholz, ägyptischem Jasmin, jemenitischem Amber drang; ein kleiner silberner Antimonbehälter in Form eines Pfaus mit aufgestelltem Rad; daneben das Stäbchen zum Auftragen der Augenschminke, mit dem kleinen Kopf am Ende, an dem eine matte Spur Antimon hing; dünne, weiche aufgerollte Bänder aus fliessendem und sich wie lebendig kringelndem Seidenstoff; fein durchlöcherte, farbige Spitzen; eine dünnwandige Dose mit allerhand Nadeln darin; daneben noch eine riesige Schere, die bös und bedrohlich auf ihrer Lagerstatt ruhte und ihn herausforderte, sie in die Hand zu nehmen.

Zwischen diesen Dingen lag das Kamel wie ein König.

Er war stolz darauf, nahm es heraus, umfasste es mit seinen Händen, holte es aus diesem Gewirr von geheimnisumwitterten Gegenständen heraus, und die Erregung in seinem Herzen legte sich erst, wenn er es draussen im Licht sah, erhaben, stolz und doch so sanft blickend.

Jahre später ging es mir verloren, und ich habe es nicht wiedergefunden, so sehr ich mich auch bemühte und so intensiv ich auch suchte.

Das hinterliess eine tiefe, geheime, vielleicht bis zum heutigen Tag nicht verheilte Wunde.

Von Makar, dem Mann von Tante Hanuna, sprachen Mutter, Tante Wadida und Grossmutter Sitt Amalia immer, manchmal leicht spöttisch, manchmal ärgerlich, als dem „Neger".

Onkel Makar war ungeheuer gross und hatte ein dunkelglänzendes, gutmütiges Gesicht. Er arbeitete bei der Eisenbahn. Tante Hanuna heiratete er, als sie noch sehr jung war, und zwar mit Hilfe der Kirche, da er keine eigenen Familienangehörigen hatte. Die Kirche hatte ihn grossgezogen, ihn unterrichtet und für ihn eine Arbeit gefunden. Grossvater Sawiris war mit der Heirat einverstanden, Grossmutter Sitt Amalia dagegen machte sich Sorgen darüber, was mit ihren beiden Töchtern Wadida und Sara geschehen würde, und begann Onkel Makar erst Jahre später zu schätzen. Damals war sie schon sehr alt, war körperlich zusammengefallen und winzig geworden; sie konnte nicht mehr gehen und musste auf der Erde kriechen. Sie wohnte bei ihnen, und Onkel Makar fütterte sie mit eigener Hand. Er war es auch, der sie jeden Tag saubermachte, wenn sie sich verschmutzt hatte, der sie im Winter mit warmem Wasser wärmte und sie im Sommer mit frischem Wasser erfrischte, und das alles mit eigener Hand. Da betete sie für seine und seiner Kinder Gesundheit und wünschte ihnen ein langes Leben und dass Jesus Christus sie beschützen und sie mit seinem Segen überhäufen möge.

Sie besassen am oberen Ende der Sidi-Karim- und der Ujun-Strasse, in der Nähe der Sidi-Karim-Moschee, am äussersten Rand von Ghait Enab ein Haus. Sie hielten sich die Zeitschriften *Misr* und *al-Muktataf*, ausserdem die auf Glanzpapier erscheinende Eisenbahnerzeitschrift; diese erschien zur Hälfte auf arabisch und zur Hälfte auf englisch und enthielt Bilder von historischen Lokomotiven, technische Zeichnungen von Ventilen, Dampfkesseln, Maschinen und Kolben, was ich sehr spannend fand. Ich spielte dort immer mit meinem Vetter Witwat. Er hatte ein strahlendes, milchkakaofarbenes Mondgesicht und war ein Spitzbub und ein Lausejunge. Ich hatte ihn sehr gern. Wir waren zusammen im zweiten Schuljahr an der Koptisch-Orthodoxen Karma-Primarschule, und manchmal entwischten wir während der grossen Pause aus der Schule, rannten zu ihm nach Hause, kletterten den Laternenpfosten hinauf und sprangen hinüber auf die Dachterrasse. Dort landeten wir zwischen den gackernden Hühnern und dem Hahn, der uns mit hochgerecktem Hals, rotem Kamm und zielgerichtetem Schnabel feindselig attackierte, während die mit einem Strick an der Wand festgebundene Ziege kläglich meckerte. Dann liefen wir zusammen die Treppen aus roten Lehmziegeln hinunter, und Tante Hanuna, die im kleinen Hof vor dem Backofen auf der Erde sass, erschrak und schimpfte uns aus; dann lachte sie mit uns.

Damals wohnten wir in der Ban-Strasse, bei der Getreidemühle und gegenüber der Mädchenschule. Das Haus besass einen grossen Balkon aus aschgrauem Zement, in den glatte, blanke Kiesel gemischt waren. Er hatte ein schmiedeeisernes Geländer, und von ihm sah man auf den Strassenbahnwendeplatz hinab, der nicht weit weg, vor dem Polizeiposten, lag.

Mein Vetter Witwat kam oftmals zu uns, dann spielten wir Verstecken auf der Dachterrasse, krochen in die Hühnerställe und schlossen die Maschendrahttüren hinter uns; oder wir versteckten uns an der Wand des Wäscheraums und hinter den aufgehängten Betttüchern und Kleidungsstücken und rannten über die hellen, sauberen Platten, zwischen den kleinen Enten mit den flachen gelben Schnäbeln hindurch und den winzigen Küken, die erschreckt vor unseren Füssen davonliefen. Wir bauten Häuser aus weissen Zigarettenschachteln, auf denen in Gold mit aschgrauen Linien dazwischen Ramses II. samt dem Rad seines Wagens gezeichnet war und seinem ständig vorwärtsgaloppierenden Ross, das nie sein Ziel erreicht.

Vor dem Fest neckten wir immer das festgebundene Schaf, das mit seinen groben, ineinander verschlungenen Hörnern auf uns losging und plötzlich stoppte, wenn der Strick um seinen feisten Hals anzog und spannte, bis er fast riss; dazu blökte es und neigte den Kopf, während wir vor ihm herumhüpften und vor Schreck und Freude schrien.

Am Nachmittag eines bewölkten, trüben Tages stand ich mit Tante Wadida und Tante Sara auf dem Balkon. Wir sahen die Strassenbahn, die drüben vor dem Polizeiposten vor ihrer Endstation einen weiten Bogen fuhr. Ihre Räder kreischten scharf in der Kurve; sie verlangsamte die Fahrt und stoppte an der Haltestelle. Wir hörten die Leute rufen und schreien. Dann sah ich, undeutlich, den Körper des Jungen unter die Räder rollen, sah abgeschnittene Teile, scheinbar ohne Beziehung zu dem Körper, der unter der hohen Strassenbahn verschwunden war. Die Leute holten, was von dem Jungen noch übrig war, hervor und trugen ihn auf den Gehweg; das Blut lief in einem ununterbrochenen, unruhigen Faden herab. Man legte ihn an der dunklen Mauer des Parks nieder, unter dem dichten Geäst, das über die Mauer hing. Dann schellte die Ambulanz, und ich sah, wie man den kleinen Körperhaufen auf eine Tragbahre legte, die im Innern des weissroten Autos verschwand.

Wir waren alle zutiefst erschüttert und fragten uns, wer das wohl gewesen sein könnte. „Mein lieber Kleiner", sagte Tante Wadida, „Gott möge seiner Mutter Kraft geben!"

Erst spät in der Nacht erfuhren wir, dass es mein Vetter Witwat gewesen war. Er war tot, noch ehe die Ambulanz das staatliche Krankenhaus erreicht hatte.

War es der erste Verlust? Und war der Schlag wirklich von einer solchen Wucht, dass ich ihn fast vergessen habe — vergessen den ersten und engsten Freund meiner Kindheit? Auch den letzten, den ich liebte und mit dem ich in Unschuld und Freiheit spielte, wie ich sie später mit niemandem mehr erlebte — ausser in der Liebe mit ihr, die ich gegen Ende des Lebens liebte.

Er war dabei, als ich gemeinsam mit anderen Kindern, Kopten und Muslimen, in den Ramadannächten von Haus zu Haus gezogen bin, Ramadanlaternen in der Hand. An den Haustüren nahmen wir Naschwerk und Nüsse in Empfang, schwenkten dazu unsere bunten Laternen, in denen weisse Wachskerzen brannten und sangen „Hallu, hallu, der liebe Ramadan ist da, hallu!" Was wir erhielten, wurde gleichmässig auf alle verteilt. Wir spielten Sockenfussball, Ratespiele und Abschlagspiele unter dem Laternenpfosten mit der viereckigen Glaslampe, in der summend die spitze weisse Gasflamme brannte. Dann setzten wir uns unter der Laterne auf die Erde und lauschten fasziniert und mit bebendem Herzen den Berichten über den Geist, der dem Ältesten unter uns erschienen war und ihm den Weg versperrt hatte. Gerettet worden sei er von niemand anderem als einem römischen Ritter mit langer Lanze in der Hand, leuchtendem, ja blendendem Licht um den Kopf und einem grossen, gleissenden Kreuzeszeichen auf dem Brustpanzer.

Auf dem ungewohnten Bett erwache ich aus unruhigem Schlaf; die Luft im Zimmer ist zentralheizungstrocken. Als ich das Fenster einen kleinen Spaltbreit öffne, attackiert mich schneidend kalte Luft. Durch die doppelte Fensterscheibe blicke ich auf den Platz, den schieferfarbener Schnee bedeckt, Schnee wie aschgraue, bröslige Kreidehaufen. Strassenbahnschienen durchschneiden ihn, ebenso sich kreuzende asphaltierte Strassenflüsse. Das Zimmer in dem alten Hotel ist jetzt, am frühen Morgen, noch finster. Ein breiter, niedriger Sessel mit rotem, geripptem Bezug steht darin, ausgebleicht, wie wenn der Staub in den Stoff eingedrungen ist und sich im Gewebe festgesetzt hat. An den schweren Gardinen hängen zerzauste Fransen aus demselben Stoff.

Ich öffnete den Holzschrank; die Türen gingen schwer, und ein dubioser Geruch herrschte darin.

Dauernd kamen Menschen, eingehüllt in Leder-, Pelz- und dicke Stoffmäntel, die Köpfe mit dunklen Fellmüt-

zen oder Schabkas bedeckt, zu der Strassenbahnhalte-
stelle mitten auf dem Platz. Sie drängten nach vorn, stiegen ein, schweigend, jeder mit sich selbst beschäftigt, die
Hände in tiefen Taschen oder in dicken Handschuhen
vergraben.

Die Strassenbahn fuhr davon, gross und gelb, sie
schwankte. Durch das dicke Fenster hindurch hörte ich
das Rattern und das scharfe Kreischen der Räder.

Der Schnee war zu einer grossen, festen Masse zusam-
mengefroren. Dennoch schien er weich und fahl im grell-
gelben Licht der Magnesiumlampen auf der Strasse.
Lichtringe fielen auf die Kanten der ehrwürdig dunklen
Gebäude und die behauenen Säulen in den festen Steinwänden und auf die feinen Zweige von Bäumen, deren
Stämme so schwarz waren, als seien sie vom Winter verbrannt.

Der Bub, dessen Inneres einst unter dem grünen Bronzeschwert von der Raghib-Pascha-Strassenbahn durch-
geschüttelt worden war, bestieg mit mir in der frühmor-
gendlichen Kälte die helle, warme Strassenbahn. Er
durchquerte diese schöne, gequälte Stadt. Ich kannte sie
im heiteren Grün, kannte die Pracht ihrer sanften Gebäude im Frühling, der so schnell verlosch; ich kannte
die grausame Stille darin und den schmerzhaften Belage-
rungszustand. Und von ihrem gemordeten, verwandelten Sohn K. wehte mir unablässig der Hauch entgegen,
der in seiner klaren Alptraumwelt eingeschlossen liegt.

Er schaute seinem Vater beim Rasieren zu, was dieser
jeden Morgen tat, ebenso dreimal in der Woche, am
Montag, am Donnerstag und am Samstag, vor dem

abendlichen Bad; doch auch an anderen Abenden rasierte er sich, wenn es ihm in den Sinn kam.

Er rasiert sich mit einem langen, altmodischen Rasiermesser, wie es Friseure benutzen — aus kräftigem, dünnem weissem Stahl und entlang der Mitte ein wenig nach innen gekrümmt. Die scharfe Seite der Klinge glänzt weniger als der Rest. Der dunkle Griff aus irgendeinem Hornmaterial ist hinten geteilt, und wenn man das Rasiermesser aufklappt, dreht sich die Klinge über einen Stift und rastet mit einem kleinen Schnappgeräusch ein. Zum Rasiermesser gehört auch ein breiter und dicker Lederriemen, den sein Vater an einem Nagel in der Badezimmerwand aufhängt. An diesem schärft er die Klinge, indem er sie mit langen, regelmässigen, gekonnten Strichen an dem Leder wetzt, was einen weichen Laut erzeugt. So wird die Klinge sehr fein und dünn und glatt, auch die geringste Unebenheit verschwindet.

In einer tiefen, kleinen, glänzenden Metallschüssel schlug Vater mit einem breiten Pinsel aus Pferdeborsten aus Seife Schaum, der mit einem nüchternen Schsch dickweiss wurde, dann wieder zurückging und in sich zusammenfiel. Danach strich Vater das Rasiermesser mit ruhigen, exakten Bewegungen über sein Kinn, klopfte den wenigen abgeschabten, gräulichen Schaum kurz und rasch in das Waschbecken und liess Wasser aus dem Hahn laufen, um ihn hinunterzuspülen. Dann war das Rasiermesser wieder bereit, scharf und glänzend.

Wenn sein Vater abends badete, erhitzte seine Mutter für ihn auf dem Kerosinöfchen eine Schüssel mit Wasser und brachte sie ihm ins Bad. Daraus stieg in weissen, schwebenden Kringeln Dampf empor.

Kleine Riten der Befreiung vom Tag in der Welt. Riten bescheidener Heilssuche im Körper der Liebe.

Wenn sein Vater dann vom Bad befreit und, gehüllt in frischen männlichen Duft, ins Schlafzimmer gegangen war, wo das gefüllte Cognacglas stand und das Hühner- oder Truthahnstück bereit lag, dazu die Scheiben des gekochten Eis, gerahmt von zarten schwarzen Oliven, dann fand der Bub manchmal im Bad einen kleinen feuchten Knäuel aus winzigen, abrasierten schwarzen und weissen Härchen, die das Wasser nicht durch die runde, finstere Öffnung hinabgewaschen hatte.

Entsetzen erfasst sein Herz! Seine Füsse scheinen mit ihm in die geheimnisvolle, gähnende Öffnung zu gleiten, die in die Unterwelt führt, wo all diese Kreaturen wohnen, die ihn nachts in Angst und Schrecken versetzen — mit ihrem sengenden Atem, ihren wabernden Körpern, spürbar, lebendig, aber nicht sichtbar. Ihre gespaltenen Hufe klopfen auf die Steinplatten im Haus, sie schreiten verstohlen und lauernd. Er hört sie jammern, traurig, untröstlich. Die Töchter der Finsternis erscheinen ihm in Gestalt seiner Mutter, seiner Tante oder seiner griechischen Nachbarin Umm Tutu. Ihre weichen Arme legen sich nachts mörderisch drückend zärtlich um seinen Hals. Auch die geschlachtete Kuh kommt nach dem Einschlafen. Sie fügt ihre spröden Knochen, krachend und klappernd, zusammen. Nur ihr Fersenknochen fehlt noch, bleibt verschwunden. Und die Kuh klagt. Ohne den verlorenen Knochen wird der Zauber nie gebrochen; nie wird die Kuh ihre ursprüngliche Gestalt zurückgewinnen, nicht bevor ihr die böse Zauberin die strahlende Schönheit wiedergibt. Sie ist nackt, rennt, um mit grünen

Sykomorenblättern zu bedecken, was zwischen ihren Schenkeln ist. Sie muss die Blätter winden und flechten und straffen, ein Seil aus ihrem offenen Nabel. Sie kreist durch die finstere Wohnung, sucht nach dem Geheimnis des Zaubers, murmelt erregt und gepeinigt.

Und er wälzt sich, gequält von schrecklichen Alpträumen, bis heute ...

Zwischen Schlaf und Wachen liegt er im Zimmer, das ihm weit und leer erscheint, aber auch schwer und fremd. Schüttelfrostanfälle lassen ihn erschauern. Er weiss nicht recht, wo er ist, während trockener Husten an ihm reisst. Etwas tief in seiner Brust Verkralltes will er hinauswerfen. War es deswegen, dass er allein auf dem hohen Bett schlief, allein in der Nacht? Alte Zeitungen waren auf seine Brust gepackt. Der Alkohol und der Essig waren längst getrocknet, und die Zeitungsblätter knisterten ein wenig, waren an seinen Knochen, unter dem Unterhemd und dem Schlafanzug, zu spüren. Waren sie damals gerade in Abduhs Haus in Muharram Bey eingezogen? Und die Möbel standen noch immer zerlegt in den drei Zimmern und im Flur? Es war Abend geworden, bevor sie fertig eingerichtet und alles an seinen Platz gestellt hatten. Schachteln, Körbe und Bündel lagen noch aufeinander. Die Sofas standen kreuz und quer und waren noch nicht überdeckt, Stühle waren aufeinander gestapelt, Bettgestelle und Schränke standen an die Wände gelehnt oder lagen auf dem Boden.

Sie hatten Teller, Schüsseln und Löffel hervorgekramt und an dem niedrigen Tischchen zu Abend gegessen, wie es sich gerade ergab. Schliefen deshalb seine Schwestern auf der Sofamatratze, die auf der Erde auf der Strohmatte lag und über die ein frisches weisses Leintuch gebreitet war, und er, mit Fieber und Schüttelfrost, schlief allein im Bett? Hatte seine Mutter nach dem betriebsamen Tag und dem anstrengenden Umzug das Wasser in der Schüssel heissgemacht, und sein Vater hatte gebadet, dann seine Mutter? Schliefen sie jetzt auf der grossen Matratze, unter ihm auf dem Boden, weit weg im Dunkel der Nacht? Durch den schweren Schlaf hindurch hörte er die rauhe Stimme flüsternd und drängend, auch das Rascheln der Decken und der Leintücher. Sie bewegten sich, aber er sah nichts. Dann kam die andere Stimme, halblaut, abwehrend, hitzig: „Nein ... nein ... ich will nicht ... nein." Dann wieder die kräftige, gepresste Stimme, unwiderstehliches Verlangen darin, drängende, begehrliche Gewalt, sonst nichts. Er aber, der Bub, erstarrte, wie er lag. Der Husten blieb ihm in der Brust stecken, ballte sich zusammen, verwurzelte sich, eisern, unlösbar, wie verflucht. Er wurde zum Stein, verlor alle Sinne, nur das Gehör blieb und nahm jetzt, ganz deutlich, intensives Keuchen wahr, heftiges Zischen, weiches Stossen, schnelles Atmen, dann ein heiseres, gepresstes Stöhnen, letzte Stösse vor der Erschöpfung, ausgegossen und zur Ruhe gelegt. Das Ende war ein entspannter Seufzer und plötzliche Totenstille.

Meine Fieberfluten hatten mich in ein warmes, blühendes Land weggleiten lassen. Mir war, als umkreiste ich die Granitsäulen von Memphis oder die Marmorhöfe von Korinth, als schritte ich unter den Bögen und den schriftverzierten Kuppeln von Bagdad, als schaukelte die

Strassenbahn mit mir die Daniel-Strasse entlang. Ich betrat einen Hof, heiss vom aufsteigenden Dampf des Wassers, das aus mosaikbesetzten Löwenmäulern sprudelte. Ich war nackt, umgeben von Sklavenmädchen. Ich sah sie, spürte sie, weich und voll. Sie entglitten meinen Händen, wiegten sich, nackt bis auf mossulseidene Hüllen — schwarz und durchsichtig und silbern und wogend und bestickt mit weichem venezianischem Gold, verziert mit aprikosenfarbenen Spitzenbändern. Es waren viele, sie waren vielfältig und sich doch alle gleich; sie entschwebten und erschienen, schritten auf mich zu und schwenkten ab, straussengleich. Ein heisser Hauch wehte mit ihnen heran, und der fliessende Stoff gab ihre Brüste frei, manche rund und fest und weich und gross — eine Hand hätte sie nicht halten können —, manche klein und kompakt. An jeder Brust eine amberfarbene Beere oder eine pralle weinfarbene Traube. Ihre Bäuche wie Kuppeln aus reinem, weichem Fleischelfenbein. Ihre Glieder wogten und schwebten über einer dichten, ruhigen Tiefe, die ich nicht sah, deren Wasserkeit mich jedoch überflutete. Sie waren unterwürfig und widerspenstig, willfährig und spröde, schwärmerisch in rötlich fliessendem Zwielicht, das schaumgleich dunkel an ihnen haftete. Nassschimmernd waren sie von zergehendem Schaum auf feuchtem, weiblichem Fleisch, zugleich seltsam fremdartig und nahe vertraut.

Das Blut pulste in meinem Körper, wallte wild und heiss in meinen Gliedern. Und dennoch wusste ich, dass der Henker zur Stelle war, mit seinem scharfen, schrecklichen Schwert. Aber ich konnte ihn nicht sehen. Ich wusste, dass jede, die hinausginge, nur auf ihre Richtstätte gelänge, dass ihre begehrten Körper fallen würden, dahingestreckt von tödlichem Schlag, Mal um Mal. Die Nacken waren auf dem Leder dargeboten, die Schläge des Richtschwertes klangen nüchtern und dumpf, regelmässig und monoton. Und noch immer erscheinen sie mir, verschwinden wieder.

Entsetzen und Lust und Zorn und Erbarmen sind Tiefen, über denen donnernd die Wogen zusammenschlagen, während ich wachliege, gespannt, hingestreckt auf mein Bett, erschöpft am ganzen Leib.

Die Sonne, hingegossen über die hohen, alten Wände, war eine Rasiermesserklinge, die in der wechselnden Finsternis des strahlenden Traumes leuchtete.

Der Traum war aus kräftigem mittelalterlichem Stein gebaut. Die Zeit hatte in sein rauhes Äusseres Risse gewirkt, aber sie hatte die Weichheit des verborgenen Innern dauerhaft gemacht. Die Wände drehten sich, sicher und genau, bis sie auf jeder Seite in einem gedrungenen, niedrigen Turm endeten, der viereckig scharfkantig und fensterlos war. Der steinerne Platz war um die Mittagszeit verlassen. Die schwarzen, schweren Schatten waren scharf gezogen, wie ausgeschnitten lagen sie auf den Boden und bis auf die halbe Höhe des stämmigen Turmes geworfen.

Eine niedrige, runde Mauer aus rohen weissen Steinen umgab den trockenen Brunnen in Gestalt eines grossen grauen Pelikans, an dessen ausgebreiteten steinernen Flügeln die Tage und die Wasser seit alters gezehrt hatten.

Die Strassenbahn blieb vor dem leicht nach innen gewölbten Portal stehen. Das alte Tor war aus Holz, über
seine beiden Flügel zogen sich breite Eisenbänder, gehalten von Nägeln mit kräftigen achteckigen Köpfen. Über-
ragt war es von einem weitausladenden, mächtigen alten
Baum mit harten Blättern. Die Strassenbahnschienen
schnitten sich paarweise ihren glänzenden Weg durch die
unregelmässigen, grossen Basaltplatten, mit denen der
Platz ausgelegt war. Die Gebäude mit den Marmorsäulen liefen im Kreis um die weite Festung, deren eine Hälfte von der Sonne verbrannt, deren andere von schwarzem Schatten bedeckt war. Der Platz, die Festung, die
Gebäude mit den Säulen, die Strassenbahn — alles war
verlassen, leer.

Das steinerne Gesicht der Madonna hatte eine kleine
Nase. Es war rissig, die sengende Sonne, auf immer glühende Hitze, hatte es ausgetrocknet. Ihre Lippen sind
zugleich fein und voll. Er kannte ihr Beben und ihr Zit-
tern, wie sie an seinem Munde hingen, sich rundeten, sich
ihm öffneten, kannte ihre flaumweiche Berührung, ihr
festes Haften, gedrückt und gepresst, die Süsse des Spei-
chels, den salzigen Geschmack der Tränen, die darauf
herabrollten, kannte ihr Schlürfen an seinen Lippen, ihre
Hingabe an die Botschaft seiner Zärtlichkeit. Sie sind
zwei kleine Tiere, jedes lebhaft und energiegeladen, ge-
horsam und zärtlichkeitsuchend zugleich. Jetzt zeigen
sie ein gefrorenes Lächeln, darüber zwei feste, weite Augen mit einem eingesargten, beziehungslosen Blick.

Der Bub trug seine Schulbücher, drückte sie fest an die
Brust. Er keuchte ein wenig, war er doch die Kurum-

Strasse entlanggerannt, die verlassen in der Nachmittagssonne lag. In die sandige Oberfläche der Strasse waren glatte weisse Steine eingedrückt. Er hatte die reibenden und rollenden Sandkörner unter seinen Schuhen gespürt. Er trat durch die Haustür in das weite Treppenhaus. Hier war es nach der Hitze der Strasse kühl und ein wenig dunkel. Vor der gewischten Marmortreppe blieb er, ganz allein, stehen, als wollte er alle verschlossenen Türen herausfordern, alle zerrissenen Glieder; sein Herz klopfte, er zog sein Schwert, schwang es in der Luft. Die Tür war jetzt fest verschlossen, die er so oft angelehnt gesehen hatte, dahinter die Gestalt des schmächtigen Mädchens in ihrem weissen, flaumigen Hemdchen, ausgebrannt von den nächtlichen Reisen. Sie hatte ihn gerufen, um ihm den süssen Schmelz der Zärtlichkeit einzuflössen. Das stählerne Schwert in die Leere der Welt gestossen, kräftig, pulsierend, es blinkte in der Finsternis, dunkelblutrot. Er zog sein Schwert, steckte es zurück in die Scheide. Dann stieg er die Treppen hinauf.

Wohin ich auch ging, schlafend oder wachend, warst Du mein Begehr. Dieses Gesicht vor mir, es war Dein Gesicht, es erschien und erstrahlte im Lichte der Sonne, leuchtend schön, dunkel und makellos. In Deinen Augen der Kummer aller Existenz, Smaragde, die mir das Herz zerschneiden. Güte liegt auf diesem sanften Gesicht, vergangen, doch unvergänglich.

Unbezähmbares Ross, spaltest Du die Wolken, und meine hingebreitete Seele ist Dir weite, wogende Wildnis.

Die Rundungen Deiner Schenkel sind reines Rotgold, glatt und kühl unter meinen Wangen, glänzend und schneidend zwischen meinen Händen.

Deine Brüste sind gleich Trauben, und mein Schwert ruht an meinem Schenkel, gezogen im Angesicht der Schrecken der Nacht inmitten des tosenden Meeres meiner Leidenschaft.

Dein Mund ist süss. Doch ich schlürfe noch immer den goldklaren Wein, nie versiegend, aus den Trauben Deiner Brüste, aus dem runden Pokal Deines Nabels — und trunken bin ich vom reichen Tropfen Deiner Lese, den die Meere der Himmel und der Erden nicht fassen. Meine trockene Zunge liegt zerschnitten an der Schneide Deines Messers. Mein ewiges Sehnen! Mein sicheres Wähnen! Was sonst noch?

Und auf Deine Hände tropft mein Blut — Honig und Essig, Milch und Wein, alles zusammen.

Schliesslich wachte er mit einem Ruck auf. Der Himmel war klar, sonnenlos, mondlos, die Wolken niedrig, durchsichtig. Ihr nackter, weingoldbrauner Körper stand zart und schlank wie das Schwert, glatt wie eine erstarrte Woge, am Fenster, dessen Jalousie herabgelassen war. Das Licht der Flut stahl sich herein, verbreitete sich, ohne Schärfe, wie ein milchiger, überlaufender Fluss. Das Geräusch des Wassers drang gedämpft durch die dicke Steinmauer, ein leichter Schaum. Salzige Luft füllt seine Brust, die Welt ist ausgeschlossen, existiert nicht.

Er spürte den Stoss. Etwas Scharfes grub sich, ganz ruhig, schmerzlos in seine Seite. Ein Schwert, ein Messer, ein nadeldünner, spitzer Dolch? Er sass auf einem grossen, weissen, fest im fassenden Sand verankerten Felsen, am Strand eines ruhigen, perlmuttfarbenen Meeres, das aufglänzte und verlosch.

Er drehte sein Gesicht zur Seite. Ein kleiner Klumpen geronnenen Blutes sprang aus seinem Mund. Er spürte ihn, warm und rund, spürte im Mundwinkel einen feinen, schmierigen Blutfaden kleben. Er wischte ihn nicht weg.

In der Lunge, sagte er sich, es ist in die Lunge gedrungen. Aber warum spüre ich keinen Schmerz? Warum keine Mühe beim Atmen?

Und er begriff, dass man ihn getötet hatte.

Iskandara, Tante Labibas Tochter, war wie eines dieser Zuckerpüppchen, die man am Geburtstag des Propheten kaufte, rein und goldbraun und glatthäutig; sie hatte grosse grüne Augen und üppiges dunkelgoldenes Haar.

Tante Labiba, also ihre Mutter, war genau genommen nicht meine, sondern Mutters Tante. Aber Iskandara war etwa so alt wie ich, oder vielleicht ein bisschen älter. Sie trug immer dasselbe weisse Seidenkleid, als besässe sie nur dieses. Es war in der Taille eng und am Saum weit und hatte einen tiefen Ausschnitt über der Brust. Diese Brust war noch kaum entwickelt, war aber, obwohl Iskandara noch sehr jung war, voll und kräftig.

Ich hatte jedesmal Herzklopfen, wenn ich sie und ihre Familie in ihrem Haus in der Nasib-Strasse, ganz in unserer Nähe, besuchte. Ich trat durch einen Eingang, so gross wie das Tor eines Warenhauses. Dahinter lag ein langgestreckter Hof, der einer kleinen Gasse glich. Ein grosser schwarzer Wasserhahn stand darin, direkt vor der Toilette aus rohem weissem Stein, die dem ganzen Haus diente und ganz für sich allein stand. Das versickernde Wasser hatte vor allen vier Wänden dunkle Wellenlinien hinterlassen; immer wehte ein penetranter, ganz eigentümlicher Geruch herüber. Überschattet wurde die Toilette von einem mächtigen Maulbeerbaum, der, wenn es soweit war, fette, saftige rotschwarze Beeren abwarf. Ich spürte, dass im Innern seines dicken, knorrigen Stammes ein besonderes, immerwährendes Leben herrschte.

An der Wand des Hofes lehnten hohe, riesigrunde Holzräder, die man von den grossen, schmalen Fuhrwerken abgenommen hatte; auch rostige Wasserkanister, schwarze Metallschüsseln, Stühle mit abgebrochenen Beinen lagen herum. Vorsichtig und ängstlich schlängelte ich mich zwischen dem Gerümpel und den schmutzigen Pfützen hindurch, vorbei an drei nebeneinander liegenden Räumen, deren Türen offenstanden und in denen Kerosinöfen unter Kochtöpfen und Wäschezubern brannten und zischten. Frauen mit geradezu ausuferndem Fleisch sassen mit gekreuzten Beinen auf der Erde, ihre wenigen, offenstehenden Kleidungsstücke liessen fette, feiste Schenkel und aus der Einschnürung hervorquellende oder schlaff in Säuglingsmünder fallende Brüste sehen.

Schliesslich kam ich, am Ende des Hofes, zum Zimmer von Tante — also eigentlich meiner Mutter Tante — Labiba; es lag neben der Steintreppe, auf der Iskandara und ich zusammen auf die Dachterrasse stiegen; manchmal begleitete uns noch, schweigsam und schmächtig, ihr Bruder Saki, der einen durchdringenden Blick hatte. Wir baten Tante Labiba, uns den Schlüssel zur Dachterrassentür zu geben. Sie holte ihn unter dem Kopfende der Matratze ihres einzigen Bettes hervor. Es war ein mächtiger Eisenschlüssel, dessen Griff die Form eines grossen Ringes hatte.

Die Dachterrasse hat mich immer fasziniert.

Sie war von einer Steinmauer umschlossen, war lang

und besass eine dünne, ausgebleichte Holztür, die wir mit dem grossen, rostigen Schlüssel öffneten. Wenn die Tür quietschend aufging, erstaunte mich jedesmal aufs neue das Weinspalier, das die gesamte Dachterrasse überdeckte; es war dichtbelaubt, schattenspendend und kühl. Auch die Ruhe, die von ihm ausging und jeden Lärm dämpfte. Auch die gefegten, sauberen weissen Platten, auf denen nichts lag als heruntergefallene, dürre Weinblätter, winzige, trockene Aststückchen und eine hauchdünne Staubschicht. Das Licht in der festen, weiten Laube war gedämpft, weinfarben, gründuftend. Ein leichtes Lüftchen regte sich zwischen den mit feinem Staub bedeckten Weinblättern, die vom Spalier herabhingen. Das Spiel der Sonnenlichtkringel auf den dunklen Bodenplatten, wechselnd mit den kleinen herumwandernden Schatten, war wie der Klang gedämpfter Musik aus langen, schwingenden Kristallfingern.

Am Ende des Sommers roch ich die Süsse in den Trauben, die langsam reif und saftig wurden.

Vor den Festtagen und am Tag vor dem Beginn der Fastenzeit kam Iskandara auch zu uns. Dann kaufte sie in der Mühle gegenüber von unserem Haus ein halbes Kilo Mehl vom Feinheitsgrad Nummer eins, aus dem Tante Labiba mit Gänse- oder Entenbouillon eine besondere Art Bauernplätzchen backte. Ich begleitete sie in die Mühle und half ihr beim Kaufen und beim Tragen des Mehls. So konnte ich mit ihr zusammensein.

Diese Mühle war anders als diejenige in Raghib Pascha, auf der anderen Seite der Brücke.

Hier gingen wir, Iskandara und ich, zusammen durch

eine kleine Pforte hinein, die in das riesige Holztor geschnitten war. Wir überquerten eine leicht erhöhte Marmorschwelle, und dann war es, als ob wir in eine weite,
windwogige Tiefe hinabstiegen, die nach dem grellen
Licht der Strasse dämmrig düster schien. Es war ein weiter Raum mit hohem Dach und gedämpftem Licht, in
dem Mehlstaub wie hauchfeiner, durchsichtiger, trockener Nebel schwebte. Der Boden war schwarz, aus har-
tem Stein. Uns gegenüber, am anderen Ende der Halle,
stand eine hohe Trennwand aus feinem grünem Ma-
schendraht; darin war, genau gegenüber dem Türchen
auf der Strassenseite, eine viereckige Öffnung.

Hinter dem Zaun, in einem Sonnenlichtbündel, das
durch eine runde, glasgedeckte Öffnung in der Decke
fiel, standen die gewaltigen Eisentrichter, daneben, an
der Wand mit waagrechten Stäben befestigt, Metallei-
tern. Die Trichter leerten sich in zylindrische Rohre, die
ständig vibrierten. Um sie herum drehten sich breite Lederriemen, die unvermittelt durch schmale Wandschlitze
hereinkamen, die gerade ihre Ausmasse hatten. Hinter
dieser Wand lag der verborgene und für uns verbotene
Maschinenbereich, von wo aus, monoton und regelmässig, unablässiges Pochen durch die ganze Mühle klang.
Es pulste kräftig, wie ein metallenes Riesenherz. Dazu
kam das dauernde wechselndrhythmische Rasseln eines
Siebes und das Scharren der Körner am drahtenen Gitter
— es klang wie Wasser, das über rauhen Sandstrand
spült.

Unser Haus, gegenüber dieser Mühle in der Ban-
Strasse, war voller Menschen, Aktivität und Leben; aber
es war geräumig und weit.

Wir hatten die drei Zimmer auf der Südostseite belegt. Meine Schwestern und ich schliefen in einem hellen Zimmer, von dem man auf einen ruhigen Hinterhof hinabschaute. Von unseren Fenstern aus sahen wir das dichte Efeu sich an den Wänden und an den alten Holzstützen hochranken; auch an drei riesig hohen Palmen, die alle von einem einzigen dicken Stamm ausgingen und deren Fächer zwischen den Häuserwänden hin- und herwogten, an denen von allen Richtungen dünne und dicke, runde Rohre und Rinnen eng beieinander liegend herabführten. Die Abflussrohre für Regenwasser waren am Ende zur Erde hin offen und bewässerten sie im Winter mit dem Wasser des Himmels.

Das Wohnzimmer lag zwischen unserem Zimmer und dem Schlafzimmer meiner Eltern. Darin standen ein breites Sofa und das Grammophon mit dem offenen Trichter, die Polster- und die Rohrstühle, der lange Esstisch, der kleine bunte Nubier mit dem roten Turban und dem blauen Kaftan, der auf seinen Händen einen Aschenbecher trug, der am Rande abblätterte, wodurch sein weisses, bröckliges Gipsinneres sichtbar wurde. In diesem Zimmer empfingen wir unsere Gäste, und wenn Vaters Verwandte aus Oberägypten zu Besuch kamen, breiteten wir ihnen dort Bettzeug aus und sie schliefen auf dem Sofa. Das Wohnzimmer hatte eine breite, zweiflügelige Glastür, in deren dickes, körniges Glas weisse Blumen, Blätter und Zweige geschliffen waren.

Diese Tür führte auf einen grossen, langen Korridor, an dessen Ostseite das Zimmer lag, das Onkel Surijal zusammen mit seiner jungen Frau bewohnte. Dahinter war die grosse, sonnige Küche, angefüllt mit Kochtöpfen und Glasbehältern auf den Regalen, mit Schöpfkellen und Porzellantellern in den Wandschränken, mit Küchentischen, auf denen dicht nebeneinander die Kerosinherde standen.

Gegenüber von Onkel Surijals Zimmer lagen zwei lange, schmale Badezimmer, jedes mit Dusche und einem hohen, runden Fenster. Das Klo im einen war ein einheimisches, das im anderen ein europäisches. Das eine war mir vertraut und angenehm, das andere betrat ich nie.

Im Zimmer gegenüber der Küche wohnten Onkel Junan und seine Frau Esther, die mich sehr gern mochte. Sie hatte damals gerade ein Baby, Jakub, das sie noch stillte. Onkel Junan besass zu jener Zeit noch sein eigenes Taxi, mit dem er herumfuhr, um sein täglich Brot zu verdienen; er arbeitete in der Gewerkschaft auch noch mit Prinz Abbas Halim zusammen.

Onkel Nathan dagegen wohnte nicht bei uns, doch manchmal kam er am frühen Morgen, weckte das ganze Haus, frühstückte und ging dann schlafen. Ich erfuhr, dass er jede Nacht einen grossen Lastwagen nach Damanhur fuhr und meistens dort übernachtete. Onkel Nathan hat erst viele Jahre später geheiratet, als er genug hatte von dem Hin und Her mit den Frauen. Seine Frau, Viktoria, Onkel Arsanis Tochter, hat ihm nur eine einzige Tochter geboren, die ich aber nur ein einziges Mal, rein zufällig, gesehen habe — bei der Beerdigung meiner Mutter, in der Schatbi-Friedhofskirche. Sie war es, die mich damals erkannte und mir erzählte, sie sei verheiratet und habe Kinder.

Genau gegenüber der Glastür, die zu unserem Woh-
nungsteil führte, am anderen Ende des langen Korridors,
war eine völlig identische Tür, durch die man in das geräumige Gemeinschaftszimmer ging, in dem die Singer-
Nähmaschine stand, ausserdem das Buffet mit der Marmorplatte und ein Sofa, das genau dem unseren ent-
sprach, zudem eine neue Garnitur Stühle, die Onkel Surijal zu seiner Hochzeit geschreinert hatte, und der ovale
Marmortisch, an dem ich das Einmaleins und die englische Rechtschreibung lernte. In diesem Zimmer bewahr-
te Grossvater Sawiris auch seine lange Rute und anderes
Angelgerät auf.

Dieses Zimmer besass einen Balkon mit einem schmie-
deeisernen Geländer, von dem aus man auf das Mädcheninternat und die Mühle hinunterschaute. Von dort
sahen wir, zur Seite hin, auch die Wendeschleife der
Strassenbahn an ihrer Endstation und den Polizeiposten,
ausserdem den geheimnisvollen Garten mit den dichtbelaubten Bäumen, deren wirres Geäst über die Strasse
hing. Ich sass gern dort und schaute durch das Eisengeländer auf die breite, asphaltierte Zwölfer-Strasse hinab
und zu der hohen gelben Wand der Mühle und dem Garten des Mädcheninternats hinüber.

Das Wohnzimmer hatte noch eine weitere Tür, vom
Eingang auf der rechten Seite. Sie führte ins Zimmer von
Grossvater Sawiris, in dem auch Grossmutter, Tante
Wadida und Tante Sara schliefen. Von diesem Zimmer
aus sah man auf den bewachsenen Innenhof.

Grossmutter, Sitt Amalia — hager, von nie schwinden-
der Vitalität und mit einer Autorität, der sich weder klein

noch gross je widersetzte –, sie war Schatten und Schirm über dieser kleinen, eng verwobenen und zugleich verschrobenen Welt, voller Zuneigung und Abneigung, sie herrschte und regierte mit fester Hand, entschlossen, aber auch gütig.

In diesem Haus, das überschäumte von Leben und Leuten, Lärm und Gezänk, Getratsche und Streitereien, Kochen und Waschen, Verwandten und Gästen, Gelächter und Gehänsel, Orkanen, schnell verzogen, von Schreien und Weinen, Disputen und Geschichten, in diesem Haus, dessen Bewohner sich bei Nacht zu ihren Geheimnissen zurückzogen, kam ich mir dennoch so verloren vor, ja geradezu einsam, weil ich darin niemanden in meinem Alter fand.

Wenn mein Vetter Witwat gekommen war, war ich mit ihm geflohen, und wir hatten auf der Dachterrasse gespielt. Doch er war dann nicht mehr da. Deshalb ging ich so gern zu Tante Labiba und stieg mit Iskandara auf die ganz mit dem langen, dichtbelaubten Spalier überdachte Terrasse hinauf, wo es ruhig und schattig war und wo die Weinblätter leise raschelten.

Manchmal wachte ich früh auf. Dann lief ich zu Onkels Surijals Tür und klopfte ganz sachte, um sonst niemanden zu wecken. Doch wie früh ich auch aufstand, Onkel Surijal hatte immer schon gefrühstückt, war angezogen und fertig zum Weggehen. Dennoch sagte er zu mir: „Komm rein, setz dich und frühstücke mit der Frau deines Onkels."

Ihr Zimmer war ein wenig eng und eingeschlossen; das einzige Fenster war durch den neuen Schrank versperrt, dessen Tür aus einem grossen Spiegel bestand; darin sah man das Bett, über das eine dunkelrot schimmernde Satindecke gebreitet war, ausserdem den flauschigen rotbraunen Teppich, der mich an den blossen Füssen kitzelte.

In diesem Zimmer gab es auch einen hochhängenden elektrischen Kronleuchter, an dessen zahlreichen Armen immer die Birnen brannten. Er war blassrot mit weissen, gewundenen Adern. Das Zimmer wirkte, jedesmal wenn ich es betrat, aufs neue erregend auf mich – die neuen Möbel, die einen starken Politurgeruch ausströmten, die hohen Baumwollmatratzen, die gestopften Federdecken, die mit demselben dunkelroten Satin wie das Bett überzogen und mit sehr geschickt verdeckten Stichen zusammengenäht waren, und der Geruch von Geschlechtlichem, sein mir verschlossenes Geheimnis, das feucht aus dem Gesicht der Frau meines Onkels, einer schweigsamen Oberägypterin, schien. Dieses Gesicht war rund und frisch, mit leichten Schminkspuren auf den vollen Lippen und Antimon um ihre tiefen schwarzen Augen, das fast natürlich wirkte. Über ihrem Nachthemd trug sie einen spitzenbesetzten Morgenmantel; auch er aus dunkelrotem Satin, lang und wallend, mit einem weiten Ausschnitt über ihrer kräftigen dunklen Brust.

So etwas hatte ich noch nie erlebt.

Es hatte fast den Anschein, sie sei selbst beschämt über dieses Geheimnis und suche diese Scham zu verbergen, indem sie mich zu sich rief. Dann hob mich Onkel Surijal aufs Bett hinauf neben sie, die mich an sich zog, und ich atmete den Badegeruch ein, den Duft parfümierter Seife und des frisch erwachten Frauenkörpers. Vom Teller auf dem Nachttisch neben dem Bett gab sie mir ein geschältes hartgekochtes Ei oder einen marmeladenbestrichenen Keks, liess mich einen Schluck Tee mit Milch aus ihrem eigenen Glas trinken, und beim Hinausgehen sagte Onkel Surijal noch: „Pass gut auf die Frau von deinem Onkel auf. Von den Zigeunern stammen die ab. Aber ich lass bei ihr ja ein rechtes Mannsbild zurück, nicht wahr?" Dann lachte er, ganz ohne Arg und kein bisschen spöttisch, eher voll väterlichem Zuspruch und Zuneigung. Ich verstand genau, dass er auf Tante Saras Gehänsel anspielte und auf die vielsagenden und boshaften Blicke, mit der Tante Wadida seine Frau anstarrte. Ich fühlte mich stolz und stark.

Onkel Surijal war hager und recht klein; die Muskeln an seinen Armen waren fest und straff, als steckte in ihm eine geheime Kraft. Sein Lachen war offen wie kristallklares Wasser. Er war sehr verliebt in seine Frau, die sanfte, mollige Tochter von Onkel Abdalmasich.

Onkel Surijal war Schreiner und hatte in der Rand-Strasse eine Werkstatt, die vollgestopft war mit Holzstücken, mit Teilen von Stühlen, Schränken und Tischen und mit Werkzeugen. Er stellte gern die grosse Werkbank hinaus auf die ruhige Strasse und arbeitete dort mit Hobel und Säge, ein paar Nägel im Mund, einen Bleistift hinterm Ohr. Als ich viel älter war, zimmerte er mir einen grossen Schreibtisch, an dem ich, damals Student an der Ingenieurfakultät, lernen und zeichnen konnte.

Noch später, vor dem Ausbruch des Palästinakrieges von 1948, versteckte ich bei Maria, Onkel Surijals Frau, eine komplette Bibliothek aus verschiedensten revolutionären Büchern und Zeitschriften, Memoranden und Handzetteln, und als ich verhaftet wurde, verbrannte sie alles im Backofen auf dem Dach ihres Hauses, unmittelbar hinter dem Polizeiposten; und das alles, um mich zu schützen.

Als ich aus den Gefängnissen wieder herauskam, sah ich sie nur noch selten bis zu ihrem Tod; Onkel Surijal war gestorben, und alle ihre Kinder waren verheiratet. Ich erinnere mich mit viel Sympathie an sie – ihre ruhige Schönheit und den tiefen Blick ihrer Augen –, und es amüsiert mich, daran zu denken, dass Grossvater Sawiris in Anspielung auf sie gern sagte, eine Oberägypterin bleibe eben immer die Tochter eines Oberägypters und der Apfel falle ja nicht weit vom Stamm. Doch das sagte er nie, wenn mein Vater in Hörweite war.

Grossvater Sawiris war hochgewachsen und aufrecht, hatte ein sympathisches ovales und tief gefurchtes Gesicht mit einer gesunden Sonnenbräune. Das hat mich immer überrascht, wenn er seine Ärmel hochkrempelte, um sich die Hände zu waschen, dass seine Arme oberhalb der Handgelenke sehr weiss waren. Später erst erfuhr ich, dass er einen sehr wichtigen, hohen Posten bei der Landwirtschaftsbank in Schubrachit bekleidet hatte und dass er, noch nicht allzu alt, in den Ruhestand getreten war, um auf sein Land in Tarrana zurückzukehren; auch dass er dort sein Hab und Gut für üppiges Essen, Trinken und ein gastfreundliches Haus verschleuderte, seinen Besitz verpfändete und mit Baumwolle an der Börse spekulierte, bis er nur noch einige Flecken Land besass. Dann drängte ihn Grossmutter Sitt Amalia, diese Landstücke zu verpachten und wieder zu seinen Söhnen und Töchtern in Ghait Enab zu ziehen. Als die Familien meiner Onkel dann wuchsen und wir in das Haus in der Kurum-Strasse, gegenüber der Wagenremise, gezogen waren, kehrte Grossvater nach Tarrana zurück. Kurz danach brach der Krieg aus, und wir, meine Schwestern und ich, verbrachten dort auf dem Land die Sommerferien.

Damals war das Angeln seine grosse Leidenschaft. Tag für Tag ging er hinaus zum Machmudija-Kanal oder zu den Salzseemarschen und verbrachte am Nachmittag, im grossen, hellen Wohnzimmer, bei der Balkontür, Stunden damit, die Angelhaken zu reparieren, die Rollen in Ordnung zu bringen und die runden schwarzen Schwimmkorken zurechtzuschneiden; dabei öffnete er sie mit seinem grossen Taschenmesser und zog sie auf dünnen, doppelten, sorgfältig gewickelten Fäden auf. Auch die Ruten schnitt er selbst. Ich sah ihm bei all dem fasziniert zu. Und an jedem Tag, den Gott schuf, ging er beim Morgengrauen hinaus, die lange, elastische Bambusrute mit ihren regelmässigen, dunkelgelben und knorrigen Knoten über der Schulter. Ausserdem hatte er einen im Lauf der Zeit dunkel gewordenen Stoffbeutel dabei, mit kleinen, runden, mit Deckeln verschlossenen Blechdosen darin, in denen Köderwürmer und winzige bleiche Krabben herumwuselten. Wenn er dann am Nachmittag nach Hause kam, lag im Beutel die Ausbeute des Tages: ein flachköpfiger Wels mit langen, tänzelnden Barteln und klebriger schwarzweiss gescheckter Haut, oder ein silberschuppiger Barsch, bläulich wie eine nasse Muschel, oder sogar eine Ladung Jungfische, über die ich mich besonders freute, weil Sitt Amalia sie briet und mir davon hinter Mutters Rücken zu kosten gab; sie waren knusprig, fritiert in französischem Öl und noch heiss, und ihre mürben Köpfe knirschten lecker zwischen meinen Zähnen.

Einmal fragte mich Mansur Effendi, der Rektor der Koptisch-Orthodoxen Karma-Grundschule, nach Vaters Beruf. Ich antwortete beschämt und ohne Begeisterung, er sei Eier- und Zwiebelhändler in einem Geschäft in der Anastasi-Strasse. Als er mich dann nach dem Beruf von Grossvater Sawiris fragte, antwortete ich stolz und laut und deutlich und schnell, er sei Fischer, und als Mansur Effendi mitleidig und heiser lachte, war ich sehr wütend auf ihn, aber nicht lange; später hörte ich ihn nie mehr lachen. Grossvater Sawiris nahm mich niemals zum Angeln mit, obwohl ich ihn dauernd darum bat, zunächst schüchtern und zögernd, dann drängend und mit Tränen, schliesslich völlig verzweifelt; doch nichts half etwas.

Am Abend bat mich Grossvater Sawiris immer wieder, hinunterzugehen und beim Krämer in der ersten Gasse rechts, gleich hinter der Mühle, Abu-Ghasala-Tabak zu kaufen. Ich spürte den Tabak durch das grobe dunkelgrüne Papier hindurch; er war weich und geschmeidig. Auf dem Paket war in Schwarz eine Gazelle gezeichnet, die mit erhobenem Haupt frei und ungebunden dahinfliegt. Sie machte mich glücklich, dort im Freien, auf der hellerleuchteten Strasse mit den schlafenden Häusern, hinter deren Fenstern sich kleine, strahlende Lichter abzeichneten. Dann vergass ich sogar die Rückkehr, die ich noch zu bestehen hatte, das Überschreiten der Schwelle und das Erklimmen der Treppe.

Die Wohnung im untersten Stock des Hauses war nämlich verschlossen und stand während der gesamten Zeit, die wir dort wohnten, leer. Irgendwie erfuhr ich, dass dort eine Frau einige Zeit zuvor wegen einer „Ehrensache" ermordet worden sei. Ihr Ehemann habe sie mit dem Messer abgeschlachtet, genau wie Mutter ein Huhn oder eine Ente schlachtet, nur ohne den Namen Gottes über ihr zu sprechen. Er wurde eingesperrt, aber die Wohnung blieb seit damals geschlossen. Ich habe nie ganz verstanden, was eine „Ehrensache" ist, aber ich wusste genau, dass es sich um eines dieser Frauengeheimnisse handelt. Und manchmal vernahm ich mitten in der Nacht von unten den langgezogenen, schmerzvollen Klagelaut einer Frau. Dann verstopfte ich mir die Ohren, verkroch mich unter meine Decke und schlief schnell wieder ein.

Bei Nacht war die Treppe finster und furchterregend. Der Raum gleich hinter der Tür war dunkel; es zog feuchtkalt, wie lebendiger Atem. Es jagte mir Angst ein. Ich hatte immer das Gefühl, jemand laure mir hinter der Wohnungstür auf, bereit, über mich herzufallen. Wenn ich von draussen hereinkam, stand mir, direkt unter unserem Balkon, die schwere, geschnitzte Holztür gegenüber, immer geheimnisvoll, und jedesmal kam es mir vor, als ginge ich zum ersten Mal hindurch.

Die Gaslampe auf der Strasse gab mir Mut. Ihr Licht

drang ein wenig ins finstere Hausinnere ein, bevor es sich in pechschwarzer Dunkelheit und Ruhe verlor. Ich setzte einen Fuss auf die Schwelle und hielt den anderen noch draussen. Dann rief ich jedesmal, ja jedesmal mit lauter Stimme, in der all mein Mut lag, rief ich meinen eigenen Namen, nachdrücklich, ununterbrochen, bis oben vor unserer Wohnungstür das zitternde Licht erschien, gehalten von Mutter, Tante Sara, oder Esther, Onkel Junans Frau, die ich so gern hatte. Das Licht der Lampe Nummer fünf tanzte auf Treppe und Geländer, die Geister zogen sich zurück, und das Grauen legte sich, und jemand rief: „Komm rauf, los, los!"

Dann sprang ich die Treppe hinauf, vier Stufen auf einmal, und mein Herz schlug vor Erleichterung.

Eines Abends im Frühsommer war die Welt plötzlich leer, war sie gefährlich geworden. Die Sirenen heulten unheimlich, und in der Ruhe und der Dunkelheit, die sich dann herabsenkte, hörte ich lautes Hundegebell.

Wir rannten die Treppe hinunter und liefen von unserem Haus in der Gullanar-Gasse nach Raghib Pascha. Ich nahm meine Schwester Hanaa an die eine Hand, meine Schwester Luisa an die andere. Mutter trug meinen kleinen Bruder Albert. Vater hatte seinen Mantel über die weisse Hausgalabija gezogen; meine Schwester Aida ging mit ihm, schweigend und ein wenig schüchtern, nun da sie schon etwas älter und kein kleines Kind mehr war. Wir überquerten die Raghib-Pascha-Strasse; weitere kleine Gruppen von Leuten waren da, die sich flüsternd miteinander unterhielten. Wir kamen auf einen kleinen Platz an der Kreuzung der Isis-Strasse und einer kleinen

Strasse, an deren Namen ich mich nicht erinnere. Von dort aus erreichten wir das Tor der aus rotem Stein gebauten Evangelischen Kirche. Ich blieb an der Tür stehen, während Vater, Mutter und meine Schwestern in die solide, feste Krypta hinuntergingen.

Wir hatten erfahren, dass Bab Sidra am Tag zuvor von einem Geschoss getroffen worden war und dass *al-Ahram* und *al-Misri* und *al-Balagh* einen wortgleichen Bericht veröffentlicht hatten. Zwei Häuser seien eingestürzt, die schon lange drauf und dran waren zusammenzufallen. Menschenleben seien dabei nicht zu beklagen gewesen; lediglich drei Personen hätten geringfügige Verletzungen erlitten. Wir hatten aber auch erfahren, dass die Zeitungsspalten am Morgen jenes Tages voller Bestattungshinweise waren und dass die Glocken der Schatbi-Friedhofskirche den ganzen Vormittag über läuteten und dass Totenklagen und Trauerbezeugungen aus allen Häusern und Trümmern quollen und dass Gebete für die Toten und die Vermissten gleichzeitig in der Sidi-Mursi-Abul-Abbas-Moschee und in der Markus-Kirche gesprochen wurden.

Vater erzählte, auf dem Weg zur Arbeit sei er an einem weiten Krater vorbeigekommen, auf dessen Grund Wasser stand, und durch einen Soldatenkordon hindurch habe er zerstörte Mauern und Haufen von Schutt und Trümmern gesehen. Dazwischen hätten verbogene und verbrannte Betten gelegen, an denen noch Galabijas und andere Kleidungsstücke hingen, als seien sie erst gerade ausgezogen worden.

Der Himmel über mir war gewaltig und furchterregend geworden; er trug den Tod in sich, den Tod — treffsicher, schwer, endgültig. Das weithin flutende Leuchten des Mondes war grausam. Die Zähne der Suchscheinwerfer stachen, gleichzeitig von den Rändern und aus der Mitte der Stadt, als bewegliche Schwerter aus schneidendem Licht in die Nacht. Sie drehten sich im klaren Seidenblau, überkreuzten sich, zogen sich an und trennten sich wieder. Ihre Enden trafen für einen Augenblick aufeinander, vereinigten sich in einem gleissenden Punkt, dann verzweigten sie sich wieder, um die Tiefen des verschlossenen Himmels zu ergründen, nach dem Zentrum der Arglist zu suchen, während Ack-Ack-Flabs unaufhörlich feuerten, fein und durchdringend, unaufhörlich hintereinander ratterten, dann in metallischem Rot detonierten — Funken stoben in alle Richtungen — und plötzlich verloschen. Von fern das laute Dröhnen eines Flugzeugmotors, trotz der ratternden Fliegerabwehr gut hörbar in der Ruhe, die die Stadt noch durchsichtiger und noch weitläufiger erscheinen liess — von Anfuschi bis nach Mandara und Montasah, von Rand und Ban und Nachil in Ghait Enab bis nach Labban und Ras Tin und Anastasi, von Glymonopulo und Sisinia bis nach Stanley und Nusha und Wardjan, von Hagar Nawatia bis nach Kom Nadora, von Sidi Gabir und Sidi Bischr und Bakos bis nach Samuha und Maks, vom Kairo-Bahnhof und von Rassafa bis nach Mustafa Pascha und wieder zurück nach Isbat Sajjadin.

Alle Juwelen von Alexandria lagen nackt und bloss da, umhüllt nur vom Strahlennetz der Scheinwerfer, die sich in den Himmel bohrten.

Während jener Nacht wurde von einem italienischen Flugzeug auch eine Bombe über der Grabstätte von Sidi Abu Dardar abgeworfen — doch sie schlug nie ein.

Augenzeugen berichteten, das gewaltige Projektil sei, wirbelnd und böse im Mondlicht leuchtend, herabgesunken, seine Spitze auf die Erde gerichtet. Da habe sich die von einem dünnen Eisenzaun umgebene, zwischen dichten Lauben gelegene grüne Grabkuppel für einen kurzen Augenblick aufgetan. Der ehrwürdige Heilige sei daraus aufgestiegen, er, der einer der Gottesfürchtigen war, opferte sich für die Seinigen und für alle Menschen der gottgeschützten weissen Stadt. Sein weiter buttergelber marokkanischer Burnus öffnete sich schwingengleich im Wind, sein Gesicht, leuchtend wie der Vollmond, überstrahlte das Nachtgestirn am Himmel, sein Licht blendete den Blick, und der Duft von Moschus und Amber verbreitete sich. Der Heilige aber öffnete seine Arme, und siehe, sie waren weit und lichtvoll, und er umschloss das herabsausende Geschoss mit seinen Armen, und siehe, es wurde kalt und harmlos. Der Heilige aber flog dahin wie der Wind und brachte die Bombe auf den unbewohnten, hohen grünen Hügel von Schallalat; dort bettete er sie auf die Erde. Vernichtung und Zerstörung waren gebannt, und so lag sie da zwischen dichtem Gestrüpp, eisern, kalt und tot, *keine Kraft und keine Macht* waren ihr geblieben.

Und so fanden sie die Leute am nächsten Morgen. Zu Tausenden kamen sie zusammen und zerlegten sie gefahrlos und mühelos in ihre Einzelteile. Jeder nahm sich ein Stück Metall — als Segensbringer und als Andenken.

Als die Soldaten dann kamen und den Ort abriegelten, war von dem schrecklichen Geschoss nichts mehr übrig als ein paar brüchige Blechstückchen und ein erkalteter Haufen von brösligem Schiesspulver, gemahlenem rotem Pfeffer ähnlich.

Am Tag darauf entschied Vater, Alexandria sei für uns Kinder zu gefährlich geworden; ihn selbst halte nur noch das tägliche Brot hier. Doch Mutter weigerte sich, ihn allein zu lassen. So reiste ich zusammen mit meinen Schwestern zu Grossvater Sawiris in Tarrana. Nur der kleine Albert blieb bei Mutter. Er starb zwei Jahre später an Typhus.

Ich kannte Tarrana schon von den vorangegangenen beiden Sommern, die ich dort verbracht hatte. Ich kannte Linda und ihre Schwester Rachma, auch den Jungen Barsum und die übrigen Kinder, unter anderem auch den Jungen Machluf, den Sohn von Scheich Issa, unserem Nachbarn in der Hälfte des Dorfes, in der fast nur Christen wohnten, deren Kirche aber im anderen Teil lag, in der Nähe jener Prachtvilla, in der Anis Effendi sich erschossen hatte. Ich kannte auch die langen Spaziergänge auf den Feldwegen zwischen den hohen Maisfeldmauern hindurch, bis zur Mühle und noch weiter zum Nilufer und der steinernen Landzunge, die dort weit in den breiten Fluss hineinragte. Da stand ich ganz vorne, zwischen Wellen und Wirbeln, und rief die Dschinnen des Flusses, die aber niemals auftauchten. Doch brachten sie meinem berauschten Körper Ekstasen und Genüsse, wie sie nur die Dschinnen des Flusses ihre Geliebten kosten lassen.

Wir, meine Schwestern und ich und die anderen Jun-

gen und Mädchen, spielten Blindekuh unter dem Sykomorenbaum vor Grossvaters Haus.

Einmal, im Eifer des Spiels, entwischte mir Linda
plötzlich und rannte hinter Onkel Arsanis Haus. Sie lief
in ein schmales Gässchen zwischen diesem und Grossvaters Haus, dessen rückwärtiger Teil von den Ästen des
hohen Sykomorenbaumes überschattet wurde. Sie rannte barfuss und wirbelte Staub vom Boden auf. Ich sah ihre Fersen, sie waren rosigweiss, mit einigen weichen,
brösligen Staubkörnchen daran.

Ich verfolgte sie. Meine Pantinen hatte ich abgestreift
und spürte den Staub der Gasse kühl und trocken an meinen Fusssohlen. Als ich sie, am Ende der Gasse, einholte,
versuchte sie, sich umdrehend, mir zu entkommen, geschmeidig und behend, und flitzte unter meinen ausgestreckten Armen hindurch. Da fasste ich sie, zog sie zu
mir heran und fand sie in meinen Armen.

Ich habe sie wohl umarmt, wie sie es zweifellos wollte,
sagte ich mir. Sie keuchte, und ich spürte ihre freie, keck
vorspringende Brust mich berühren. Ihre Wangen waren
tiefrot, ihre pechschwarzen Augen funkelten. Ihr Bauch
unter dem orangen Kleid mit kleinen roten und gelben
Rosen drückte gegen mich. Ein einziger, flüchtiger Augenblick verging, endlos — sie spürte meine Erregung
und verstand, einen einzigen, flüchtigen Augenblick lang
wollte sie. Dann wandte sie sich ab, während ich — mein
Atem ging stossweise — meine trockenen Lippen auf die
Seite ihres Gesichtes drückte, die sich mir in jenem Moment bot. Ich spürte die Weichheit, die Hitze und die
leichte Schweissfeuchte, dort, ganz nahe bei ihrem geöff-

neten, lächelnden Mund. Ich sog ihren reinen Duft ein –
unverfälscht, unschuldig, rein, den Duft des erwachen-
den, jungfräulichen Körpers.

Dann entzog sie sich meinen Armen. Ich rannte hinter
ihr her, und wir verliessen die Gasse, die einen Augenblick zuvor ein weiter, prachtvoller Raum gewesen war.
Da stiessen wir fast mit Grossvater Sawiris zusammen,
der langsam, gestützt auf seinen grobknotigen gelben
Stock, nach Hause schritt. Wir jagten weiter, unter dem
Baum hindurch bis zum Dreschplatz.

Am Spätnachmittag ging ich heim. Meine Pantinen
hatte ich wieder angezogen, hatte mir auch das Gesicht
mit fliessendem Wasser besprizt, das ich bei der steinernen Landzunge am Nil mit der Hand schöpfte, ausserdem mir den Staub von meiner hellen Galabija geklopft
und erfolglos versucht, den verschmutzten Saum zu säu-
bern. Kaum hatte ich das Haus betreten, als Grossvater
Sawiris mich zu sich rief, mit einer Stimme, die ich be-
fürchtet hatte. Als ich ängstlich, aber gefasst nähertrat,
fragte er mich, was ich in dem Gässchen mit dem Mädchen Linda zu suchen gehabt hätte. Ich erklärte, wir hätten alle miteinander gespielt, es sei nicht nur Linda gewesen. Da schaute er mich hart an, mit durchdringenden,
wissenden Augen, und ohne ein weiteres Wort hob er die
Hand, und ich spürte, plötzlich und heftig, die Wucht
des ersten und letzten Schlages meiner Kindheit, des einzigen, den ich von irgend jemandem erhielt. Und doch
war die brennende Pein der Erniedrigung viel stärker als
der stechende Schmerz des Schlages selbst. Dann, durch
einen Schleier von Zorn und Hitze hindurch, hörte ich

ihn sagen, wir seien zu alt für derlei Kinderspiele. Auch von Anstand sagte er etwas und von den Zungen der Bauern hier, die mit Mädchen kein Erbarmen hätten. Ich drehte mich um und ging.

Ich kletterte auf den Sykomorenbaum, ganz hoch hinauf, bis zu der Stelle, wo ich mich zwei Jahre zuvor immer versteckt hatte, und überliess mich dem Traum des ausladenden Baumes und dem Himmel des Tages, der ihn umfing; es war, als käme er herab, dem Baum entgegen, der mich umhüllte, während ich an dem breiten Stamm hochkletterte, der zwischen Ästen aufragte. Er nahm mich auf und hielt mich sicher. Ich hörte die Stimmen aus dem Haus unter mir, aus den engen, gewundenen Gassen des Dorfes. Menschen, Vieh, Hunde, all das war weit weg, aber es war da. Stolz und Überheblichkeit liessen meinen Zorn gären beim Gedanken an diesen Augenblick, von dem ich wusste, dass er nicht gänzlich gestohlen und dass er nicht gänzlich zufällig gekommen war, sondern irgendwie geplant, gewollt!

Der Schatten der Blätter und der angenehme Wind wiegten mich hoch oben auf dem Sykomorenbaum, abgeschieden von der Welt, und vielleicht habe ich trotz meiner Verwundung ein wenig geschlafen.

Am 12. Ba'una eines längst vergangenen Jahres war ich in der Sonntagsschule im Saal der Koptisch-Orthodoxen Karma-Grundschule.

Ich mochte die Stimme der grossen, schlanken, hellhäutigen Miss Catherine. Ihr Körper schien zu leuchten in ihrem weissen Kleid, das mit feinen rosaroten Blumen gemustert war. In einem weiten, etwas finsteren und

kühlen Raum mit langen, soliden, gelbglänzenden Holzbänken brachte sie uns Choräle bei. Kerzen brannten unter der Ikone der Jungfrau, deren blaues Kleid an ihren
Schultern gerafft war; sie betrachtete uns mit einem ab-
wesenden Blick aus weit offenen Augen. Auf ihrem
Schoss hielt sie das hübsche, dralle Kind mit dem glück-
lichen Blick. Sein kleines Pimmelchen war nackt und unschuldig und natürlich und füllte mein Herz mit Zärtlichkeit.

Weil ich die Choräle gut konnte, erhielt ich von Miss
Catherine ein buntes Bildchen. Auf diesem stand oben
auf koptisch und unten auf arabisch: „Allgemeine Kom-
mission für koptisch-orthodoxe Sonntagsschulen." Auf
dem Bild selbst waren zwei gigantische Männer abgebildet, die, vor einem blauen Himmel, zum Zeichen froher
Botschaft die Arme hoben. Um ihre Lenden lagen dunkle Lederschurze. Sie standen auf einem hohen, felsigen
Boden, umgeben von frischen, wilden Pflanzen. Zwischen sich trugen sie einen festen Stab, von dem eine riesige Traube herabhing. Moses, ein weissbärtiger Greis,
stieg, auf einen Stab mit knorrigem Handgriff gestützt,
den Hügel zu ihnen hinauf. Unter dem Bild stand auf
koptisch und auf arabisch: „Die Trauben vom Lande Ka-
naan." Dazu der Bibelvers: „Und sie erzählten Moses
und sprachen: Wir sind in das Land gekommen, dahin
ihr uns sandtet, darin Milch und Honig fliessen, und dies
ist seine Frucht."

Ich sang Miss Catherine nach: „Ruhmesschatz im
Himmel ... Ruhmesschatz im Himmel ..." Und es hallte
in dem weiten Raum wider.

*Mein Choral an Dich, Du Einzige, Du Ge-Achtete,
Königin des vollkommenen Reichs des Neunten Tages,
das alle Gnade der acht Tage enthält.*

*Du Einzige, ausgemergelte Nachfahrin Persephones,
deren Erniedrigung mir das Herz zerreisst; du, verborgen in Sinohes Hain. Über die Jahre hinweg klingen aus
Trauerlitaneien ihre Klagen an mein Ohr — Husnija.*

*Meine Sängerin, Du erste und zwiefache, hellenisch ihr
melodischer Gesang, meine Sirene im Schlummerglanz —
Katrina.*

*Iskandara, Seraphina mit dem üppigen Haar, das über
die Zweige von Myrte und Wein wallt. Ihre taufeuchten
Schwingen, die mich umfassen, sie trocknen nie aus.*

*Hanija, in sich geschlossenes Mandala, würgend am
Hauch alter Fehden, der Inquisition, dräuend noch über
der wehrhaften Löwengrube in südlichem Garten.*

*Und in der Gullanar-Gasse, Mona, flüchtig, sich los-
reissend von mir; doch ihr Blick auf mich — ein spitzer
Pfeil, Leidenschaften weckend im granitgehauenen
Friedhof.*

*Und in Tarrana Gimjana, eine Ikone, reif und präch-
tig, purpurn der Einstich des Messers, ein weiter Blutfleck
im Silber des Nackens.*

*Die Weide neigt und wiegt sich unter der Akazie in
Blüte, Linda. Zu ihr drängt mein Innerstes, ihr Körper
verströmt Lotusdüfte, verwurzelt im Schwemmland des
Nils.*

*Dann Ni'ma — ist Heimat mir und Bleibe, ist Schatz
und Kern, ist unantastbar; ihre Zärtlichkeit gewährt sie
mir und meine Glückseligkeit. Durch sie bin ich vom*

Schmutz befreit. Sie ist ewiges Ziel meiner Rückkehr, ihre Brust ist Sicherheit, ist Pfeiler, ist Ruhestatt, wenn meine Stunde geschlagen hat.

Rana, sie ist mein Exil, nimmersatte Dschinnin, meine Riten sind ihr geweiht, Priesterin des Drachens, Maiglöckchen aus Memphis, meine heidnische Manat, Venus meiner Leidenschaft, Eichenbaum vor meiner Kirche, Palme meines Nadschran, Lilie meiner Safranerde, Perle des hellichten Tages, Buchstabe Nun* *– Schoss.*

Wütend hackt die Möwe mit gebogenem Schnabel die Beeren der Traube – Jona, eingeschlossen, ohne Hoffnung, im Bauch der Finsternis, als Geisel gehaltener Seemann, Miniaturen malend, gefangen in seinem Schiff, das Ninive ansteuert, das unerreichbare.

Und ich ruhe im Schutz Deines Nun-*Schosses. Halb bist Du zu meiner Rechten – Wohltat, selige Verzükkung, paradiesischer Rausch bis zum Wahnsinn. Halb bist Du dunkel, Strafjoch, Feuerspein, bis ans Ende der Zeit. Und über beidem werde ich zu Tantalus. Die Frucht meiner Wünsche, ein tödliches Schicksal, sich nähernd, sich entfernend. Dich ersehne ich, Dich erflehe ich, all meine Neigung drängt zu Dir, und meine Sehnsucht zehrt an mir. Mein Leichentuch ist abgetragen zwischen Schlafen und Schalmeien. Meinem Glauben schwöre ich*

**Nun/Mim:* die Buchstabenform in der arabischen Schrift ist für das *Nun* ن , für das *Mim* م / ـم ; verbunden sehen die beiden Zeichen folgendermassen aus: ـمن . In kalligrafischer Ausgestaltung liegt oft der Punkt beim *Nun* tiefer, der Bogen ist weiter geschlossen, und die Enden können in floralem Muster auslaufen.

ab, begehe an mir selbst Verrat. Und wenn Du aufblühst, weiche ich zurück. Du gewinnst Glauben, ich verliere ihn. Du bist mein Jüngstes Gericht. Mein Flüstern zu Dir nässt nahrhaften Boden. Meine Sehnsucht nach Dir — Hilferuf um Zärtlichkeit, unvergleichliche, aus Körper und Licht. Und meine Zuneigung zu Dir soll Trost Dir bringen in tiefer Trauer.

Grimmig stürzte die Trennung herab auf meine Schulter, schlug ihre Zähne ein, drückte mich nieder. Unter ihren Fittichen ersticke ich.

Nun hast Du Deine Pfeile verbraucht, und Deine nie verblühende Blüte neigt sich über Dein Ende, endlos.

Kein Laut entflieht mir, sanft pulsiere ich in der Ruhe Deines Schosses.

Doch kaum fliehe ich in ihre Augen Tausendschön, da umfange ich sie und greife nach den Granatäpfeln ihrer Brüste, kann meinen Blick nicht von der Blüte ihrer blühenden Schönheit wenden, prächtig und unvergänglich, atme ihren Ährenduft. Amber, Pomeranze und Narzisse entströmen ihr. Und Sternenstaub, verstreut, glitzert an meinen Fingern, und zum Geläut der Glocken und dem Klang der Zymbeln schöpfe ich das Manna ihrer Quelle. Meine Geliebte flüstert und schmeichelt, und die Hitze ihres Ofens lässt mich reifen, und ich vertropfe den Samen in ihren warmen gärenden Teig.

Weit weg sind die Titanenzähne, gezogen, niedergerissen die Felsen meines Misstrauens wie gekämmte Wolle. Pestilenzen fügen sich, Teufel unterwerfen sich, Sternschnuppen sind zerstreut in Sturmwolken. Und Du bist meine Taufe, regenschwanger über dem Jordan. Du bist mein Nektar, bist mir Rettung und Warnung.

Jeden Meineid, jeden Verrat beging ich in Deinem Namen, nach Deinem Gesetz. Drum, bei der Waage des Gerichts, leg mich in die Schale der Gottesgunst, lass mich eintreten ins Reich der Liebenden. Amen.

Mein Lied an Dich ist Klage nicht noch Schluchzen, ist Donnern des Adlers, siegreich, obwohl getroffen, ist Mim*-Choral in Ewigkeit.

Ich schrieb das Nun *silbern auf ein Blatt aus heissem Blei, legte es in ein Gefäss, wusch es mit Regen. Darein tauchte ich meine Feder, als der Mond auf seiner himmlischen Bahn gleissendes Licht verströmte. Da kamen die Meeresungeheuer aus dunklen Verstecken zu mir und unterwarfen sich sofort. Und meine Sprache gewann an Beredsamkeit und Schönheit. Ich sprach das* Nun *in den Nächten der Düsternis und legte die Kraft der Zahl hinein, die mit ihm geschrieben wird. Gewaltige Lichter leuchteten mir. Himmlische Wege zu göttlicher Wohltat eröffneten sich mir. Mein Inneres füllte sich mit Wissen, ich äusserte seltsame, erhabene Prophezeiungen, und mein Schmerz ging dahin. Und nie wieder fiel mein Blick auf jemanden, der nicht durch mich beseligt gewesen wäre und in dessen Herz Gott nicht Liebe zur mir gesenkt hätte.*

Ich hatte den düsteren Sonntagsschulraum mit dem zitternden Kerzenlicht verlassen und war ins warme Licht der Strasse, in den Schatten der Bäume getreten, in meinen Augen ein Traum vom Ruhmesschatz im Himmel. Die Luft war durchsichtig, ein feiner grüner Duft von den Weinstöcken, die unserem Viertel den Namen gaben, lag darin. Ich rannte zu Tante Labibas Haus; ich wusste, dass sie bei uns war.

Iskandara erwartete mich mit leuchtenden Augen und roten Wangen.

Ich streckte meine Hand tief unter das Bett und ergriff die lange, dünne Angelrute, um die die Leine gewickelt war, an deren Ende ein Korken und ein kleiner Haken festgemacht waren.

Ich hatte die kleinste von Grossvaters Angelruten ausgewählt und mich ganz früh am Sonntagmorgen, noch vor dem Kirchgang, mit ihr weggestohlen, um sie bei Iskandara zu verstecken. Erst hatte sie Angst gehabt, dann gelacht und sie unters Bett gelegt.

Als Grossvater Sawiris danach fragte und wütend rief: „Wo ist denn die kleine Angelrute, Kinder?" rannte ich in unser Zimmer am anderen Ende der Wohnung und verhielt mich ruhig. Gleichzeitig betete ich inbrünstig zu Jesus Christus, er möge mir verzeihen, und ich war sicher, dass er es mir nicht übel nahm. Grossvater gab die Suche nach der Angelrute auf und stellte die Sache Gott anheim. Er wusste nicht recht, aber er hat mich nie direkt danach gefragt.

Iskandara hatte im Matsch unter dem Wasserhahn und unter dem grossen Maulbeerbaum in ihrem Hof gegraben und einige fette, glitschige Würmer ans Tageslicht gefördert und hatte sie in eine ovale Blechdose getan, die sie unterm Bett, neben der Angelrute, versteckte. Diese nahm ich nun auch in aller Eile, fasste Iskandara bei der Hand, und gemeinsam machten wir uns auf den Weg.

Wir rannten die fast leere Strasse entlang, vorbei an den Büffelställen mit ihrem penetranten Gestank und den frischen Dungfladen, die davor in der Sonne trockneten, hinter einer Reihe riesiger, leerer Blechmilchkannen. Wir kannten eine schmale Lücke in der Mauer entlang der Eisenbahnlinie. Durch diese schlüpften wir, überquerten die Gleise und liefen durch Gebüsch und Riedgras und Schilfrohr und Kies, bis wir an die funkelnden, seichten Salzseemarschen kamen. Das Wasser stand ruhig, schwer und silbrig.

Wir folgten ein wenig dem Ufer, bis zu einem kleinen Hügel, wo vielförmige Kiesel im Sand lagen — spitze, gewölbte, gekerbte, runde, flache — und ihm Festigkeit und Halt gaben. Am Fusse des Hügels war ein kleiner Wasserarm, der hier am Strand schmal begann und sich, breiter werdend, in die Salzseemarsch hineinzog. Das Wasser darin war blauer und etwas bewegter.

Die Sonne schien schon recht heiss. Iskandara hockte neben mir auf den Knien, oben auf dem Sandhügel. Die Haut ihrer Beine rötete sich durch die glatten, harten Kiesel. Dann stand ich auf und ging zum Fuss des Hügels hinunter, zog meine Schuhe aus und liess meine Füsse baumeln, bis sie gerade — es war plötzlich ganz kühl — das Wasser berührten.

Ich spiesste einen Wurm, der sich schlüpfrig zwischen meinen Fingern wand, auf den spitzen Haken. Dann hob ich die Angelrute und liess den Haken ins Wasser fallen. Nach einem kurzen Augenblick trieb der Korken blass im silbern strömenden Wasser. Ich wartete.

Was ist geschehen? Wie bin ich gefallen?

Plötzlich lag ich im Wasser, dahintreibend, dann sank ich ruhig in die Tiefe, die bodenlos schien. Das Wasser umgab mich warm, einhüllend, zärtlich, endlos. Ich schrie nicht, ich versuchte nicht zu atmen, strampelte nicht; ich war auch nicht beängstigt, erschreckt, rang nicht nach Luft, und dieses freundlich schwere Element trug und stützte mich bei meinem zeitlosen Niedergang. Das Licht, das mich umgab, war zugleich dunkel und klar, verschwindend und strahlend, als wäre ich in einem riesigen Zimmer aus Wasser, durch dessen Fensteröffnungen in rascher Folge fein aus Licht und Wasser gewebte Scheiben hereinströmten. Und auf der Wasserfläche über mir blinkten zahllose winzige, wellige Silbernadeln, blitzten auf und verloschen.

Das Wasser durchdringt die Laube, überflutet sie, und die prallen dunkelroten Trauben, reife und runde, volle und feste Beeren, hängen gleich unzähligen roten Brüsten herab, gehoben zärtlich von den Händen kleiner Wellen, und die Blätter darum und darüber sind durchsichtig grün, mit geschlängelten Adern gleich weichen Fäden, geschlungen und geschleift. Das Wasser zieht über sie dahin, sie beben, willfährig und ergeben, an den nassknorrigen Zweigen. Und da, auf den hellen Wellen liegt ihr Gesicht, zwischen den Schatten der Trauben, der Blätter und der gewundenen Äste. Weinfarben und weich steigen Lichtstrahlen auf und überfluten es mit Helligkeit, Lichtstrahlen, entzündet im Herzen des Wassers am Docht einer Kerze in wogender Flut. Sie gleicht einer Ikone aus feuchtem Fleisch, in der ein anderes Leben lebt. Ihr goldenes Haar ist gelöst, fliesst herab, ausgebreitet und volllockig; das Wasser trägt es, es schlägt geräuschlos an ihre Wangen, es ist nassdunkel geworden, fast wie gebrannter Bernstein, feuchtstrahlend.

Das Wasser kommt und geht, in kleinen Wellen, über ihr ruhiges Gesicht; ihre Augen weit offen, ausdruckslos; doch sie erkennt mich und blickt mich an, nur das. Es ist, als schaute sie auf mich herab — ihr Körper weit oben, weit weg von mir — aus einer anderen Welt, erfüllt mit der Zartheit des verlorenen Himmels und der Zärtlichkeit der fernen, salzigen Brise. Das Wasser, das mich wiegt und das sich auftut, um mich endlos sinken zu lassen, es schaukelt auch sie, hin und her.

Ich sank, und das Sinken war ohne Schmerz und Angst. Es war, als wehrte ich mich nicht, als hätte ich mich abgefunden, mich unterworfen.

Ich streckte meine Hand nicht nach ihr aus, ich rief sie nicht, ich wusste nur, dass es sie gab.

Er sagte: Du bist der neunte Baum. Du bist der Wind über den tiefen Wassern, Du bist der Gipfel, belaubt mit Bäumen, bewachsen mit wilden Rosen.

Der himmlische Weinstock — niemand isst von seinen Trauben als nur die Glückseligen.

Du warst die erste, die die Trauben mit blossen Füssen stampfte, um den Wein zu pressen, der Menschen und Götter erfreut. Sie trinken ihn, herb und süss, und sie plaudern miteinander als gleiche.

Osiris steht in seinem Tempel, die Arme über der Brust verschränkt, in weisses Leichentuch gehüllt, und vor seinem Gesicht, gehauen aus grünem Diorit, hängen die Trauben, sehr nahe seinen ausgetrockneten Lippen.

Er sagte: Und ich wusste, es würde sein, was sein muss, und in der Zweiten Zeit würde mir gewährt, zu kosten von der Lese des Weines, nun da die Trauben gereift.

Weinbeeren fielen aus den Augen von Horus, dem Falkengestaltigen.

Und aus den Trauben tropfte das Blut.

Als suche er Zuflucht an einem verwunschenen Ort, rannte der Bub zu Umm Tutu, „dieser Griechin da", die an der Kreuzung der Ban- und der Nargis-Strasse wohnte. Er verstand nicht recht, was „diese Griechin da" bedeuten sollte.

Unterschiede waren ihm damals einfach etwas Natürliches.

Er kaufte Ful beim „Türken" mit dem dicken weissen, an den Rändern etwas nikotingelben Schnurrbart. Wenn er die Wohnung muslimischer Nachbarn betrat, spürte er eine gewisse Scheu. Der Konstabler, der mit seinem Motorrad die Tram-Strasse entlangsauste, war Malteser; er hielt die Fuhrwerke und die Kutschen an, schickte die wundgescheuerten und an den Seiten schwärigen Pferde und Esel zum Tierspital und beschimpfte die Kutscher aufs unflätigste — und das im besten „Hochalexandrisch". Onkel Hassan Tunissi, der Milchmann, wohnte mit drei Büffeln und einem hübschen weissen Esel in einer Gasse hinter ihrem Haus. Er trug einen makellosen, buttergelben nordafrikanischen Burnus, dessen Kapuze er immer auf seinen Nacken zurückwarf; er hatte weiches weisses Haar, und auch sein Bart war weiss wie Milch. Der Mann seiner Tante, Onkel Makar, hatte schwarzglänzende Haut. Es gab auch Oberägypter, die in den Viehställen und in der Mühle arbeiteten, und Bauern, die Lattich und Brunnenkresse, Limonen und Lauch direkt von ihren Eseln weg verkauften; sie waren mit nichts anderem bekleidet als mit einem dunkelblauen, kurzen Hemd, das in der Mitte mit einer Schnur zusammengehalten wurde. Fischer in schwarzen alexandrischen Pumphosen und knopfreichen Jacken über langärmeligen Unterhemden verkauften Fisch, den sie in Körben aus geflochtenen Palmblättern auf dem Kopf trugen; ihre Turbane waren vielfach um ein Käppchen geschlungene weisse Tücher. Und dann waren da noch die feinen Herren in den langen Jacken und den nach unten zu enger werdenden Hosen. Sie alle machten die Welt reich und bunt, etwas beängstigend, ja, aber sehr aufregend.

Umm Tutus Haus war nur zweistöckig, aber dennoch recht hoch. Er empfand es immer als geheimnisumwittert, trutzig, festgemauert, mit grossen grünen Fensterläden. Ein niedriger, schmiedeeiserner Zaun umgab ein kleines, liebevoll bepflanztes Gärtchen, in dem ein üppiger Christdornbusch mit dichtem Gezweig und groben Ästen stand, ausserdem ein einzelner, niedriger Bananenbaum mit dicken und breiten frischgrünen Blättern, die an ihren verdorrten Rändern eingerissen und ausgefranst waren. Gegenüber dem Haus war ein vollständig mit Porzellankacheln ausgelegter Metzgerladen, dessen Wände und Fussboden glänzten. Kälber und andere geschlachtete Tiere hingen an Fleischerhaken vor der Ladentür; sie waren halbiert und zerlegt, die Bäuche offen und die Eingeweide entfernt, so dass das hellrote Innere der Brustkörbe zu sehen war. Auf dem schwarzen Glasschild darüber stand in prächtigen, hohen Goldbuchstaben in Thuluth-Schrift, die er inzwischen zu lesen gelernt hatte: „Metzgerei Muhammad Machmud Bahnassawi".

Von allen Schwestern besuchte und mochte nur seine Mutter Umm Tutu. Er spürte, dass es zwischen ihnen ein gewisses Einverständnis gab. Sie unterhielten sich lange, flüsternd, während er in Tutus kleines Zimmer ging.

Tutu war nur wenig älter und kaum grösser als er. Er nannte sie wegen seiner Lehrerin, Miss Catherine, die er sehr gern hatte, bei ihrem wirklichen Namen, Katrina. Das Mädchen lachte und gab ihm kandierte Dörrpflaumen, von denen er mit Genuss kostete. Das weiche, rötlichrunzlige Fruchtfleisch, das an einem harten Stein hing, umgeben von trockenem Honig, schmeckte ihm vorzüglich.

Manchmal liess ihn seine Mutter ganze Nachmittage bei Umm Tutu, ging selbst ihre Freundinnen besuchen, Umm Fulla oder Umm Alice, und kam erst bei Einbruch der Nacht zurück.

Warum ich an jenem Tag zu Umm Tutu ging?

„Geh zu deinem Onkel Junan", sagte Grossmutter Sitt Amalia zu mir mit verhalten zorniger Stimme, „hol ihn von dieser verfluchten Umm Tutu, dieser Griechin da. Sag ihm, er soll kommen, ich will ihn sehen."

Umm Tutu machte mir die Tür auf und schob den gehäkelten Vorhang, der unmittelbar dahinter hing, beiseite. Ich spürte ihn leicht vibrierend auf mir, und ich vergass meinen Zorn auf Sitt Amalia, als Umm Tutu ihr schmales weisses Gesicht mit den feinen Zügen herabbeugte und mich leicht auf den Mund küsste — eine freundliche Geste voll echter und einfacher Zuneigung —, wie sie es immer machte. Mutter küsste mich nie so. Ich füllte meine Brust mit dem kräftigen Duft ihres Parfüms und dem Geruch ihres reinen Körpers, auch des Puders, der nur bei ihr so gut roch.

„Ich möchte gern Onkel Junan etwas sagen", erklärte ich Umm Tutu.

„Was willst du ihm denn sagen, mein Kleiner?" fragte sie, sich niederbeugend, zurück.

In ihrem Tonfall lag ein ganz leichter Anklang an die griechische Sprache. Sie sprach fast wie eine Einheimische, aber es gab da eine Kleinigkeit, eine ein ganz klein wenig zu sanfte Aussprache der harten Konsonanten.

„Das kann ich nicht verraten", erklärte ich verlegen.

Sie lächelte freundlich und zustimmend.

Onkel Junan kam aus einem der hinteren Zimmer auf den Korridor und schloss die Tür. Er trug das Seidenhemd mit den dünnen blauen Streifen und die Hose mit den Gummihosenträgern. Die Jacke hielt er in der Hand. Er war sehr gross, hatte dunkle Haut und einen stolzen Gesichtsausdruck und ging langsam und ruhig. Er neigte den Kopf ein wenig zu mir herab, um zu hören, was ich ihm zu sagen hatte. Seine Antwort war weder hastig noch spöttisch noch ärgerlich: „Ganz zu Diensten, junger Mann, ich gehe. Und du bleib hier bei Tante Umm Tutu."

Und zu ihr sagte er mit einer Stimme, in der so etwas wie ein Hauch von Lächeln lag: „Bring mir doch Kragen und Krawatte von drin. Ich werde mich sputen zu sehen, was sie wollen, und gleich wieder zurückkommen."

Er legte den festen, runden weissen Kragen um den Hals, schloss ihn mit einer glänzenden Sicherheitsnadel und band sich die Krawatte.

Ich wusste, dass sich zwischen ihnen etwas Geheimnisvolles abspielte, etwas, was ich sehr schätzte, was mich mit Sehnsucht füllte und mich faszinierte.

Offensichtlich wollten sie zusammen weggehen. Sie nickte und sagte, sie werde in jedem Fall auf ihn warten.

Umm Tutu war in der Blüte ihrer Jahre, hatte ein schmales Gesicht und einen zarten Körper. In ihren Augen lag immer ein gehetzter, flehentlicher, fast verzweifelter Blick. Doch sie war attraktiv, sehr weiblich und fordernd. Ihre Brauen waren nicht weit geschwungen, die Linien voll und weich gebogen. Ihr kurzes, lebendiges dunkelgoldbraunes Haar im Bubikopfstil hatte sie auf der rechten Seite gescheitelt, eine Strähne hing, zum Kringel gedreht, über ihr rechtes Ohr. Ihre schmalen Lippen zitterten schnell, ihre Nase war lang und gerade, das Weiss ihres Gesichts durchwirkt mit durchsichtig klarer Rötlichkeit. Ihre Brüste waren klein und wohlgeformt unter dem seltsamen roten Kleid, von dem ich die Augen nicht abwenden konnte.

Das Oberteil dieses Kleides bestand aus leichtem, luftigem Stoff und hatte einen tiefen Ausschnitt. Die Ärmel liessen ihre weissen Arme durchscheinen, die schlank und rank und fest waren und auf die der durchsichtige Stoff eine leicht rötliche Färbung übertragen hatte. Der Brustteil war aus einem Seidenstoff von derselben Farbe, aus glänzendem, undurchsichtigem Satin. Das ganze Kleid fiel, leicht gemustert, wie ein Überwurf über ihre Brust und endete ein wenig oberhalb des Knies. Darunter begann nochmals der durchsichtige Stoff, gefüttert mit anderem, glänzendem Material, und reichte bis zur

Mitte der Waden. Die Strümpfe, die sie darunter trug, waren aus dicker Seide und lagen fest um den unteren Teil ihrer Beine. Ihre Schuhe mit den hohen, kräftigen Absätzen waren aus rotem Chamois; über den Rist zogen sich drei Lederriemchen, die in runden Perlmuttknöpfen endeten. Auf ihrem blossen, glatten Hals lag ein feines Goldkettchen, an dem ein kunstvolles Kruzifix hing. Damals dachte ich, Umm Tutu sei Onkel Junans Tochter, und irgendwie reimte ich mir auch zusammen, sie sei seine Frau. Aber ich stellte keine Fragen.

Nachdem Onkel Junan kurze Zeit später zurückgekommen war, bestiegen die beiden sein solides viereckiges Auto. Später erfuhr ich, dass sie zusammen zum Fotografen gegangen sind, wo von jedem von ihnen ein Bild gemacht wurde, das sie danach austauschten.

Umm Tutus Bild fiel mir lange Jahre später in die Hand, und ich habe es aufgehoben.

Ganz allein war ich im dämmrigen, leeren Korridor zurückgeblieben, von dem aus man in die Küche gelangte.

Da plötzlich, ganz überraschend, umhüllte mich der warme, leckere Duft der Feigen und Trauben, die, auf Schnüre aufgezogen, über dem Küchenfenster hingen, um in der Sonne zu trocknen. Und auf den Regalen standen Gläser mit hausgemachter Marmelade und mit kandierten Früchten, tief versunken in den dicken Sirup hinter dem glitzernden, gerippten Glas, das das Licht ansaugte und gebrochen und zerfasert zurückwarf. In der Küche sah ich keine einzige Fliege.

Ein seltsam süsslicher Hauch, den ich zunächst nicht

bemerkt hatte, wehte von grossen weissen Blumen heran, deren kräftige, frische Stengel in klarem, ruhigem
Wasser standen. Das Wasser schien gefroren, es war
durchsichtig in der dünnwandigen blauen Glasvase, auf
deren dickem Bauch rote und goldgelbe Drachen mit ge-
ringelten Schwänzen gemalt waren, Drachen mit gespaltenen, langen, dünnen Zungen, die kraftvoll aus ihren
aufgerissenen Mäulern stachen. Auch der Geruch des alten blassgrünen Tischtuchs, das sich wie Fett anfühlte,
lag in der Luft, seine bunten Fransen hingen eng beieinander um die runde Tischplatte herum und zitterten
leicht. Die geschnitzten Holzbeine des Tisches glänzten;
sie endeten in einer Art Löwenpranke mit gebogenen
Klauen. Und wieder einmal faszinierte mich, wie stets,
die Muschel.

Weiss und gewaltig lag sie unter der grossen Vase,
schneckenförmig, weich gerundet. Die letzte der immer
enger werdenden, aufeinanderliegenden Drehungen endete in einer langen, milchfarbenen Spitze; die Innen-
wand der Muschel war glatt und rosarot. Um sie herum
lagen weitere Muscheln, kleiner und mit rauherer und
unebenerer Oberfläche.

Wie fliehend rannte ich fort und suchte Tutu in ihrem
engen, fensterlosen Zimmerchen auf, dessen Wände vom
Boden bis zur Decke mit blassgelber und dennoch leuchtender Tapete mit einem sehr feinen roten Blumenmu-
ster tapeziert waren. Die Blütenblätter waren sehr scharf
gezeichnet, die gezähnten Aussenlinien in kräftigerem
Rot als der Rest. Tutu hielt sich dauernd in diesem Zimmer auf, sie verliess es fast nie.

Ich traf sie lernend an, sie sass an ihrem kleinen, gegen die Wand gestellten Schreibtisch. Ich hüpfte auf ihr Bett, setzte mich und schaute ihr zu, wie sie in dieser merkwürdigen griechischen Schrift ihre Lektionen in ein Heft mit winzig karierten Seiten schrieb. Ihre kleinen weissen Finger waren um den Hals des Federhalters gewickelt; an den Fingerspitzen sah ich violette Tintenflecke.

Im Gegensatz zu ihrer Mutter hatte Tutu ein volles, kreisrundes, pausbäckiges Gesicht. Im Grün ihrer grossen Augen lagen, Lichtnadeln gleich, gleissende, stechend gelbe Flecken. Sie war sehr schweigsam und sprach nur selten. Ich sah sie nie spielen.

„Komm, gehn wir zu Oma", sagte Tutu.

Ich nickte zustimmend, sprang vom Bett, und wir rannten um die Wette die sauberen blassroten Marmorstufen zum oberen Stock hinauf.

Kaum hatte ihre Grossmutter die Tür aufgemacht, als die ganze Welt sich kehrte. Sie nahm Tutu bei der Hand, während uns Katzen ohne Zahl umtobten — fette und magere, pechschwarze und gesprenkelte, kleine, schwächliche, kriechende und fahlweisse, miauende und kreischende, kräftige und hüpfende, schreiende und fauchende, furchtsame, gelbseiden strahlende, schnurrende und schmeichelnde, mollige und grazile, knurrende und funkelnde. Sie sprangen herum, kreuz und quer, aufeinander und übereinander, als hätten sie sich zu einem wilden Angriff auf uns verschworen.

Die Grossmutter war in einen alten, zu weiten Morgenmantel gehüllt; sie war schmächtig und redete mit piepsend schriller Stimme, die gleichzeitig herrisch und liebenswürdig klang, langgezogen und singend und mir unverständlich auf die Katzen ein, bis diese sich etwas beruhigt und sich in die verschiedenen Schlupfwinkel der Wohnung zurückgezogen hatten.

Während Tutu sich mit ihrer Grossmutter auf griechisch unterhielt, stieg mir der Katzengeruch, der die ganze Wohnung füllte, in die Nase, legte sich mir geradezu kompakt und animalisch auf die Zunge. Die Oma ging mit kleinen Trippelschritten weg und kam mit Datteln zurück, die geschält und entsteint, in Honig getränkt und mit Nüssen gefüllt waren. Sie hielt ihre Finger, an denen Dattelsirup klebte, einer winzigkleinen Katze hin, die intensiv und gierig daran zu lecken begann und dabei unablässig maunzte.

Als Tutu ihre Wohnungstür öffnete, wurde es schon dunkel. Im Korridor war es dämmrig; vielfältige Gerüche schufen eine dichte Atmosphäre. Ich stand mit klopfendem Herzen wie angenagelt bei der Tür, während Tutu mit einem Streichholz, das sie im Dunkeln aus der Küche holte, die grosse, weissbauchige Kerosinlampe anzündete. Sie zog an etwas Birnenförmigem am Ende einer Messingkette, die an der Lampe festgemacht war. Gleichzeitig hob sie vorsichtig das Glas der Lampe und entzündete, noch immer diese Birne festhaltend, den Docht. Dann setzte sie das Glas auf seinen Platz zurück und liess die Birne plötzlich los, worauf die Lampe selbsttätig nach oben sauste, während die Messingkette mit langgezogenem Kreischen durch einen an der Decke festgemachten Ring glitt. Die Lampe beleuchtete den Korridor, und die Engel und die flatternden Vögel auf den gehäkelten Vorhängen an den Fenstern und an der Tür wurden sichtbar, ebenso die wellig schimmernden grünen Plüschsessel. Ich sprang auf einen davon und versank darin; seine nachgiebige Polsterung leistete nur wenig Widerstand.

Ohne zu zögern kam Tutu und setzte sich zu mir in den breiten Sessel. Ich spürte ihren Körper, der sich gegen meinen presste. Sie drehte sich zu mir und sah mich lange an, und ich dachte bei mir, ich habe sie sehr gern.

Plötzlich umarmte sie mich. Ihre blossen, kurzen, dünnen Arme schlangen sich um meinen Hals; sie hielten mein Gesicht gefangen. Ihre Kinderbrust vibrierte. Sie legte ihren Kopf an mein Gesicht und drückte ihn dagegen. Ich spürte, wie sie weinte, lautlos, beharrlich, als wollte sie nie mehr aufhören. Es schüttelte sie in meinen Armen. Ich hielt sie um die Hüfte, als wollte ich bei ihr Schutz suchen, auch vor ihr. Ich sagte nichts, und doch wollte ich ihr sagen, dass ihr Weinen die Welt für mich zusammenbrechen liess. Dann plötzlich war sie still, beruhigte sich.

Erst drei oder vier Jahre später, als Onkel Junan dann tatsächlich heiratete, erfuhr ich, dass Umm Tutu schon einige Zeit verheiratet gewesen war, und zwar mit dem Metzger aus dem Laden gegenüber von ihrem Haus. Ich sah ihn oft in seinem vollständig gekachelten Geschäft stehen, die Ärmel über seine muskulösen Arme hinaufgerollt. Er war stark, seine kräftige Brust sah man durch den Ausschnitt seiner glänzenden, straffsitzenden, oben offenen Weste mit den vielen Knöpfen. Er trug die Weste unter seiner Galabija, an der da und dort trockene Blut-

flecken klebten. Dieser Metzger habe sich von ihr schei-
den lassen, nachdem sie Katrina geboren hatte, die wir
Tutu nannten. Einmal hörte ich Tante Wadida, die nicht
wusste, dass ich in Hörweite war, irgendeiner mir nicht
bekannten Frau erzählen: „Diese falsche Griechin da,
diese Umm Tutu, hatte meinen Bruder ganz schön einge-
seift. Die wollte ihn mit Haut und Haaren, meine Liebe,
und hätte ihn verschlungen. Aber nicht jeder Vogel ist
essbar, oder? Mein Bruder Junan ist ein anständiger Kerl,
der lässt sich nicht so leicht zum Narren halten. Die hat
er erst weggejagt wie eine Hündin; dann hat er Esther geheiratet."

Ich war sehr wütend, denn ich konnte nicht glauben,
dass Umm Tutu Onkel Junan zum Narren gehalten hatte. Ich wusste, sie hat ihn geliebt, und mich genauso.

Jahre später, nachdem ich mein Ingenieurstudium abgeschlossen hatte und in den Lagern von Abukir, Haks-
tep und Tur inhaftiert gewesen und wieder entlassen
worden war und dann für zwölf Pfund als Restaurator
am Griechisch-Römischen Museum arbeitete, wovon
ich mich selbst, meine Mutter und meine vier Schwestern
ernähren musste, wohnten wir in Kleopatra. Damals las
ich keine Zeitungen mehr. Eines Tages dann, während
ich intensiv im Museum arbeitete, hörte ich im Radio, in
Kairo habe die Armee sich gegen den König erhoben und
die Panzer stünden auf der Uferstrasse.

Ich kümmerte mich nicht gross um dieses seit langer
Zeit bedeutendste Ereignis unserer Geschichte. Doch als
der König dann aus Alexandria weggejagt wurde, ging
ich mit meinem Freund Abdalkadir Nasrallah auf die

Strassen hinaus, und wir tranken, voller Freude und in der Hoffnung auf bessere Zeiten, Lakritzensaft, den der Verkäufer in Kom Dikka umsonst ausschenkte. Ich war zu jener Zeit verliebt, doch so, dass ich weder wusste, wie ich die Liebe einlösen noch wie ich mich davon erlösen könnte.

Am Abend jenes Tages voller Unruhe und freudiger Erregung klopfte es an der Wohnungstür, und herein kam eine schöne, füllige, wohlgerundete hellhäutige Frau mit üppigem Haar. Sie war ärmlich gekleidet und trug ein etwa zweijähriges Mädchen auf dem Arm. Ihre grünen Augen fielen mir sofort auf; die tagtägliche Not hatte ihnen einen wilden, fast tierischen Ausdruck verliehen. Ich erkannte sie nicht.

Sie begrüsste mich mit einer, wie ich spürte, dicklich schlaffen Hand, als ob auch sie mich nicht kennen würde. Als Mutter sie erblickte, nahm sie sie in die Arme und rief: „Willkommen, Tutu, mein Töchterchen, willkommen, komm rein, wie geht's dir denn, mein Liebes?" Mir sank das Herz, ich lief rot an.

Die fremde Frau setzte sich, deprimiert, gedrückt. Ich erfuhr, dass sie einen Fabrikarbeiter namens Hassan geheiratet hatte, einen Haschischraucher und Verschwender, der sich von ihr nach der Geburt ihres Töchterchens, das Fathija hiess, geschieden hatte. Ihre Mutter sei schon vor langer Zeit gestorben, und sie selbst arbeite jetzt als Verkäuferin bei Hannaux. Sie habe niemanden mehr auf der Welt.

Ich war zutiefst getroffen, und ich begriff sehr spät, ja, zu spät, die Bitterkeit der Tränen jenes Mädchens, das sie

234

damals war, als sie an meiner Schulter weinte; und ich verstand, dass sie sich von diesem Mädchen nie befreien könnte, dass ihre Tränen nie getrocknet würden.

Onkel Junan heiratete. Seine Frau, Esther, zog zu uns in jenes Haus, dessen Balkon ich einmal im Traum voller Menschen, von denen keiner einen Laut von sich gab, hatte niederstürzen sehen. Es war das Haus gegenüber dem Mädcheninternat, neben der Mühle.

Die Schlafräume der Mädchen waren im dritten Stock, der höher lag als unsere Wohnung. Wenn die Lichter der Schule genau um neun Uhr abends ausgingen, verstummten die wenigen unruhigen Stimmen und das helle Mädchenlachen allmählich, und die Dunkelheit legte sich über die Schule.

In den Lichtstrahlen der Gaslampe auf der Strasse sehe ich die Weinlaube im Schulgarten. Die geäderten Holzlatten sind deutlich sichtbar durch das dichte Gestrüpp der Blätter hindurch. Eine feine Staubschicht liegt in der Luft und auf den Blättern des ausladenden Maulbeerbaumes und des Lotusbaums daneben.

Manchmal am frühen Morgen, wenn ich vom Balkon unseres Hauses hinaufschaute, sah ich die Mädchen in leichten, bunten Nachthemdchen, die Haare nass und offen, an den geöffneten Fenstern vorbeiflitzen und wieder verschwinden.

Onkel Junans Frau war noch sehr jung. Sie hatte noch keine Kinder, war mollig, lachte gern und besass eine warme Stimme. Sie war ganz Scherz, Bosheit und Vorwitz, spürbar in Worten, Gesten und Blicken. Ihr Gesicht war vollkommen rund und auffallend rotbraun, ihre Augen waren gross, die Brauen sehr fein, bogenförmig über leicht aufgequollenen Lidern. Ich flüchtete mich immer zu ihr, wenn Mutter mir einen Klaps gegeben hatte. Dann nahm sie mich in den Arm, scherzte mit mir und wischte mir mit dem Saum ihres Kleides die Tränen ab. „Er ist ein Engel. Warum schlägst du ihn, meine Liebe?" fragte sie Mutter. Einmal vergass ich, die Klotür hinter mir abzuschliessen. Als sie plötzlich aufging und ich mich erschreckt umdrehte, sah ich Tante Esther, wie sie heiter ihr Kleid über ihre kräftigen braunen Beine herabliess. Sie lachte laut, klatschte in die Hände und rief mit spitzbübischem Blick: „Hei, ich hab das Täubchen gesehen." Und nachdem ich zunächst vor Scham fast gestorben wäre, lachte ich auch. Das alles hatte nichts weiter zu bedeuten, aber es blieb ein Geheimnis zwischen uns.

Als Onkel Junan einen Internationalen Führerschein erhalten hatte, ging er mit Onkel Nathan nach England; dort wollten sie ihr Glück probieren. Er arbeitete nachts als LKW-Fahrer und besuchte nachmittags eine Gewerkschaftsschule. Nach seiner Rückkehr kaufte er sich ein viereckiges Auto und wurde Taxifahrer; das war eine echte Goldgrube, und er war sehr stolz auf seine Arbeit. Man wählte ihn, der damals Wafd-Anhänger* war, zum Präsidenten der Taxi- und Buschauffeure. Doch dann wurde er ein Freund von Prinz Abbas Halim und wirkte für ihn, und der Prinz suchte ihn persönlich bei der Ge-

---

*Wafd: die grosse ägyptisch-nationalistische Partei, die nach dem Ersten Weltkrieg unter der Führung von Saad Saghlul entstand und besonders bis Mitte der dreissiger Jahre dem König und der britischen Besatzungsmacht harten Widerstand leistete.

werkschaft auf und liess sich von ihm im Taxi fahren, wobei er sich neben ihn setzte. Damals war er mit Umm Tutu befreundet, die er dann verliess.

Er war elegant und zu Hause respektiert; auch redegewandt war er und konnte Englisch, und irgendwann reiste er sogar nach Genf, um an einer Internationalen Arbeiterkonferenz teilzunehmen. Einmal hörte ich Grossvater Sawiris sagen, sein Sohn Junan könne mit seinen Reden die Herzen der Zuhörer umgarnen. Onkel Nathan dagegen sei klein, schlau und leichtsinnig, doch sein Herz sei rein wie Milch. Über Surijal, meinen jüngsten Onkel, sagte er, dieser rauche zwar Haschisch, doch sei er sonst sehr anständig und arbeitsam, und seine Hände würden Holz in Gold verwandeln.

Es war im Frühsommer. Mit der Post kam die Bestätigung, dass ich an der Nil-Grundschule in das zweite Schuljahr versetzt worden sei. Am Morgen sah ich die Mädchen, die sich mit ihren Müttern und ihren Vätern um die Listen mit den Resultaten drängelten, die gleich hinter dem eisernen Schultor vor der Weinlaube an grossen Brettern angeschlagen waren. Die Schuldiener scharwenzelten um die Mädchen und ihre Eltern herum, gratulierten, riefen Glück- und Segenswünsche und nahmen Trinkgelder entgegen, die ihnen in die Hand gedrückt wurden. Dann verlief sich die Menge, und die Mädchen gingen hinauf in den dritten Stock, um sich für die Sommerferien fertigzumachen. Durch die offenen Fenster hindurch konnte ich die Betten sehen, auch die weissen Blusen der Mädchen, die wegen der Hitze nicht bis ganz oben zugeknöpft waren.

Am Spätnachmittag hatte die Hitze etwas nachgelassen. Das Licht auf der Strasse war weich, die Sonne gelb. Unbezähmbare weisse Wolken, rosig im Innern, trieben und rollten am klaren blauen Himmel.

Ich stand allein auf unserem Balkon, träumte von diesem und jenem und betrachtete den Polizeiposten, weit weg, hinter der Strassenbahnschleife. Seine dicken Steinwände waren dunkel und uneben. Davor stand ein Baum, dessen schwere Äste sich wiegten. Die Tauben, deren monotones, gepresstes Gurren den ganzen heissen Nachmittag über zu hören gewesen war, schwiegen nun. Die Strasse war leer, sauber, ihre Oberfläche mattschwarz. Es war vollständig ruhig.

Plötzlich drehte ich mich zum Mädcheninternat hinüber und sah sie — sie stürzte sich aus dem Fenster, im letzten Licht des Tages. Ihr Körper war leicht, überschlug sich in der Luft, schien zu fliegen, während sie fiel. Ihr dunkelblauer Rock flatterte von ihren Beinen, die wie schwerelos herumwirbelten und aneinanderschlugen. Sie gab keinen Laut von sich.

Ich hörte den harten Aufprall ihres Körpers auf der Weinlaube, ein dumpfer Knall, das Rascheln der Blätter, dann das harte Knirschen, während der Körper etwas hochgeworfen wurde, sich überschlug und auf die Platten des Gartenweges fiel, ein abschliessender, endgültiger Schlag. Ein loser Haufen, scheinbar ohne Knochen, die Arme unter den Kopf gedreht.

Die Tauben, die in ihren Nestern tief in den Bäumen sassen, flogen erschreckt gen Himmel, mit Flügeln schlagend, die, vom Abendrot berührt, loderten.

Gleich danach vernahm ich das Geräusch von Erbrechen, krallende Krämpfe, dann röchelnde Explosion. Der Körper schüttelte sich auf der Erde, und aus dem Kopf, der auf den Platten klebte, quoll eine dicklichschwere rotschaumige Flüssigkeit.

Dann Stille.

Ein Augenblick der Totenstille.

War es mein Aufschrei, den ich selbst nicht hörte, der Tante Sara und Tante Wadida und Tante Esther zu mir laufen liess, alle zugleich? Oder waren es die entsetzten Schreie der Mädchen oder die Rufe der Leiterin und der Schuldiener, die dicht hintereinander aus der Tür des Schulhauses geeilt kamen? Dann sammelten sich am Tor einige Passanten. Der Ambulanzwagen kam mit Alarmgeläute. Zwei Freiwillige mit roter Kappe und gelber Uniform gingen hinein und hoben das Mädchen auf eine Tragbahre; diese schoben sie in den Wagen, der fortraste – die Alarmglocke läutete schrill.

Ich verliess den Balkon nicht, ass auch nicht zu Abend. Wo war Mutter? Wo Tante Wadida? Wo Grossmutter Sitt Amalia?

Als es dunkel wurde, sassen die Frauen der ganzen Familie auf der Matte auf dem Balkon. Ich hielt mich am Eisengeländer fest, mein Herz beklommen, die Augen geschlossen.

Von all diesen Frauen war es Tante Esther, die mich rief, Onkel Junans Frau. Ihr Haar war unbedeckt, kurz und geheimnisvoll schwarz. Ihr rundes, glattbraunes Gesicht leuchtete im Licht der klaren Nacht. Ihre grossen Augen standen ein wenig vor, sie strahlten.

„Was ist los mit dir, mein Kleiner?" fragte sie plötzlich besorgt. „Komm, komm hierher! Schlaf ein wenig auf meinem Schoss!"

Ich legte meinen Kopf zwischen ihre zarten, kräftigen Beine; sie waren weich unter meinem Gesicht, warm. Der weibliche Duft ihres Körpers war vertraut. Sie legte mir ihre Hand aufs Gesicht, zärtlich und liebevoll, drückte es gegen ihren Schoss, und ich schlief ein.

Am Ende der sechs Tage, in der Abenddämmerung des fatimidischen Kairo und in der Abenddämmerung der letzten Liebe, sagte er zu ihr: „Damals war dieses Kind in seinem siebten Lebensjahr. Es kannte Dich und es schlief in der Zärtlichkeit Deines Körpers."

„Du hattest eine verwöhnte Kindheit", erwiderte sie.

„Der Tod war häufig", entgegnete er.

Einzig ist meine Taube, vollkommen, entflammt zwischen den Trauben und den Dornen, aufsteigend für immer aus meinem Herzen gleich einer Rauchsäule, geschwängert mit dem Duft von Myrrhe und Weihrauch. Und die heftigen Stürme der Zeit vermögen nicht, den Wohlgeruch zu vertreiben. Ihr Feuer, schwarz und schön und lodernd, ist unauslöschlich.

Der Schaum an Deinen festen braunen Fingern ist hellweiss wie die Gischt des Meeres auf seiner neunten, der letzten Woge. Noch immer hüpfen und ruhen die pechschwarzen Zöpfe Deines üppigdunklen Haares in meinen Händen, die ihre lockige Krausheit glätten, ihre muntere Unbändigkeit zähmen.

Der gebrochene, über sich selbst gebuckelte Kopf des Mim ist ein geschlossenes Schiff, das, hafenlos, die Wogen durchpflügt; es ist, als ob die Erde sich anderntags spaltete und unter der zornigen Meeresflut brodelte.

Über mir kreisen die Engel der Hölle, grollt der Donner der himmlischen Heerscharen – Ausbruch der Lust, Zischen der Feuersglut. Irrfahrten hinterlassen Staubgeschmack in meinem ausgetrockneten Mund, die weite See tost, aufgepeitscht von meinen leidenschaftlichen Fiebern nach Deinem Heiligtum.

Mein Mim, *Buchstabe M, Beginn meines Namens, strebt zu Dir hin, verströmender Körper, und meine Glückseligkeit mit Dir erfüllt sich in beiden M, Anfang und Ende des* Mim. *Unter den Sanden der Schmerzwüste glühende Kohle und Lava. Und in mein Innerstes flutet Leidenschaft, drängt mich zum Liebeswahnsinn, raubt mir die Sinne.*

Und da plötzlich entfernst Du die Schleier von der Pracht Deines Körpers, betrachtest mich zärtlich mit den Pfeilen aus Deinen Sternen, und mit jedem Kuss schlürfe ich den herben Wein aus dem Reich der Glückseligkeit, und Dein hoher, zarter Wuchs gibt mir Sicherheit und Halt. Die Felsen meines Hungers sind verwischte Spuren geworden, und die Sonnentrümmer stürzen ins Nichts, und das Elend jener Tage, ruiniert in nachtschwarzem Dunkel, das ist vorbei. Die finsteren Ungeheuer, allzeit präsent, wankten, brachen und sind nun wie Spreu im Wind. Auseinandergerissene Zellen fügen sich wieder durch Deine Wunder, oh Heilige Mutter. Dein festes Fleisch ist Wiege in den Brisen der Barmherzigkeit, und der Mond Deines Antlitzes ist vollkommen, ohne Fehl.

Ungezügelt und stürmisch, todesmutig und verwegen

stürze ich mich in die Weglosigkeit der Liebe, und meine
Seele liegt fetzengleich in Deinen Händen. Ich berühre
die Spitzen Deiner sanften Hügel, und reichlicher Regen
rinnt herab auf Deine Granatäpfel. Ich besteige die Säu-
len Deines Dickichts aus glattem, weichem Marmor, und
der Speer stösst in Deinen fruchtbar schweren Boden.

Gesänge meiner Leidenschaft sind Dir gewidmet, bis
meine Todeskerzen brennen.

Du, meine lodernde Taube.

Hast Du nicht dem gelauscht, der Dir verfallen mit sei-
nem Fleisch und Blut?

Siehst Du nicht wie er das Flügelschlagen des schwar-
zen Engels?

In tiefster Finsternis des Todes wurde der Stein vom
Eingang des Grabes gerollt. Da erhob ich mich zu den
höchsten Gestirnen.

Einige Zeit später ging ich mit Vater zu seiner Arbeits-
stelle in Scheich Schahin Maraghis Geschäft in der Anastasi-Strasse. Vater wollte mir etwas Gutes tun, und so
nahm er mich zum Fotografen in der Sieben-Nonnen-
Strasse mit.

Das Geschäft war zugleich Lager, Kaufladen und
Kontor für den Handel mit Eiern, Zwiebeln und Koch-
fett und für die Lieferung dieser Waren an exportierende
Ausländer oder an einheimische Grossisten. Ich wusste,
dass Vaters Geschäfte schlecht gegangen waren und dass
er an Scheich Schahin Maraghi verkauft hatte und bei
ihm Teilhaber, mit Anspruch auf ein Drittel des Ge-
winns, geworden war. Ich stellte mir immer vor, dass sie
am Monatsende alles Geld, Silber- und Kupfermünzen,

Rial und Halbfrankenstücke, Groschen und Millim, auf-
häuften und das Ganze in drei Teile teilten, von denen
sich Vater einen nahm. Ich sah darin immer eine unbe-
greifliche Ungerechtigkeit.

Das Geschäft war geräumig, finster und kühl, der
Fussboden schwarz asphaltiert. Hohe Steinsäulen standen darin, und ich sah auch geheimnisvolle, stumme Personen, die blaue Lastträgerkleider, Turbane und Käppchen trugen; sie sassen, die Arme erschöpft auf die Knie
gelegt, auf dem Boden auf ausgebreitetem Sackleinen,
zwischen geschichteten Säcken mit Zwiebeln, von denen
ein scharfer, beissender Geruch ausging, und gestapelten
Kisten mit weissen Eiern, die aus dem Stroh hervorleuchteten, dessen dünne Halme wie brüchige Dornen
zwischen den Holzstäben herausstaken. Sie erinnerten
mich an den Geruch von Hühnern. Ganz hinten im Geschäft leuchteten aus dem Dunkel aufeinandergetürmte
Dosen mit Butter. Sie sahen schwer und kompakt aus.

Scheich Schahin begrüsste mich. Er hatte ein rundes,
wohlhabendes dunkelbraunes Gesicht. Als er mir zulä-
chelte, versanken seine strahlenden Äuglein noch tiefer
in seinem feisten Gesicht. Auf dem Kopf trug er einen
Turban, um den herum ein leuchtendweisses Seidentuch
gewickelt war, von dem hinter seinem Ohr dünne Fransen herabhingen. Auch sein Sohn begrüsste mich, ein
Junge, der mich ohne Interesse ansah. Er trug einen karierten englischen Wollanzug und eine sehr dünne Krawatte, die er sorgfältig um den gestärkten weissen Kragen gebunden hatte, ausserdem einen grauen Hut, wie
ihn die Ausländer trugen, um den ebenfalls ein Seiden-

band, ein graues, geschlungen war. Scheich Schahin sagte zu mir: „Gott sei gepriesen. Möge er seinen Segen auf dich herabsenden, mein Junge. Mögest du deine Schule erfolgreich abschliessen. Dann können wir dich ins Land der Engländer schicken, damit du dort deine Ausbildung vervollständigen kannst wie mein Sohn Achmad Effendi hier."

An meinem inneren Auge zogen vage Bilder von einem kalten Land vorbei, in dem Schnee wie Regen fällt, in dem es viele Soldaten auf Motorrädern gibt und Frauen wie Umm Tutu – mit kurzen, durchsichtigen Kleidern und schlanken, zarten Körpern. Aber tief drinnen konnte ich dennoch Scheich Schahin und seinem Sohn nicht verzeihen.

Scheich Schahin konnte weder lesen noch schreiben, was ich sehr befremdlich fand. Vater war es, der die Korrespondenz und die Abrechnungen erledigte. Ich war sehr stolz auf ihn. Vaters Schreibtisch war sehr gross. Er stand direkt neben der Tür des Geschäfts. Aufgeschlagene schwarze, ledergebundene Rechnungsbücher lagen darauf übereinander. Ganz am Rand der dicken Blätter waren rote und blaue Wellenlinien, sichtbar aber nur, wenn die Bücher geschlossen waren. Mich faszinierte besonders die Maschine zum Vervielfältigen von Briefen und Rechnungen, die mit lila Tinte geschrieben waren. Wenn man den Handgriff dieser Maschine, der an einer Spiralachse festgemacht war, drehte, senkte sich das flache obere Eisenstück auf das durchsichtige Papier herab, das leicht befeuchtet war und auf einem rosaroten Löschpapier lag, bis es exakt und fest auf der unbeweglichen, dicken Grundplatte der Maschine ruhte. Wenn sich dann die obere Eisenplatte wieder hob, erschien auf dem dünnen, feuchten Papier der Abzug, seitenverkehrt.

Ich schlich mich ins Büro von Scheich Schahin, das peinlich sauber und leer war. Es roch staubig und muffig und war ehrfurchteinflössend. Die obere Hälfte der Tür bestand aus weissem, granuliertem Glas. Der Name des Scheichs stand darauf – „Schahin Achmad Maraghi" –, darunter Vaters Name und unter beiden „Gross- und Einzelhandel für Eier, Zwiebeln und Kochbutter", all das in Thuluth-Schrift mit geraden, stolzen, aufrechten Buchstaben in Schwarz und Gold. Ich las es von innen, durch das milchige Glas hindurch, in Spiegelschrift. Dann kopierte ich Vaters Namen auf ein weisses Blatt Papier, einmal richtig herum und einmal in Spiegelschrift. Unter meiner Hand spürte ich den weichen grünen Filz auf dem Schreibtisch, der mit dicken gelben Nägeln auf einen schimmernden, dunklen Holzrahmen genagelt war, der den Schreibtisch auf allen vier Seiten umgab. Als wir das Geschäft verliessen, nahm ich einen grossen Umschlag mit, der gefüllt war mit Rechnungsformularen und weissem Briefpapier, auf dem Vaters Name stand. Viel später, während des Krieges, habe ich dieses Papier benutzt, um Gedichte darauf zu schreiben.

Beim Fotografen gingen wir in das geräumige dunkle hintere Zimmer. Der Mann schaltete starke elektrische Lampen an, die überall herumstanden. Es war sehr ruhig.

Vater stand, seinen Ebenholzstock mit dem elfenbeinernen Griff in der Hand, mit fest geschlossenem Mund da; sein Blick war nachdenklich, tief und sehr klar. Mich hob der Fotograf hoch und setzte mich neben Vater auf einen hohen Schemel. Ich hatte mein weisses Seidenhemd mit dem weiten Kragen an und die schwarzen Samthosen mit den Hosenträgern mit den grossen weissen Knöpfen daran; ausserdem trug ich meine neuen weissen Schuhe mit den grauen Gummisohlen, die beim Gehen leicht nachgaben; dazu noch meine schwarzen Socken, die ohne Gummi am Bein hielten. Ich legte eine Hand auf die andere. Mein Haar war gebürstet und gescheitelt. Der Fotograf sagte mir, ich solle direkt in die grosse, gewölbte metallene Kameralinse schauen, die im kräftigen Licht der Lampen schimmerte. Ich sass, fest und sicher, hoch oben in der Luft, sehr weit weg vom Boden, so kam es mir vor, aber ich hatte keine Angst zu stürzen und fürchtete mich auch nicht vor dem Tod, obwohl ich das flatternde Mädchen vor mir sah; es stürzte, als ob es flöge, doch es schlug nie auf die garstige, dichte Weinlaube auf.

Der Fotograf trug über seinem Hemd eine leichte schwarze Stoffjacke mit weiten Ärmeln, die am Oberarm mit einem dicken Gummiband zusammengehalten waren. Er steckte seinen Kopf unter ein schwarzes Tuch, das hinter der Kamera herabfiel, und stellte sich zwischen die drei Eisenstäbe. Unter seinem dunklen Zelt hörten wir ihn mit gepresster Stimme sagen: „Gut ... gut ... guckt mir hier in die Kameralinse, etwas mehr rechts, gut so. Eins, zwei, drei, so bleiben, ja nicht bewegen." Er kam schnell hervor und nahm eine runde Kappe von der Linse weg und setzte sie dann mit einem abschliessenden Klacks wieder darauf. „Gratuliere", sagte er schliesslich.

Als wir am Abend mit der Strassenbahn zurückkamen, war der kleine Platz am Ende der Raghib-Pascha-Strasse leer, der Tabakladen, dessen langer, grauer, marmorner Ladentisch draussen auf der Strasse stand, geschlossen. Das Kino aber, das man in einer grossen Lagerhalle aus Blech und mit einem dreieckigen Dach eingerichtet hatte und dessen Tür aus einem eisernen Schiebegitter bestand, war von einer langen Girlande aus elektrischen Birnen über dem Eingang erleuchtet. Diese strahlten ein farbiges Plakat mit einem galoppierenden roten Pferd an, auf dem ein Cowboy mit einem breiten, blauen, runden Hut sass, etwas blasser als sein grellblaues Gesicht. Er schwang ein langes Lasso durch die Luft. Ich betrachtete die farbigen Plakate an diesem Kino jeden Morgen auf meinem Schulweg, las die Titel und die Namen der Stars und malte mir stundenlang die Handlung aus, samt allerhand Details, und oft träumte ich davon, auch einmal in dieses Kino zu gehen. Doch es kam nicht dazu.

Ich sah mich nach Kom Dikka gehen.

Auf dem Weg dorthin suchte ich den grossen Garten am Machmudija-Kanal auf, wo ich, als kleiner Junge, Lattich und Brunnenkresse, grüne Zwiebeln und Lauch, Muluchija und Sellerie, Petersilie und Malve, Rettich und Mangold gekauft hatte. Dorthin ging ich immer langsam, nachdenklich, vorbei an einem hohen Holzzaun mit weiten Lücken zwischen den Holzlatten. Ich schaute angestrengt und konnte doch dahinter fast nichts von den Geheimnissen dieses fernen, mysteriösen weisslichen Gebäudes mit den runden Säulen und den hohen Fenstern erkennen. Ich konnte kaum in den riesigen Garten sehen, der im Dunkel üppiger, fast wild wuchernder Bäume lag. Und ich dachte darüber nach, wieviele Geheimnisse hinter wievielen Zäunen ich zu ergründen versucht und sie doch nie erfahren habe, wie sehr ich mir das auch wünschte und doch überzeugt war, sie nie erfahren zu können. Aber die Sehnsucht danach wird für immer in mir bleiben – eine dicke, pralle Knospe, die danach hungert aufzubrechen und zu erblühen.

Ich betrat den Gemüsegarten durch ein immer offenes, aus den Angeln gerissenes Holztor und spürte die fruchtbare Erde, die vielerlei Gemüse hervorbrachte – kurze und saftige oder aufgeschossene Pflanzen, dunkle, eingerollte, dünne oder dichte, fein gezahnte oder auch fast durchsichtige. Ich ging einen schmalen Gartenweg entlang, der unter einer dichten, auf Holzpfosten ruhenden Weinlaube hindurchführte, um die sich die knorrigen Reben wanden. Verborgen in dunkellaubigen, dichten Bäumen, riefen und gurrten die Tauben in immer gleichem Rhythmus – endlos eintöniger Singsang, nie ersterbende Klage.

Ich gehe an der Kuh vorbei, die mit verbundenen Augen mitten im Garten langsam und beharrlich das Wasserrad dreht. Sie kaut und kaut, und der Sabber trieft ihr vom Maul in langen silbrigen Fäden. Ich gehe den langen Kanal entlang, auf dessen hellen, festen Grund aus sandigem Ton sich das Wasser vom Wasserrad glitzernd ergiesst. Sonnenstrahlen fallen auf die kleinen Wellen, die heiter dahinplätschern – Musik, die in der frischen, reinen Luft, erfüllt vom Duft von Gemüse und Kuhfladen, von Stalldung, Minze und Basilikum, die Tore des Herzens öffnet.

Der kleine, gedrungene Bauer kam aus seiner engen Lehmhütte zu mir heraus, als tauchte er aus der Erde auf. Sein Gesicht war pockennarbig, tiefgefurcht und sonnenverbrannt, seine kurzfingrige Hand rauh. Mit einer kleinen, scharfen Sichel schnitt er mir das Gemüse. Er tat es fein und exakt, fast hingebungsvoll, und doch sehr rasch. Ich fühlte, dass dieser Mann meinen Grossvater Sawiris, meinen Vater, meine Vettern Boktor und Rafla, meine drei Onkel, Junan, Nathan und Surijal, verkörperte, auch dass ihrer aller Blick in seinen tiefen, durchdringenden Augen lag und dass ich nie von ihm und nie von ihnen loskommen würde. In seinen Händen liegt der Staub, aus dem mein Herz geschaffen ist, schmutzig, dunkelfeucht, verknetet mit niemals trocknendem Lehm, und dieser Garten ist der Zauberhain aus *Tausendundeiner Nacht,* in dem sich so oft schon heimlich Liebende trafen, Liebende, die hier, gleich mir, Liebeskünste erfuhren, die der Menschheit zuvor unbekannt waren.

Ich stieg hinauf auf den höchsten Punkt des alten Kom Dikka. Die englischen Soldaten hatten den Ort insgeheim bei Nacht verlassen, und zum ersten Mal, seit ich denken kann, flatterte dort oben nicht mehr der Union Jack. Doch war mir vage bewusst, dass das alte Kom Dikka verschwunden ist und dass an seiner Statt jetzt um einen asphaltierten Platz einige Regierungsgebäude stehen.

Seit dem frühen Morgen strömten wir scharenweise

die Strasse nach Kom Dikka hinauf, die für uns bis zu diesem Tag gesperrt gewesen war. Unzählige drängten hinauf, und unsere heiseren Jubelrufe stiegen in die reine Morgenluft: „Abzug! Abzug! Nieder mit dem Imperialismus! Nieder mit der Ausbeutung!" Die Quartiere der englischen Soldaten waren völlig geräumt, und da die ägyptischen Truppen sie noch nicht übernommen hatten, gingen wir hinein, und unsere Tritte hallten in den leeren Räumen. Die Fussbodenplatten waren ein wenig verstaubt, Papierfetzen und Strohreste lagen herum. Es war wie ein Festtag, und all die Demonstranten benahmen sich, als ob sie zu einem Tanzfest gingen. Sie winkten und jubelten und sangen vor Freude.

Die niedrigen, gestutzten Bäume zu beiden Seiten der ungepflasterten Wege glichen grünen, zerzausten Köpfen mit ausgerissenen Augen im belaubten, groben Holzgeflecht mit dichtem Zweiggelock; sie hatten etwas Bedrohliches, Beängstigendes, Wildes. Nachdem wir kreuz und quer durch die verlassene, triste Zitadelle gezogen und wieder hinuntergegangen waren, sahen wir uns einer Kompanie Ordnungskräfte gegenüber, die in Reih und Glied am Fusse des Hügels aufgestellt war. Sie hielten ihre dunkelgrünen Holzschilde in der Hand, auf dem Kopf trugen sie rostige Metallhelme. Ihre runden, dunklen Knie schauten unter den khakifarbenen Shorts hervor. Wickelgamaschen waren um ihre dünnen Beine geschlungen, die in den verschmutzten, klotzigen Dienststiefeln aus grobem, bucklligem Leder verschwanden.

Die Menge organisierte sich unter Führung meines Freundes Abdalkadir Nasrallah, der damals noch Student an der Medizinischen Fakultät war, während ich in jenem Jahr meinen Abschluss an der Ingenieurfakultät gemacht hatte. Er hatte sich unserer kleinen revolutionären Gruppe angeschlossen. Auf beiden Seiten der Daniel-Strasse sah ich Kinderkörper liegen, bewegungslos, rot, mit leuchtender Haut, sie sahen aus wie riesige, gekochte Garnelen. An den Händen hatten sie nur drei Finger, an den Füssen nur drei Zehen; ihre Gliedmassen waren verstümmelt, aufgeschwollen. Ihre Köpfe steckten in glasig durchsichtigen Hüllen, hinter denen ihre aufgerissenen Augen anklagend hervorstarrten.

Doch die Demonstration zog weiter, vorsichtig zwischen den beiden Reihen von Kinderkörpern hindurch, bedacht, sie nicht zu berühren, bis wir zu einem Gebäude kamen, das aussah wie ein riesiges Hotel, ein Wolkenkratzer mit einer Fassade aus immensen Rauchglasscheiben, durchbrochen von blanken Aluminiumträgern. Da plötzlich griffen die Ordnungskräfte ohne Vorwarnung an. Gleichzeitig hörten wir das Rattern von Gewehrsalven in der Luft. Sie konnten nicht ernst gemeint sein, nicht gefährlich, kamen sie doch aus den Fenstern des gewaltigen Glasgebäudes! Doch dann sah ich Menschen, von Kugeln getroffen, lautlos zusammenbrechen, und die Füsse der Nachfolgenden gingen über sie hinweg. Die Leute stoben in alle Richtungen, eine Menschenwoge, steigend und fallend. Ich sah Körper lichterloh brennend aus den hohen Fenstern fallen, in der Luft herumwirbeln und weit weg ins Meer stürzen. Die Köpfe trieben auf den Wellen, mit offenem Mund, dem sich ein niemals ersterbender Schrei entrang.

Ich sah ihr Gesicht, ihr geliebtes Gesicht, das mich in meinen Träumen verfolgt, sah es auf den Wassern meiner nie versiegenden Liebe schwimmen, leuchtend und golden braun, inmitten der Gischt von Köpfen, die lautlos aneinanderstiessen. Ich spürte den Dolch aus ihren grossen grünwelligen Augen in meinem Herzen, und ich stürzte in die Flut. Als ich erwachte, steckte der Dolch noch immer tief in meinem Innern, das schmolz und brannte und lavagleich überlief, wie wilde, ungebärdige Meere, die sich gleissend und lodernd ergiessen, und mein Körper versank im Inferno.

Ich spürte die Flügel der Tauben, lodernd im Glast des Feuers — sie umflattern mich und tragen mich empor ins sanfte, klare Blau des Himmels, für immer in Flammen.

Nachwort

„Edwar al-Charrat ist einer der nicht sehr zahlreichen Autoren, deren Werke ebenso zur Formung einer neuen künstlerischen Sensibilität beigetragen haben wie zur Schaffung eines Fundaments literarischer Kreativität und literarischen Wagnisses, ein Fundament, dessen blosse Existenz zur Veränderung der herrschenden kritischen Massstäbe, zur Weckung von Zweifeln an den im Bereich der Literatur akzeptierten Prämissen und zum Neuüberdenken all dessen führt, was man in der Kulturszene lange Zeit als grosse literarische Leistungen angesehen hat. Denn Edwar al-Charrat legt als Romanautor und Kritiker in seinen Werken eine neue Konzeption von literarischer Tätigkeit und infolgedessen von der Bedeutung der Kunst und der Rolle des Schriftstellers vor."

Diese ausgesprochen positiven Worte fand 1982 der bekannte ägyptische Literaturwissenschafter und Literaturkritiker Sabri Hafis über Edwar al-Charrat und seine Rolle in der zeitgenössischen ägyptischen Literatur. Sabri Hafis konnte seiner Beurteilung damals erst wenige Werke von Edwar al-Charrat zugrunde legen. Der grösste Teil seiner inzwischen über zwei Dutzend Werke ist erst in den achtziger und neunziger Jahren entstanden. Das hat mit der literarischen Entwicklung in Ägypten seit Ende des Zweiten Weltkrieges ebenso zu tun wie mit der Biografie Edwar al-Charrats.

Edwar al-Charrat (al-Ḥarrāṭ) ist als Edwar Kolta Faltas am 16. März 1926 in Alexandria geboren. Sein 1943 verstorbener Vater stammte aus dem Ort Achmim (Aḥmīm) in der oberägyptischen Provinz Sohag, seine Mutter aus Tarrana (Provinz Behera) im westlichen Delta.

Aufgewachsen ist Edwar al-Charrat in Alexandria, wo er verschiedene Schulen besuchte und danach an der Faruk I.-Universität bis 1946 Rechtswissenschaft studierte. Noch während seiner Studienzeit arbeitete er in einem britischen Marinedepot, unmittelbar danach bei der ägyptischen Nationalbank in Alexandria. Seine Beteiligung an den Aktivitäten der nationalistischen Bewegung in jener Zeit bezahlte er mit einem zweijährigen Gefängnisaufenthalt (1948–1950). Danach arbeitete Edwar al-Charrat in verschiedenen Bereichen – bei der ägyptischen Nationalversicherung, im Übersetzungs- und Pressedienst an der rumänischen Botschaft –, bis er 1958 seine Tätigkeit als Zweiter Generalsekretär bei der „Solidaritätsorganisation Afro-Asiatischer Völker" und bei der „Afro-Asiatischen Schriftstellervereinigung" aufnahm, die er bis 1983 ausübte. In dieser Doppelfunktion war Edwar al-Charrat auch Herausgeber der auf arabisch, englisch und französisch erscheinenden Zeitschrift *Lotus,* in der Werke afro-asiatischer Autoren publiziert werden. Seit 1983 lebt er als freier Schriftsteller in Kairo.

Neben seinen beruflichen Tätigkeiten hat Edwar al-Charrat in den fünfziger, sechziger und siebziger Jahren wenig eigene literarische Werke veröffentlicht. Er war aber während dieser Zeit dauernd als Literaturkritiker, als Übersetzer und als Vertreter der ägyptischen Literatur auf internationaler Ebene tätig. Gleichzeitig war er, und hier liegt sicher eine seiner wichtigsten Funktionen, Förderer neuer literarischer Richtungen in Ägypten, die er selbst unter dem Begriff „neue Sensibilität" zusammenfasst.

Als Edwar al-Charrat Ende der vierziger, Anfang der fünfziger Jahre zu schreiben begann, bemühte er sich um einen Stil, der über den damals herrschenden „Realismus" oder gar „sozialistischen Realismus" hinausging. Dieser Realismus wurde zu jener Zeit von Roman- und Kurzgeschichtenautoren wie Nagib Machfus, Ichsan Abdalkuddus, Jussuf Idris oder Abdarrachman Scharkawi getragen und von offizieller ägyptischer Seite ermutigt und teils auch gefördert. Deshalb hatten es die wenigen Autoren wie Edwar al-Charrat, die einen literarischen Weg „jenseits des Realismus" suchten, schwer, Anerkennung zu finden. Als Edwar al-Charrat 1959 seine ersten Erzählungen unter dem Titel *Hohe Mauern* herausgab, fand er zunächst begeisterten Applaus und harsche Ablehnung, danach auf Jahre hinaus keine Reaktion. Erst als ab Mitte der sechziger Jahre und besonders dann durch die arabische Niederlage im Junikrieg 1967 die Wirklichkeit vielen plötzlich fragwürdig wurde, suchten und fanden jüngere Schriftsteller in Edwar al-Charrat einen literarischen Mentor und einen Mitherausgeber einer Literaturzeitschrift namens *Gallerie 68*, in der die „neue Sensibilität" ihre erste, sehr kurzlebige Plattform erhielt.

Diese „neue Sensibilität" hat Edwar al-Charrat selbst in zahlreichen Veröffentlichungen in vier Richtungen unterteilt, ohne dabei zu vergessen, dass Einteilungen dieser Art immer etwas Fragwürdiges an sich haben. Gemeinsam ist den vier Richtungen der Versuch, über den Realismus Balzacscher oder Dickensscher Prägung hinauszugehen – das heisst, die distanzierte Erzählerposition ebenso aufzugeben wie den linearen Zeitablauf und die Begrenzung der Dimensionen der Handlungslogik auf sinnlich Wahrnehmbares, auf „Reales".

Zwei dieser vier Richtungen der von Edwar al-Charrat propagierten „neuen Sensibilität" sind die gegensätzlichen Tendenzen der Verdinglichung der Welt beziehungsweise ihrer Verinnerlichung. Als dritte sieht er die zeitgenössische mythische Richtung, die sich der Kulturtradition vergangener Jahrhunderte bedient und auch Volksüberlieferungen mit heranzieht. Die vierte schliesslich nennt er „neuen Realismus", den er vom früheren Realismus durch Erweiterung der Vorstellung dessen, was zur Realität gehört, unterscheidet, ausserdem durch schärfere Kontrastierung der erzählten Realitäten miteinander, wodurch Widersprüche in der Wirklichkeit deutlicher zur Geltung kommen.

Auch wenn der Begriff der „neuen Sensibilität" in Ägypten auf vielfache Ablehnung gestossen ist und die Aufteilung in vier Richtungen als unangemessen oder gar gekünstelt angesehen wurde, hat Edwar al-Charrat doch der Diskussion um die Weiterentwicklung der ägyptischen Gegenwartsliteratur einen wichtigen Impuls gegeben. Er hat ausserdem einen Schlüssel zum Verständnis seines eigenen Schaffens geliefert, indem er auf vier Tendenzen hinwies, die ihm alle wichtig sind und die in seinen literarischen Werken sichtbar werden.

Dem Realismus, wie er in Ägypten besonders bis in die fünfziger Jahre gepflegt wurde, wirft Edwar al-Charrat eine Verengung der Weltsicht vor und begegnet dieser in zwei Richtungen, wobei er insbesondere an der individuellen Erfahrung — der Raumerfahrung, der Sinneserfahrung, der Todeserfahrung — grosses Interesse zeigt.

Einerseits bemüht sich Edwar al-Charrat — auch in *Safranerde* — um eine teils minuziöse Darstellung der Aussenwelt durch Beschreibung von Geräuschen und Gerüchen und von den kleinsten Einzelheiten gewisser Gegenstände, wodurch diese in einem „unrealistisch" disproportionalen Verhältnis zu anderem zu stehen scheinen und den fliessenden Übergang zum „Surrealen" erleichtern, der ein Kennzeichen des al-Charratschen Schreibens ist.

Andrerseits versucht Edwar al-Charrat dann aber auch am Beispiel des Jungen Michael, die Struktur der menschlichen Innenwelt und deren Entstehen zu zeigen. Dabei sei, so erklärte Edwar al-Charrat einmal selbst, die Vorstellung vom Menschen als einer einsamen Insel und vom selben Menschen in seinem dauernden Versuch, trennende Mauern niederzureissen, ein Leitmotiv seines Schaffens. Dazu kommt, den inneren und den äusseren Bereich umfassend, die Erfahrung der Zeit, die für Edwar al-Charrat nicht in erster Linie eine unerbittlich weiterschreitende, in der Abfolge von Ereignissen fassbare Kraft ist und deshalb auch nicht sauber in Vergangenheit, Gegenwart und Zukunft aufteilbar sei. In jedem Menschen wirken, so der Autor, mindestens die Vergangenheit und die Gegenwart als *ein* Zeitbereich zusammen.

Eng mit dieser Zeiterfahrung hängt Edwar al-Charrats Haltung zur sogenannten „Intertextualität" zusammen, das heisst der Einarbeitung anderer Texte in sein jeweiliges Werk. Edwar al-Charrat geht davon aus, dass ein Autor sein Leben lang an *einem* Werk schreibt, und er bezieht sich folglich und durchaus konsequent im einen Roman auf Ereignisse und Figuren aus einem anderen. Das gilt in *Safranerde* besonders für einige der im vorletzten Kapitel genannten Frauengestalten.

Ausserdem arbeitet Edwar al-Charrat in seine Werke zahllose Elemente der internationalen alten und neuen Kultur ein. In *Safranerde* sind das Alte und das Neue Testament ebenso präsent wie der Koran, sind beispielsweise Anleihen beim Stil des *Hohenliedes* ebenso sichtbar wie solche bei verschiedenen Suren des heiligen Buchs der Muslime, wodurch sich Edwar al-Charrat klar als koptischer Christ in einem arabisch-islamischen Land zu erkennen gibt. Dass er beispielsweise auch Elemente aus der Passion Christi zur Interpretation des Lebens und Leidens seiner Hauptperson, Michael Kaldas, heranzieht, zeigt den Versuch einer „Vermenschlichung der Leidensgeschichte". Zudem finden sich Elemente der arabischen Literaturtradition, wie zum Beispiel das mehrfache „Er sagte: ...", womit sich „mittelalterliche" arabische Autoren selbst im Werk gegenwärtig machen; oder auch zahlreiche Metaphern und Symbole, die zum älteren literarischen Repertoire gehören, zum Beispiel die Blicke als Pfeile. Schliesslich enthält dieses Werk auch Überlieferungen aus der griechischen Antike, was für die Darstellung Alexandrias, jener einst von Griechen gegründeten kosmopolitischen Mittelmeerstadt, durchaus angemessen erscheint.

In *Safranerde* wie anderswo versucht Edwar al-Charrat, die epische Erzählweise, mit der längere Vorgänge und Entwicklungen von Personen dargestellt werden, mit einer repetitiv-episodischen Erzählstruktur zu verbinden, also verschiedene Ereignisse aus unterschiedlichen Zeiten miteinander zu verflechten und einzelne davon mehrfach auftauchen zu lassen. Für die episodische Technik beruft der Autor sich auf viele Werke der arabischen Kultur, für die repetitive Technik neben der Arabeske auch auf das System der altägyptischen Hieroglyphenschrift, in der festgefügte und umrahmte Bildschriftzeichen in einem Text immer wieder erscheinen.

Mit der Verwendung all dieser verschiedenen Techniken erreicht Edwar al-Charrat eine andere Art Realismus, als der Begriff überlicherweise beschreibt, und er betont immer wieder, dass er sich selbst als realistischen Autor versteht. Es ist ein Realismus, der Innen- *und* Aussenwelt des Menschen als Teile einer darzustellenden Gesamtwirklichkeit sieht, der Vergangenheit und Gegenwart und vielleicht sogar Zukunft als Teile der vom Menschen erfahrenen Zeit betrachtet und der durch die Schilderung bestimmter Ereignisse Blicke auf die ägyptische Gesellschaft, zumal ihren koptischen Teil, im Alexandria der dreissiger und vierziger Jahre zu werfen erlaubt. Mehr nicht, denn Anfang und Ende sind offen, eine abgeschlossene Handlung wäre für Edwar al-Charrat Illusion, nicht Realismus.